銀行強盗にあって妻が縮んでしまった事件／奇妙という名の五人兄妹

アンドリュー・カウフマン

妻が奇妙な強盗事件に遭遇した。犯人はお金に興味を示さず、居合わせた人々から「もっとも思い入れのあるもの」を奪っていったという。以来、なぜだか妻の身長は縮んでいき……(『銀行強盗にあって妻が縮んでしまった事件』)。祖母の授けた不思議な〈力〉に悩まされてきた五人兄妹。ある日、祖母から〈力〉を消してやると告げられた三女は、ひと癖もふた癖もある兄妹たちを集めるために奔走する(『奇妙という名の五人兄妹』)。

——おかしな運命が照らし出す、夫婦の、兄妹の、家族のつながり。カウフマンの輝きに満ちた小説世界を２冊合本で贈る。

銀行強盗にあって妻が縮んでしまった事件
奇妙という名の五人兄妹

アンドリュー・カウフマン
田 内 志 文 訳

創元推理文庫

THE TINY WIFE and BORN WEIRD

by

Andrew Kaufman

This edition is published by TOKYO SOGENSHA Co., Ltd.
Japanese translation rights arranged with The Rights Factory
through Japan UNI Agency, Inc., Tokyo.

目次

銀行強盗にあって妻が縮んでしまった事件／奇妙という名の五人兄妹

銀行強盗にあって妻が縮んでしまった事件

イラスト

Tom Percival

強靭な忍耐力と
巨人のような背丈の、マーロへ

Book One

1

その強盗事件は、ただの強盗事件じゃなかった。強盗犯の要求が、ふつうじゃなかったのだ。強盗が要求したのはお金ではない。お金のことなど、口にすらしなかった。現場が銀行だったのは、たまたまだ。駅や、どこかの高校や、オルセー美術館が現場だったとしても、まったくおかしくない。過去にもそうした場所では起こって来たし、これからもきっと起こるのだろうが、その強盗事件は二月二十一日、水曜日の午後三時すこし過ぎ、北アメリカ銀行第一一七支店で起こったのだった。

カナダのオンタリオ州トロントを走る、クリスティー通りとデュポン通りの交差点に、銀行は立っている。強盗が入って来たとき、行内には十三人の人々がいた。窓口係がふたり、副支店長がひとり、それから列になって待っているお客が十人だ。ひらひらした紫色の帽子をかぶった強盗は、見せびらかすように拳銃をちらつかせた。そして、自ら強盗であることを演出するかのように、天井に向けて引き金を引いてみせた。天井を固めていた石膏《せっこう》がぱらぱらと剝《は》がれ、帽子についたフェイクファーへと落ちてきた。誰もなにも言わなかった。身動きひとつ、しなかった。

「さてさて、私は強盗を働きに参上したわけですが……」強盗が言った。北米の人々にどこか羞恥心を抱かせるような、強いイギリス訛《なま》りで。彼が首を揺り動かすと、帽子についた石膏がふわりと舞い上がった。「あなたがたにはそれぞれひとつ、なにかを差し出していただきたい。今お持ちのものの中で、もっとも思い入れのあるものを」

強盗は、カウンターの中にいる行員に向かい、お客たちと共に列に並ぶよう銃口でうながした。列の先頭に立っていたのは、ペンギンのような体つきをした四十五歳の男、デイビッド・ビショップだ。帽子のつばが鼻先に触れるほどに近づいてくると、デイビッドは緊張に身を震わせた。

「さてと」強盗が言った。

デイビッドは上着の内ポケットに入れた財布を取り出すと、百ドル札を何枚かそこから引き抜いた。

「この金が、今もっとも思い入れのあるものだと私に信じろと？」

デイビッド・ビショップは戸惑った。手にしたお金を強盗に差し出したまま。強盗が、彼の左のこめかみに銃口を押し当てた。

「名前を教えていただきたい」強盗が強い口調で言った。

「デイビッド。デイビッド・ビショップだ」

「デイビッド、デイビッド・ビショップ。その金を小さく破り、捨ててしまうんだ」

デイビッドは一瞬たじろいだが、言われるままにした。小さく引き裂かれた紙幣が、床へと舞い落ちる。

「それではデイビッド、考えてごらん。私の言葉の意味を、よく考えるんだ。今持っているものの中でいちばん大切な、いちばん思い出の詰まった、かけがえのない思い入れのあるものは、いったいなにかね？」

デイビッド・ビショップは、手首に巻いた安物の腕時計を指差した。

「話をうかがおう」

「母親から貰《もら》ったものだよ――もうずっと昔、私が大学を卒業するときにね。ちょうど最近修理して、久しぶりに使いはじめたところなんだ」

「ふむふむ、いいぞ！」強盗が大声を出した。そしてデイビッド・ビショップのこめかみに押し当てていた銃口を離すと、腕時計を抜き取った。「ではあちらへ行って、床にうつぶせになっていていただこう」

デイビッド・ビショップは、言われるままにしたがった。

強盗は、列の二番目に並んでいた人物に拳銃を向け、前に出てくるよう命令した。名前をジェナ・ジェイコブというこの女性は、ダイヤのリングをふたつ右手に握りしめていた。しかしそれをポケットにしまうと、ハンドバッグの中からしわの入った写真を何枚か取り出した。

「おやおや、可愛らしい」強盗が言った。「おいくつかな？」

「十歳と十三歳です」

「今この瞬間このふたりをいかに愛しく思われているか、今後ゆめゆめお忘れなきように」

ジェナ・ジェイコブはうなずくと、強盗の指示を待つことなく、デイビッド・ビショップの隣で床にうつぶせになった。

次に並んでいたのは僕の妻だ。むろん僕がその場にいたというわけではない。しかし妻から この話の隅から隅まで、細かく細かく何度も繰り返し聞いているうちに、情景が目に浮かぶどころか、自分がその場にいたかのような気持ちすら抱きはじめていたのだ。しゃんと背すじを伸ばした彼女が歩み出る姿が目に浮かぶ。

「あなたは本当に兄によく似ているわ」妻が強盗に言った。実によく似ていたのだ。強盗のかぎ鼻も、傲慢《ごうまん》さと絶望とを湛《たた》えた薄い青の瞳も、彼女の兄とうりふたつと言ってよかった。

「それはどうも。しかし、だからと言って見逃すわけにはまいりませんな」

「こんなことをしても、なんにもならないわ」

「かもしれない。しかしそれでも私はやらねばならんのです」

「いったいどうして？」

「いずれお分かりになる」

「これでご自分が幸せになるとでも？」

「これが私の生きる道でしてね」

妻はうなずくとハンドバッグの中を手探りして、電卓を取り出した。

「高校二年のとき、席が隣同士だった今の夫と知り合った微分積分の授業で使っていたものよ。この電卓で、夫の宿題を手伝ったの。妊娠してからはいつ自分が妊娠したのか、出産予定日はいつになるのか、これで計算したわ。住宅ローンの計算もこれでしたし、二台目の車を買ってもやりくりできるのか、ふたり目を生んでも育てられるのか、この電卓を使って計算したものだわ。これがあったからこそ、大事なことをいろいろ決めてくることができた、大切な電卓よ」

妻の話はすべて真実だった。あの電卓こそが、彼女にとってもっとも思い入れのあるものなのだ。あれがあるからこそ、彼女はあらゆる答えを弾き出すことができる——僕の妻は、数学を愛しているのだ。数学は彼女に教えてくれた。世界がどんな姿をしているのか、彼女に見せてくれた。

妻はため息をつきながら、強盗が差し出した手に電卓を渡した。「返してもらえるのかしら?」妻が訊ねた。

「残念ながら。共に過ごされてもう長いのかな?」

「高校入学のときに買ったのよ」

「いや、ご主人とのことだが」

「七年になるわ」

「まだ愛しておられる」

「ええまあ」

「お子さんは?」

「ひとりだけ」

強盗はうなずいた。そして拳銃で合図をし、先ほどのふたりのところへと妻をやった。同じようにして強盗は、列に並んだ全員と話をしていった。ダニエル・ジェームズが渡したのは、返す機会がないままずっと持ち歩いている、妻の両親の結婚写真だ。ジェニファー・レイオンは、すっかり読み古したアルベール・カミュの『異邦人』を一冊。列の最後に並んでいた昇進したての副支店長、サム・リビングストンは、最新の給与明細票を。

十三人すべてからひと品ずつ受け取り終えると、強盗は出口へと歩いて行った。ドアの手前で、立ち止まる。

「紳士淑女の皆様、今一度、お耳を拝借」強盗が言った。誰も立ち上がらず、首だけを上げて彼のほうに視線を送った。「本日私の理解の至りましたままに申し上げるとするならば、あなたがたの多くは、魂というものがあるとしたなら、それはご自身の中に金塊のように眠っているのだとお思いでおられるようだ」

強盗は人々を見回して言葉を続けた。

「私がお伝えしたいのは、そんなことはまるっきり誤りであるということ。あなたがたの魂というものは、命を持ち、呼吸をする、生身のものなのです。心臓や脚と、なんら変わることもない。そして心臓があなたの血液に酸素を送り込み続け、両脚がたゆまずあなたをどこかへ向かわせ続けてくれるのと同じように、人の魂とはあなたがたに素晴らしき、美しきことを成し遂げる力を与え続けてくれるものなのです。しかし魂とはかくも不思議なものでありまして、常に回復させ続けなければいけないのです。言うなれば、そう、運転をしながら車のバッテリーを充電するようなものだと思ってくだされればよろしい」

強盗はここで言葉を止めると上着の袖に腕を通し、くしゃみをひとつした。「失礼」強盗が言った。腕時計に目をやる。「いささか今日は比喩を使いすぎましたかな。さて私は急ぐので、結論を申し上げておきたい。私は、あなたがたの魂の五十一％を手に、ここを立ち去ってゆきます。そのせいであなたがたの人生には、一風おかしな、不可思議なできごとが起こることになるでしょう。ですがなにより重要なのは――きわめて文字通りに申し上げるとするならば――その五十一％をご自身で回復させねばならぬということ。さもなければあなたがたは、命を落とすことになる」

銀行は静まり返っていた。強盗はぱっと帽子を空中に放り上げると、それが床に落ちてくる前にはもうドアをくぐり、姿を消してしまっていた。

2

最初に奇妙なできごとに襲われたのは、妻の四人後ろ、列の七番目に並んでいた男、ティモシー・ブレイカーだった。事件から六時間後のことだ。二十七歳のこの男は、バスの運転手として働いている。彼が強盗に差し出したのは、婚約指輪だった。二年半付き合った恋人、ナンシー・テンプルマンに突き返されてからというもの、かれこれ十七ヶ月もの間、彼は未練たらたらそれを手放すことができずにきたのだった。

プロポーズを断られたあの夜から、彼女とは会いもしなければ電話のひとつもしていない。だから、ショウ大学前のふたつ手前にある停留所でドアを開け、そこから乗り込んで来たのが彼女だと気付いたときには、心底驚かずにいられなかったのだった。ナンシーは手を伸ばしたが、それは乗車賃を支払うためではなかった。代わりに彼女は彼の胸に手を突っ込むと、心臓を摑《つか》み出してしまったのだ。その心臓を、ティモシーの目の前にかかげる。どくどくと脈打つその心臓を、彼は見つめていた。その目の前で彼女はエンジンがかかったままのバスから降りると、外に停めてあった黄色のフォード・マスタングに乗り込んだ。

彼女がアクセルを踏み込む。タイヤをきしませ、煙を上げながらマスタングが発進する。

ティモシー・ブレイカーが、それを追いかける。

バスはマスタングのようによく曲がりはしなかったが、縮み上がる心臓を持たないティモシーは恐れずハンドルを切り、すぐ後ろについて行った。乗客たちは恐怖の表情を浮かべてシートにしがみつきながら、窓の外をびゅんびゅん過ぎてゆくバス停を眺めていた。やがて、東のレイクショアへと向かうガードナー高速の下で、バスはようやくマスタングの横に並んだ。ぴったりと、今にも車体同士が触れ合いそうなほどに。赤信号をいくつも無視して二台は併走したが、ローレンス通りの交差点をミキサー車がふさいでいるのに出くわすと、ブレーキを踏まざるをえなくなった。乗客たちは緊張した顔で席を立ったが、恐ろしさのあまり、バスの後部から動くことができずにいた。

ティモシーがドアを開けた。ミキサー車は交差点を後にして走り出した。信号が青に変わる。彼はジャンプし、鈍い音をたてながらマスタングのボンネットに飛び乗った。

フロントガラスごしに、車内を覗き込む。助手席に自分の心臓があるのが見えた。どくどくと脈を打っている。彼女がハンドルを右に左に切る。彼は今にも振り落とされそうだ。しがみつく指が痛くてたまらなかったが、彼はさらに強く、強く、車体にしがみついた。彼女が乱暴にブレーキを踏んだ。

ボンネットから振り落とされたティモシーが、アスファルトの地面に投げ出される。三回ほど後ろ向きに宙返りをして、ようやく彼の体が止まった。

肘から血が流れ出している。目の下には、大きな切り傷ができている。飛び起きると、気の遠くなるほどの痛みが右脚を襲った。マスタングは百メートルほど先で、彼のほうを向いて停まっていた。彼はナンシーの顔を見た。彼女は彼の顔を見た。エンジンがうなりをあげる。リアタイヤが悲鳴をあげる。

ティモシーは動こうとしなかった。一九六四年式の黄色いマスタングは、ぐんぐんスピードを上げる。百メートル、五十メートル、そして二十メートル。彼は微動だにせず、まばたきひとつしなかった。立ち尽くしたまま、突っ込んでくるマスタングを見すえていた。自分が恐れていないのに気付くと、力がみなぎってきた。マスタングが近づくほど死がすぐそこに迫り、彼には力が溢れてくる。車はどんどん迫ってくる。そのフロント・バンパーが数メートルまで彼に近づいたところで、彼女がまたブレーキを踏んだ。大きく車体を揺すりながら、マスタングが停まった。衝撃で、彼の心臓が助手席から投げ出される。心臓はフロントガラスにハート形の穴を開けながら車外に飛び出し、まっすぐ彼の胸の中へと収まった。

3

強盗事件から三日後、ようやく息子のジャスパーを寝かしつけたところで、家の電話が鳴った。いつもならば携帯電話のボイスメールに転送してしまうのだが、ステイシーは急いで電話を取りに行った。あとでわけを訊くと、彼女にはそれがただの電話ではなく、緊急の用件を知らせる電話のベルに聞こえたらしい。

電話の主は、ウィリアム・フィリップスという刑事だった。あのとき列の九番目に並んでおり、大きな年代物の鍵を強盗に差し出した人物だ。フィリップス刑事は妻に、なにか変わったことは起きていないかと訊ねた。なにか目新しいことや、でなければ、説明のつかない不可思議なことなどが。彼女は、どういうことかと彼に訊ね返した。フィリップス刑事は、この二十四時間でふたりの別々の男性から妻を殺害したと通報を受けたのだと答えた。いわく、あのとき第一一七支店にいた人物が、ふたり関わっているらしい。

ステイシーはさらに詳しく聞きたがった。フィリップス刑事が次のように話した。

事件から二日後の朝、列の五番目におり、妻の両親の結婚写真を強盗に渡した男、ダニエ

ル・ジェームズが靴をはこうとしていると、右足の靴ひもが切れてしまった。そんなわけでもう一足ある黒い革靴にはきかえたところ、今度は左足の靴ひもが切れてしまった。仕方なく明るい色のスーツに着替えてから、今度は茶色い靴をはこうとしたのだが、またしても右足の靴ひもが切れてしまった。手にした切れ端に、彼は目をやった。そして、床に落ちた切れ端をじっと見つめた。「お別れしなきゃだね」彼は妻にそう声をかけたが、妻はもう死んでいた。

それと同じ日、ジェナ・ジェイコブは自分がすっかりキャンディになってしまったことを知った。シャワーを浴びているときに、排水口にくるくると吸い込まれてゆく白い液体を見て、ようやく気付いたのだ。

驚いて目を丸くすると、ジェナは蛇口《じゃぐち》をひねってシャワーを止め、曇った鏡を拭《ぬぐ》った。まっ白い粉砂糖でできた肌に、ミントのつぶがちりばめられている。髪の毛はリコリスでできていた。瞳はキャラメルでできていた。鏡に映る自分の姿を眺めているうちに、ふしぎと自分がキャンディになってしまったことへの違和感が薄らいでいった。リコリスの髪の毛にスカーフを巻き、キャラメルの両目にサングラスをかけ、階下へと降りる。十歳と十三歳になる息子たちは、そんな彼女を見ても、ほとんど気にも留めなかった。

朝食に口をつけようとしないふたりを見ると、彼女はシリアルのボウルの上で両手をこすり合わせ、砂糖を振りまいてやった。着替えて車に乗り込もうとしないふたりを見ると、彼女はピンク色をした自分の指をもぎとり、それを息子たちに与えた。学校に着いて車から降りると、息子たちはいつになく彼女と別れのキスをしたがった。

家に戻るとジェナは職場に病欠の電話をかけ、夜が来るまでテレビの前で過ごした。時計が九時を回ったところで、夫が帰宅した。

「遅くなってすまないね」彼が言った。「またマイヤーさんの件が長引いたんだよ。どうしてこんなに暗くしてるんだい？　ご飯はないのかい？」

ジェナは、自分の隣に置いたクッションをぽんぽんと叩いてみせた。夫がそこに座った。そして、キャンディでできた彼女の唇にキスをした。首にも、腕にも顔にもキスをした。それからふたりは二階に上がった。夫は彼女の体じゅうにキスの雨を降らせた。

「君を食べちゃいたいよ」夫はそう言うと、夢中になって彼女を平らげてしまった。

「私をからかってらっしゃるの？」妻が言う声が聞こえた。

「残念ながら、大まじめでしてね。他にも何件か聞いています。ハリファックスとウィニペグで一件、アメリカ南部で三件、あとはフランスのリール、それからバルセロナでも。どれもまったく同じ事件なんですよ——紫の帽子も、思い入れのあるなにかを差し出すのも、そっくりなんです。奥さんの身も危ない」

「私が？」

「今度の月曜日、午後七時十五分より、聖マシュー合同教会において、被害者の会合を開きます。あの日第一一七支店にいた人々のね。奥さんも必ずご出席なさるべきです」

「そうですか。お知らせくださって感謝します」妻が言った。電話を切ったあとも、彼女はその手を受話器から離そうとはしなかった。

4

その夜、洗面所にいる僕を呼ぶ妻の張り詰めた声に、僕は歯ブラシをくわえたまま寝室へと上がって行った。鏡の前に立つ彼女は、だいたいいつも寝間着にしているTシャツ姿で襟元をじっと見つめていた。僕は気がつかなかったが、いつもよりぶかぶかしていると彼女は言う――襟まわりはたるみ、そこから胸の谷間が見えていた。

「気にするようなことじゃないさ」僕は背中から彼女を抱きしめた。首筋にキスをしようと顔を寄せる。彼女は体をよじり、それを拒んだ。

「私、縮んでるの」

「縮んでなんかいやしないよ」

「話を聞いてちょうだい」

「洗濯して伸びただけだろう?」

「Tシャツのせいで言ってるわけじゃないのよ。縮んでるって分かるの」

「あの刑事に変な話を聞いたからそう感じてるだけだよ。君はいつだって、そういうのに影響されやすいじゃないか」

「お願いだから、ちゃんと私の話を聞いてよ」妻が声を荒らげた。

僕はベッドに腰掛けた。ベッドサイドのテーブルに、巻き尺が置かれていた。リフォームをしようと相談していたときに出して来て、そのまま置きっぱなしになっているものだ。僕はそれを手に取った。

「じゃあ、測ってみようよ」

「私の身長なんて、あなた知らないでしょう」

「免許に書いてあるだろう」

「そうね」ステイシーが答えた。そして階下へと駆け降りてゆくと、免許証と鉛筆を持って戻って来た。僕は、巻き尺のあった場所に歯ブラシを置いた。膝をまっすぐに伸ばした彼女をドアの枠のそばに立たせ、髪の毛をよくならしてから、白い壁に鉛筆で頭の高さの線を引いた。それから、巻き尺を取り出した。

「一五九センチだ」

「やだわ」ステイシーが免許証を差し出した。そこには、一六〇センチと書かれている。

「このくらい誤差のうちだろう」僕は言った。「なんならもう一回測り直してみよう」

ドアの横に立つ。また測ってみる。彼女の身長は、正確には一五九・一センチだった。僕はまた免許証を見つめた。そこにはやはり、一六〇センチと書かれている。ステイシーはベッドに腰掛けたまま、壁を睨《にら》み続けていた。

5

朝になり、また彼女の身長を測ることにした。彼女がドアの柱にぴったりとかかとをつけ、背すじをはった。僕はその髪の毛をぴったりと撫でつけ、しっかりと鉛筆を地面と水平にした。二本目の黒い線が、白い壁についた。彼女が壁を離れ、僕が巻き尺で測る。

できるだけ正確になるよう、細心の注意をはらった。ミリ単位で気をつけた。結果は、かんばしいとは言えなかった。昨夜は一五九一ミリだった身長は、一五八一ミリになっていた。ひと晩で一〇ミリ、それまでの分を合わせると一九ミリ低くなっている。

ふたり並んでベッドに腰掛けた。彼女のつま先が床から浮いている。以前はどうだったのか、僕には思い出せなかった。手にした巻き尺をしまう。ステイシーは床を、僕は彼女を見つめていた。

その日は、いろいろなものを測って過ごした。ステイシーも僕も、すっかりそれに取り憑かれてしまったかのようだった。ベッドの長さを測り、ベッドカバーと床との距離を測り、開いたカーテン同士の距離を測る。前歯を測り、首まわりを測る。家の前の舗道に入ったひびの全長を計算し、地面に落ちた吸い殻の長さの平均値を割り出す。なにもかもを測り尽くした。翌日もそうしてあれこれ測ってからジャスパーを託児所に迎えに行き、そこから聖マシュー合同教会へと車を向けた。教会と道を挟んだ駐車場に車を入れる。ジャスパーが泣き出した。

「行かなくちゃ」ステイシーが言った。僕はその声に浮かんだ不安の色を測り、うなずいた。

ステイシーは運転席と助手席の間から顔を出し、ジャスパーにキスをした。おかげで彼は泣きやんでくれたが、彼女が車を降りるのを見てまた泣きはじめた。ステイシーが身に着けたセーターもズボンも、袖や裾が何度か折り返されていた。彼女は二度振り返って、ジャスパーを見つめた。

ここから先は、ステイシーが僕に語ってくれたことだ。彼女が嘘を言っているなんて疑う理由など僕にはなにひとつないが、ともあれ僕自分が目撃したわけじゃないことは憶えておいてほしい。彼女がまず抱いた印象は、聖マシュー合同教会の半地下《ベースメント》が会場に選ばれたのは、くすんだリノリウムの床や低い天井、そして蛍光灯の照明が、この集まりにはぴったりだからじゃないかというものだった。パイプ椅子が円形に並べられていた。いい香りを漂わせるコーヒーポットの横に、発泡スチロールのカップが重ねて置かれていた。足りないものといえば、参加者だけだった。ステイシーは時間ぴったりに到着したはずなのだが、あのフィリップス刑事ですら、まだ姿を見せていなかったという。

ステイシーは発泡スチロールのカップにコーヒーを注ぐと砂糖を入れ、茶色いプラスチックのマドラーでそれを掻き混ぜた。コーヒーポットの横には白紙の名札のシールとマジックが何本か置かれていた。ステイシーはマジックを手に取りキャップを開けたが、名札にペン先がついたところで手を止めた。名札の左隅に、マジックのインクがにじみを作った。彼女はすこし考えてから「ステイシー」ではなく〈電卓〉とそこに書いた。名札を胸に貼りつけると、誰かが階段を降りてくるのが聞こえた。

荒く速いその足音の主は、ひとりの女性だった。彼女は部屋に姿を現しても、立ち止まって自己紹介をしようとはしなかった。円形に並んだパイプ椅子をひとつ摑むと、部屋の西側の壁にある道路に面した小窓へと、それを抱え上げて行ったのだ。椅子の上に乗り、窓から外を見る。何人かの足音がそこを通り過ぎてから、女性はため息を漏らした。それから椅子を飛び降りると、ようやくコーヒーを飲んでいるステイシーのところへやって来たのだった。

ステイシーは名札を探す振りをしながら、女性のことをじっくりと観察した。服はよれよれで、破れ、汚れている。ひどく疲れた様子の彼女からは、染みついた汗のにおいがしていた。しばらくしてようやくステイシーは、彼女があのとき自分の五人後ろに並んでおり、強盗に口の開いた封筒を手渡した女性であることに気がついた。強盗は、なにも訊ねずその封筒を受け取ったのだった。

彼女はステイシーの名札を見るとマジックを手に取り、自分の名札に〈封筒〉と書いて、それを胸につけた。「ほかの人たちは？」

「私にもさっぱり」ステイシーが答えた。

ふたりは隣同士の椅子に腰掛けた。十分が過ぎたころ、フィリップス刑事が階段を降りて来た。煙草の香りを漂わせている。彼はふたりの名札に目をやるとテーブルに歩み寄り、自分の名札に〈玄関の鍵〉と書いて胸につけた。そしてコーヒーを注ぎ、ふたりに加わった。

次に、ジェニファー・レイオン、サンドラ・モリソン、そしてグレイス・ゲーンズフィールドが階段を降りてきた。その五分後にデイビッド・ビショップが姿を見せると、さらにその五分後にダイアン・ワグナーが到着した。十三脚用意された椅子のうち、八脚が埋まった。さらに十五分が流れた。誰ひとり口を開こうとせず、ただ床を見つめていた。

「さてと……」フィリップス刑事が言った。「始めてしまいましょうか」

「私からでいいですか?」ジェニファー・レイオンが見回した。

みんなが顔をあげ、彼女を見つめる。ジェニファーは二十代半ばといったところで、太い黒のフレームの眼鏡をかけ、ブロンドの髪を肩の高さで揃えていた。ひらひらとしたロング・スカートと、古びたブーツをはいている。

「本当に、本当に、おかしな話なんです」彼女が話し出した。

強盗の翌日、二月二十二日木曜日、ソファの下に落ちたテレビのリモコンを探していたジェニファー・レイオンは、神と遭遇した。白いひげ、まとったローブとサンダル、なにもかも、彼女が思い描いたままの神の姿だった。だが、とても薄汚い。ソファの下が埃まみれだったのだ。ちょうど洗濯をしようと思っていたところだったので、彼女は神をコインランドリーへと連れて行った。

神を洗濯機に入れる。小銭の持ち合わせがあまりなかったので、大量のジーンズと一緒に洗濯した。ジーンズのポケットの中身をよく確かめていなかったのだろう、洗濯機から取り出した神はティッシュの屑《くず》にまみれていた。神はそのせいで、ひどく機嫌を損ねたようだった。そして、ジェニファーと目を合わせようともせずに、コインランドリーを出て行ってしまったのだった。結局、あの強盗事件の後も、彼女と神との距離が縮まることはなかったのだ。

ジェニファー・レイオンが話し終えても、誰も喋《しゃべ》ろうとはしなかった。部屋の後ろのほうで暖房機のラジエーターがかちかちと音をたてていた。

「だけれど」ジェニファーが言葉を続けた。「あのときからずっと神様のお姿を探し続けているんです。いつもというわけではないけれど、なにかしているとき、たとえば職場や繁華街にいるときも、お姿を探しているんです。たとえばバスの後ろの席にお座りなんじゃないかっていう気がするの。キャビネットの書類に紛《まぎ》れておいでなんじゃないかとか、冷蔵庫の牛乳の裏だとか。本当にそこに神様がおわしたためしはないのだけれど、それで十分なんです。それだけで私、満たされてるんです」

ジェニファーは、自分の両手を見下ろした。ラジエーターがかちかちと音をたて続けていた。〈封筒〉という名札をつけた女性が立ち上がった。パイプ椅子が反動で後ろに滑り、床に倒れた。「それだけ?」女性が叫んだ。「起こったのは、たったそれだけのことなの?」

そして、これまただしぬけに、今度は黙り込んだ。凍り付いたように身動きせず、階段のほうへと視線を送る。誰もがそれにつられて階段へと目を向けると、階段を駆け降りてきた一頭のライオンが、部屋の中へと躍り込んでくるのが見えた。

ライオンは、コーヒーポットの載ったテーブルの前で立ち止まった。ピンク色の舌を出し、黒い唇をぺろりと舐めてみせる。そしてくんくんと鼻を鳴らしたかと思うと〈封筒〉の女性をまっすぐに見すえ、ライオンは飛びかかったのだった。

強盗事件から三日後、そして六年間連れ添った恋人と別れた三ヶ月と五日後のこと。新しく移り住んだアパートのリビングを歩いていたドーン・マイケルズは、焼け付くような痛みを脚に感じた。身をかがめ、両手でふくらはぎを持ち上げる。そのまま床の上に転がってみた。未《いま》だかつて感じたことのないような痛みに、彼女は思わず悲鳴をあげた。くるぶしのすぐ上に入れたライオンのタトゥー、痛みはそこから来ていた。

ドーンがそのタトゥーを入れたのは、ほぼちょうど三ヶ月前のことだ。恋人との別れに踏み切った自分の新たな勇気を讃《たた》えるために彫り、その傷がすっかり癒えたばかりだった。しかし足首に血が流れ出し、タトゥーが皮膚から抜け出して彼女に飛びかかって来たのだ。

ジャコウのようなその香りに、彼女はふと、六歳のころに祖母に連れて行ってもらったサーカスを思い出していた。細長く開いたまぶたの向こうから覗くまっ黒い瞳を見て、ドーンは震え上がった。タトゥーは緑と金色だったが、飛び出してきたライオンは黄色とオレンジ、そして黒をしていた。目の前に立つライオンのたてがみが、窓から入り込む風にそよいでいるのが見えた。ライオンの臭い息が顔にかかる。ライオンが目を細める。近づいてくる。ドーンはくるりと背を向けると駆け出した。全速力で逃げる彼女を、ライオンが追いかけて来る。それからというもの、彼女はライオンに追われ続けているのだという。

「こっちよ！」ステイシーが叫んだ。参加者たちはパイプ椅子を蹴散らすように裏手のドアをくぐり、病院のように巨大な厨房へと出た。ステイシーはドアを閉めると、渾身《こんしん》の力を込めてそれを押さえつけた。追いかけてきたライオンが体当たりをする音が聞こえたが、彼女は負けじとドアを押さえ続けていた。

「あっちよ」ステイシーが言った。そして、キッチンの裏手へと続くドアをあごで示し、ふたたび両手と体すべてを使ってドアを押さえ込んだ。「名前は？」

「ドーンよ」

「私はステイシー」

ライオンの右肢が、細く開いたドアの隙間から入り込んできた。にょっきりと鋭い爪が飛び出している。

「ドーン、いいから逃げて」ステイシーが言った。

ドーンが駆け出した。ライオンが、ステイシーを床に押し倒して厨房へと躍り込んで来た。咆哮《ほうこう》をあげ、ひとっ飛びで厨房の奥へと向かってゆく。そしてステイシーになど目もくれずに、教会から飛び出して行ったのだった。ステイシーは立ち上がると乱れた服を両手で直し、先ほどの会場へと戻って行った。

「さてと……」フィリップス刑事がそう言って、言葉を止めた。

「あらためて、ではどうかしら」ステイシーが言った。「明日はどう？」

その場の全員が、ぜひそうしようといった顔で首を縦に振った。

6

第一一七支店で強盗事件に遭った全員が、苦く悲惨な末路を辿《たど》ったというわけじゃない。不可思議なできごとに見舞われはしたものの、破滅や絶望へと向かわなかった人々もいるのだ。ただし、まったくなにも変わらなかったわけでもない。たとえば、近ごろあの銀行の副支店長に昇進した、サム・リビングストンがそうだ。強盗事件の午後こそ休みはしたが、彼はその翌日から職場に舞い戻っていた。

デスクに着いたサムは、椅子に腰掛けたまま時計回りにぐるりと回ってみた。いったいなぜ、この自分が昇進したのだろう。自分には過ぎた昇進だとしか思えない。辞令を受け取ってからこのかた、彼は新しいオフィスの中の新しいデスクと一緒に置かれた新しい椅子に座ったまま、まったくなにも手がつかずにいた。サムはまぶたを閉じ、自分が水中にいるところを想像してみた。そして目を開けると、そこはもう水の中だった。なにもかも水に浸かっている。まごうことなく水中だ。電話が鳴り響く。受話器を取ってみて、その軽さに彼は驚いた。

「サム・リビングストンです」彼が言った。

「サムかい？」ティムの声が訊ねた。ティムも、サムと同じく昇進したばかりだった。「なにがどうなってるのか分からないんだが――」

「こっちのオフィスもすっかり水の中だよ」

「まじかい？」

「ああ」

「これ、どうすりゃあいいんだろうな」

と、オフィスのドアになにかがぶつかる音がした。「ちょっと待った」彼が言う。「あとでかけ直す」

サムは椅子から浮き上がるとデスクを越えて泳いで行き、ドアの鍵を開けた。廊下にいたのは、新しい上司だ。

「なんでドアに鍵をかけてるの？」

「集中したくて。すいません」

「なるほど」彼女が言った。「今はなんの案件を？」

「バークハウスの件です」

「バークハウス？　サミュエルソンではなくて？」

「いえ、まだバークハウスが片付かなくて」

「早くしてちょうだい」

「すぐ終わらせます」

上司はうなずいて彼に背を向けると、そのまま廊下を泳ぎ去って行った。サムは腕時計に目をやった。午前十一時半だ。ランチを終えると、サムは自分がぷかぷかと浮くことができるのに気がついた。天井まで浮き上がってみる。まるで空でも飛んでいるかのような、最高の気分だ。

サムはオフィスから泳ぎ出してみた。天井からコピー機のあたりまで大きくゆったりと宙返りをして、また天井へと戻ってみる。受付係は、見て見ない振りをしていた。

午後三時半ごろ。サムは自分のオフィスへと泳いで戻って行った。ドアに鍵をかけ、デスクにつく。そして一時間後にバークハウスの件を片付けて、上司にメールでそれを送った。送信ボタンを押したとき、デスクの下でサムの足がなにかにぶつかった。覗き込んでみた彼は、床に大きな栓がはまっていることに初めて気がついた。首をひねりながら、栓を引っ張ってみる。栓が抜けた拍子に、サムはまた椅子に戻っていた。水がどんどん引いてゆく。

そして十分もするうちに、水はすっかりなくなってしまった。

強盗事件から九日後、混み合うレストランのふたり掛けのテーブルにひとりで座っていたサンドラ・モリソンはふと、自分の心臓が爆弾になりあと十分で爆発してしまうことに気がついた。我ながらばかげた直感だと思ったが、手のひらにはじっとりと汗がにじみ、頬は上気していた。どんどん高まってゆく鼓動に、彼女の不安が膨れあがった。

腕時計を見れば、気付いてからすでに三分が過ぎている。自分が爆発してしまうところを、彼女は想像してみた。血液が薄い黄色のカーテンに飛び散り、隣のテーブルに座る女性が身に着けたグレーのドレスを染め上げる。心臓や脳みその破片が、今日のスペシャルを盛ったボウルにびちゃびちゃと落ちてゆく。そう思うと、鼓動はますます高まった。

サンドラはもう一度、腕時計に目をやった。爆発まであと残り三分。心臓の鼓動が聞こえた。決断しなければ。もしレストランを飛び出さなければ自分は爆発し、その場にいる人々を巻き添えにして殺してしまうにちがいない。だが、立ち上がって駆け出してしまえばすべてが現実になってしまうのだという確信もまた、彼女にはあった——恐怖に打ち勝つことができれば、爆発は起こらないにちがいないと。

また腕時計を確かめる。爆発まであとたった一分。そうしている間にも、秒針は進んでゆく。彼女は立ち上がった。そしてまた腰を下ろした。今度は椅子を押しのけて二歩ほど離れ、それからやはり、また戻って来る。サンドラは両目をつぶった。テーブルの端を摑み、ぎゅっと歯を食いしばる。
「みんな伏せて！」彼女は大声で叫んだ。爆発は起こらなかった。

Book Two

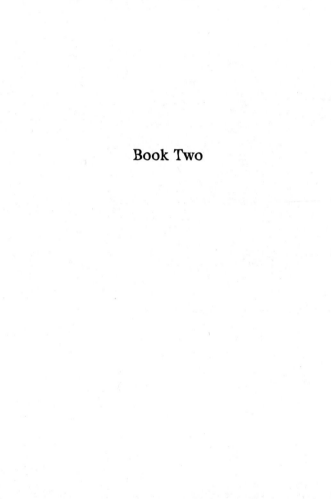

7

強盗事件から七日後。二月二十八日水曜日の夜を迎えた僕たちは、いろんな理由で、夫婦でカウンセリングを受けるのに乗り気じゃなかった。まず、しぶるジャスパーをようやくベッドで寝かしつけることに成功したばかりだったこと。そして僕たちがふたりともくたくたで、すでに何度も結婚生活について話し合っていたこと。僕たちの結婚生活がどこかぎくしゃくしているのは、強盗事件の前からだ。同じような毎日ばかりが続き、前進もなにもありはしない。この二年間というもの、夜遅くに息子の部屋を覗いて彼が息をしていないのではないかと蒼ざめるのにも、眠ってくれない息子にも、眠れない自分たちにも、睡眠訓練にも、もうすっかりうんざりしていた。お互いに相手が責任を果たしていないと責め合い、あとひとり子どもを持つべきかどうかを延々と話し合い、自分たちは親としてどうなのか、互いにまだ愛し合っているのかと、毎日自分たちに問いかけ続けてきたのだ。それでも、ベビーシッターのノックは玄関に響き渡る。僕たちは、カウンセリングに出かけることにした。

カウンセラーはジーン・ロバートという年輩の女性で、指が長く、髪の毛はちょうど肩くらい。大きな耳たぶを持つとがった耳をしているせいで、まるでエルフのように見える。三年前、彼女にかかりはじめたころは、本当にエルフのようなその風貌を親しみやすく感じたものだった。おかげで力を与えてもらうような気になったことも、一度や二度じゃない。だが二月二十八日水曜日、ひと晩で二八ミリ——合計で八三ミリを失ったステイシーと共に訪れた彼女は、まるで役立たずのように思えた。

僕たち三人は、彼女のオフィスに座っていた。僕は、カーペットの上で揺れているステイシーの両足を見つめていた。一時間のカウンセリングが始まって十五分、まだ誰も、自分から話そうとはしなかった。

「ステイシー、今日はなんだか悲しそうな顔ね」やっとのことで、ジーンが口を開いた。ステイシーが小さくなったと言葉にしたわけではないが、顔にはそう書いてあった。ステイシーが新しい服を買うことをかたくなに拒んでいるせいで、どの服も今やかなりぶかぶかだったのだ。

「でしょうね」ステイシーが言った。

「でしょう」僕が繰り返した。

「デイビッド、なにか話したいことはある?」ジーンが訊ねた。

「いや、僕は大丈夫です。ありません」

「大丈夫には見えないけれど」ジーンが言った。

「もちろん、家内は疲れてますとも」僕は、自分でも意外なほど声に怒りをにじませた。そのまま先を続けようかとも思ったが、自分を抑えるとまた口を開いた。「家内はいつも疲れてるんです。僕は疲れてなんていられません」

「ステイシーに直接話すの、私にじゃなくて」

「私が疲れてるからむかつくって言いたいの？」

「妻はいつも求めてばかりで、なんにもしてくれやしないんです」

「ステイシーに話して……」

「あなた、そういうこと言う人だったのね」

「君のためだと思って僕は……」

「そんなふうに考えてたなんて、ずっと知らなかったわ」

ステイシーは腹にすえかねたようにそう言うと、つぎつぎとまくし立て始めた。

「あなた、私が元気そうな顔してるからそんなこと言ってられるんですからね。落ち込むこととすら、私は許してもらえないの」

「なによその、君は分かってないとでも言いたげな顔は」

「あなたといると、毎日それだけで落ち込んでくるのよ。デイビッド、私がこんなになっちゃったのは、あなたのせいなの」

「なんとか言ってみなさいよ」

僕は黙っていた。じっと床を見つめていた。

「私の体が縮んでるの、あなたちゃんと分かってるの？」ステイシーが怒鳴った。

「なのにあなたときたら、自分の人生がつらいだとか、そんな話ばかり！」

「どうせ私は夫に大事にもしてもらえないような、つまらない女でしょうとも」

「あなたと来たら、まるでぜんぶ自分には責任なんてないような顔をして！　家のことも、子どものことも、なにもかも。私は、誰かに助けてもらいたいのよ。信頼できる相手が欲しいの。誰かにちゃんと向き合って欲しいだけなのよ」ステイシーが言った。

最後だけ、静かにそう言った。そして一時間のカウンセリングの残りを、僕も彼女もひとことも話さずに過ごしたのだった。

8

その夜、午前三時を回ったところでふと目が覚めた。なぜ目が覚めたのかは分からなかった。ジャスパーもよく眠っている。目が覚め、息子がいつものように叫び声をあげているわけでもないのに、なぜか腹が立った。なんで息子がぐっすり眠っているのに、僕はゆっくり休むこともできないのだろう？　辺りはしんと静まり返り、しばらく耳を澄ましても、なにも物音はしなかった。首を右に向けてみて、ステイシーの姿がそこにないことに僕は気がついた。

シーツを持ち上げてみても、彼女の姿は見えない。枕をどかしてみても、妻は見あたらない。もしかしたらすっかり縮んで見えなくなってしまったのではないかと思いながら、ベッドを抜け出し、下を覗き込んでみる。

そこで僕はやっと、この先どうなるのかを考えてみた。それまでは知らず知らず、どこか気楽に考えていたのだ。たとえば、彼女は縮んでも、どんどん小さくなってゆくだけなのだと。小さくなっても消えてしまうわけじゃないんだから、ダイニングのテーブルかどこかに顕微鏡でも置いておけばいいのだと。彼女は小さくなってしまうだけで、いつもそこにいるのだと。

僕は着替えもせずに寝室を飛び出すと、階段を駆け降りた。ふたつ目の踊り場で足を止める。ソファで眠っている彼女を見つけたからだ。心臓は早鐘のように打っていた。今にも息が切れそうだった。起こして寝室に連れ戻していいものか僕には分からず、気がかりながらも彼女をそのままにして引き返した。ベッドに戻ると、その瞬間に電話のベルが鳴り響いた。

「もしもし?」

「おやおや」電話の主が言った。「これはご主人」

「どなたですか?」

「私ですよ」その言葉を聞いて、相手が誰だか僕にははっきりと分かった。

「何様のつもりだ?」僕が言った。「お前のせいでこっちは――」

「ひとまずひとまず」男が僕をさえぎった。落ち着いた、なだめすかすような声。「まあそうおっしゃらず、騙されたと思って耳をお貸しなさい。奥様いわく、ご主人はそういうことが大の苦手でいらっしゃるようだが」

「なにを言っている?」

「まああまあ。お気を楽に。こちらもふざけるのはよすとしましょう。お訊ねしたいことがあるならば、お答えしますとも。なんなりと」

強盗相手に話をするのはおろか、その知恵を貸してもらうなどもってのほかに思えたが、僕に残された選択肢などありはしなかった。

「いったいなぜこんなことをするんだ」僕は訊ねた。

「なぜなら、そうすべきだからです」

「おい、分かるように――」

「お分かりいただけないのであれば、それはそれ。私の答えは変わりません。まだなにかおありかな？」

「どうしたら、妻の身長を止められる？」

「まだ奥様を愛しておいでか？」

「当たり前だ」

「心から？」強盗が訊ねた。答えを強要するような言いかたではなかった。答えがノーならばそれはそれでいいという雰囲気だ。ふと僕は、口をつぐんで答えを考えはじめた。その隙に、強盗がまた言葉を続けた。

「子どもを持つことの最大の難しさは、妻より子どもを愛しているのだと、人が自覚してしまうことでしょうな。愛する妻よりも、さらに愛することのできる誰かがいるのだと。さらに悪いのは、それが努力を要さぬ愛であることだ。その愛は、ただそこにある。そこにあり、朽《く》ちることなく、強く深まる一方だ。というのに妻への愛ときたら、努力を要するうえに、どんなにたゆまぬ必死の努力を積んだところで、なにも得られはしないのです。ぽつねんと、虚《むな》しく取り残されるばかりでね。まるで、窓辺に忘れ去られた鉢植えのように」

言葉が見つからなかった。僕たちはふたりとも、しばらく黙り込んだ。

「これは失礼」やがて強盗が言った。「鉢植えの話は余計でしたな。近ごろ、ついつい比喩を使いすぎていけない。ともあれ、今宵はあちらこちらに山ほど電話をかけねばならぬのです。それではお元気で。ご主人は、素晴らしい奥様をお持ちだ。奥様にもよろしくお伝えを」

「おい、ちょっと待て——」僕は言いかけたが、もう電話は切れてしまっていた。

9

強盗事件から十三日後。午後の太陽が射し込む寝室で、ステイシーはひとり、自分の身体を測っていた。鉛筆で印をつけ、一歩踏み出し、振り返り、印を見つめる。身長は、朝に測ったときと同じく一一四六ミリ。ひと晩で、九一ミリほど縮んでいた。彼女は腰掛けると、ドアの支柱についた十一本の黒い線に顔を向けた。一本一本に日付と、そのときの身長と、それから夜の間に失った身長とが書き込まれている。

ステイシーは、そこに並んだ番号をじっと見つめた。僕がその場にいたなら、あまり囚われず流れに任せ、前向きに考えるように言っただろう。彼女がなにか規則性を見出そうとしているなどとは、僕には考えもおよばなかった。縮んでゆく彼女の身長は僕にとってただランダムかつ謎めいた事実でしかなく、そこに法則があるかもしれないという発想そのものがなかったのだ。

あの事件から三日間、僕も彼女も身長が縮んでいることに気付かなかったため、当時どのくらいの速度で身長を失っていたのかが分からなかった。その間に九ミリ縮んだとしか、判断ができなかったのだ。僕たちはその翌日から縮んでゆく彼女の身長を壁に記し続け、その数字を今、彼女はじっと見つめている。

「四日目、一〇ミリ」彼女がぶつぶつとつぶやく。「五日目、一五ミリ。六日目、二一ミリ」

陽射しがベッドにまで届いた。ステイシーはまだ見つめ続けている。僕には、そこに規則性があるなどとは思えない。数字が大きくなってきているのは分かるが、順を追って倍になるわけでもなく、整数列になるわけでもなく、ルートのようなものにも当てはまらない。太陽が部屋じゅうを希望の黄色に染め上げはじめたころ、ステイシーはだしぬけに立ち上がった。

「二八、三六、四五」彼女が言った。壁に歩み寄り、いちばん下に引かれた線へと手を伸ばす。「五五、六六、七八、九一。やだ、これ三角数だわ！」

三角数というものを分かるのは、あまり簡単とは言い難い。これを理解するには、均等に点の配置された正三角形を用いる。実際に見てもらうほうが簡単かもしれない。

まず、一からこの法則は始まる。

•

次は三だ。

さらに底辺に一列を足すと、六になる……。

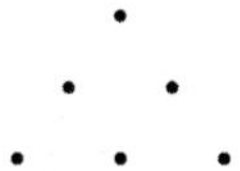

そして一〇……。

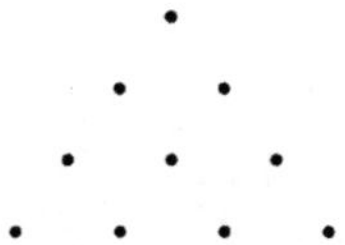

そして一五……。

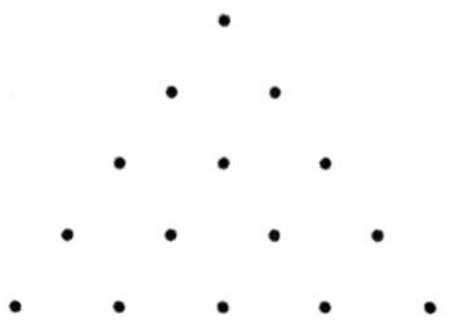

　底辺に新たな一列を加えることが、ここでは規則性になる。常に均等に点を打ちながら、正三角形を形づくってゆくのだ。一五の後には二一、それから二八、三六、四五、五五、六六、七八、九一、一〇五、一二〇、一三六、一五三、一七一、一九〇、二一〇、二三一……といった具合に。

　ステイシーは、顔を輝かせた。ついに見破ったのだ。寝室に射し込む午後の陽光を浴びながら、彼女は控えめに体を揺らした。自らの手で暗号を解いた誇らしさ。しかしそこでふと彼女は、その暗号の意味に気付いたのだった。寝室を飛び出し、急ぎ足で階段を降りる。ダイニングに行くとテーブルによじ登り、ペンと紙を用意した。僕がくしゃくしゃになったその紙を見つけたのはずいぶん後になってから、クローゼットの裏でのことだ。そこには彼女の震える字で、次のように書かれていた。

日数	身長	損失
14	1,146	91
15	1,041	105
16	921	120
17	785	136
18	632	153
19	461	171
20	271	190
21	61	210
22	–	

次に彼女がどうしたのかは、想像するしかない。きっと、計算の見直しをしたにちがいない。それから自らの仮説を確かめるべく、全体を振り返ってみたはずだ。ペンを置いて座っている彼女の姿が目に浮かんだ。その目からこぼれ落ちる涙が。きっと、たくさん泣いたのだろう。ついに縮んでゆく自分の身長に規則性を見つけ出したはずが、おかげで一片の疑いもなく証明する結果になってしまったのだ。自分はあと八日ですっかり消えてしまうのだということを。

彼女はそれを、ジャスパーにも僕にも伝えようとはしなかった。すでに八回目となる被害者の会には休まず顔を出していたし、そこでなにがあったかも細かく教えてくれたし、ひとりひとりの身に降りかかった奇妙なできごとも、漏らさず話して聞かせてくれた。しかし自分が消え去るその日を特定したことだけは、胸にしまっておくことに彼女は決めたのだった。

10

僕たちの他に縮むというできごとに見舞われたのは、ただひとり。あのとき列の先頭に並んでいた、強盗に古びた安物の腕時計を渡した男、デイビッド・ビショップだけだ。携帯電話の留守番電話に残された九十八件のメッセージに彼が気付いたのは、ちょうど母親の家での夕食へと向かっている車の中でのこと。頭から十七件ほど聞いてみたところで、彼は、どの伝言も一言一句たがわず同じなのに気がついた。ただ、ひとつひとつのメッセージは、どれもほんのかすかにだが、声の様子がちがう。彼は携帯電話をあれこれ操作すると、九十八件のどれもがまったく同じ時刻に録音されているのを知った。こんなおかしな話があるだろうか。

母親の家に着いて車を停め、外に出ようとしたところで、小さな声が耳に届いた。「これこれ、気をつけなさいな」と、蚊の鳴くような声がしたのだ。ビショップが見下ろしてみると、彼は、およそ九十八分の一ほどの大きさに縮んでしまった母親を、今にも踏みつぶしかけているところなのだった。彼は足を宙に浮かせたまま、家の前庭を眺め回してみた。庭のあちらこちらに、小さくなった母親の姿が見えた。歩道の上にもいる。玄関口の階段にもいる。そこかしこに、小さな母親たちがいるのだ。

「ごめん」デイビッドは言うと、注意深く歩道に足を降ろした。

「そんなにびっくりおしでないよ」小さな母親が言った。「歳を取るってのは、こういうもんさ」

「いやいや、馬鹿言っちゃいけないよ」

「お前の知らないことだってあるもんさね」

「でもこんなの、見たことも聞いたこともないよ」

「年寄りなんて、お前はろくに知らないだろう？　私にゃあ起こったんだよ」

「起こったって、なにがだい？」

「ちょっと持ち上げとくれ。中で話すとしようじゃないか」小さな母親のひとりがそう言うと、両腕をかかげた。デイビッドはかがみ込むと、彼女を拾い上げた。家へと歩き出そうとすると、小さな母親たち全員が、同じように両腕を伸ばしてみせた。デイビッドは、ひとり残らず拾い上げた。いくら小さいとはいえ、無事に運べるのは一度に十二人までだった。そんなわけでビショップは、実に九回も往復して、九十八人の小さな母親たちをすべて、家の中のダイニング・テーブルの上まで運んだのだった。母親の背丈は、そこに置かれたコショウ入れよりもわずかに小さかった。

　小さな母親たちが、いっせいに彼の顔を見上げた。揃いも揃って、どこか暗い顔をしている。デイビッドは、なんと弱々しく見えるのだろうと考えながら、母親たちを眺め回した。

九十八の白髪頭、九十八の丸まった背中、そして、百九十六の細めた瞳と、その周りに刻まれた百九十六のカラスの足跡――。こうずらりと並ばれては、母親は老いたのだと嫌でも思い知らされる。

こんなところに置いておけるものか。彼は注意深く、ひとりひとりポケットの中にしまい込みはじめた。上着には六つのポケットがあり、外側のポケットにはそれぞれ十二人ずつ、内ポケットには八人ずつが入り、そして、コートの両側についた深いポケットには、それぞれ十二人が収まった。ビショップは、何週間も返しそびれていたトースターの箱を車のトランクから持ってくると、残った三十四人をそこに入れた。景色の見える外側のポケットがいいと言う母親たちもいれば、温かい内ポケットを好む母親たちもいた。トースターの箱がいいと言う母親だけは、ひとりもいなかった。ビショップは彼女たちの意見には耳を貸さず、手にしたそばからあちこちに入れていった。母親たちが、やいのやいのと不平を並べ立てた。彼は注意深く車へと箱を運び、注意深く後部座席の床にそれを置いた。そして注意深く運転席に乗り込むと、注意深く車を発進させたのだった。自宅に戻ると、キッチンに置かれたテーブルで請求書を数えている妻、ウェンディの前に、彼は箱を置いた。

「それ、返すんじゃなかったの？」彼女が言った。

ビショップは、それには答えず、ポケットから小さな母親たちを取り出しては、テーブルの上に置いていった。

「いったいどういうこと？」

「小さく分かれちゃったみたいなんだ」

「お母さん、このままここにいるの？」

「こんな姿のまま放っておけないよ」

「いやよ。こんなのわたしいや」

いくら小さいとはいえ、母親たちの世話をするのは楽ではなかった。ひとりひとりが、かつて身長一五〇センチだったころと同じように食事をし、眠り、あれやこれやと動き回るのだ。誰もが同じ服を着ていたが、替えの洋服は一着たりともありはしなかった。食器も皿もなかったし、寝るときにはアイスの棒とコットンウールとで作った即席ベッドが欠かせなかっ

た。

　家じゅうが、小さな母親たちで埋め尽くされた。あちこち歩き回っては、迷子になって戻って来られなくなってしまう。デイビッドは片時も休まずそれを探し回り、暖房の吹き出し口にぶら下がった母親や、鉢植えの土に膝まではまり込んでしまった母親を連れ戻し続けるのだった。母親たちはどういうわけか、薬棚がお気に入りのようだった。何人かは、姿が見えない母親たちもいた。

　翌日、職場のデイビッドにウェンディは、すぐ戻って来て欲しいと電話をよこした。戻ってみると、キッチンのテーブル上には、昨日よりも小さな母親たちが数え切れ

ないほどひしめき合っていた。

「こりゃいったいどうしたんだい？」

「また分かれちゃったのよ」

「本当かい？」

「ええ……」

デイビッドの目の前で、また母親たちが分裂した。数が倍になり、大きさは半分になった。

「どうしたらいいんだ」デイビッドは言った。

「そんなこと言ったって、どうしたらいいのか……」

母親たちは肩をくっつけ合うようにして、テーブルの上を埋め尽くしていた。また、分裂が起こった。彼女たちはデイビッドに向けて両手を挙げ、顔を寄せるように合図した。彼は言われるままに身をかがめると、母親たちの頭にくっついてしまいそうなほど耳を近づけた。

「あたしゃ怖くないよ」母親たちが言った。

「安心しておくれ」デイビッドは答えた。母親の手を握りしめたかったが小さすぎてほとんど見えないようなありさまだったので、代わりにウェンディの手を握りしめた。次の瞬間、母親たちはまた分裂し、続けざまにもう一度分裂した。あまりに小さくなり、デイビッドが目をじっと細めてようやく見えるくらいになってしまった。デイビッドは窓に歩み寄ると開け放った。キッチンのテーブルへと風が舞い込んで、小さな母親たちを残らず運び去って行った。

11

強盗事件から十六日後となる三月九日金曜日、僕はステイシーを連れて聖マシュー合同教会の階段を登っていた。第一一七支店にいた被害者の会、これが最後の集まりになるとは、誰もまだ知らなかった。ステイシーは今まで休まず会に出席し、ひとり、またひとりと参加者が減ってゆくのをその目にしてきたのだった。

　彼女の身長は、七八五ミリになっていた。高校で使っていた定規のちょうど一・五倍ほどの大きさだと想像してみてほしい。もう椅子よりも、テレビよりも、二歳半になる息子よりも小さくなってしまった。

「ジャスパー、ママを踏まないようにな」僕が言った。ジャスパーが一歩下がり、僕はステイシーを地面に下ろす。彼女が教会へと入ってゆくと、ジャスパーが手を伸ばして僕の手を握った。僕はそれが息子の手であることも忘れ、うっかり強く力を込めて握ってしまった。ジャスパーはそれを振りほどくと僕に背を向け、地面を踏み鳴らしてぴょんぴょん飛び跳ねた。教会に入ったステイシーは、それと同じようにぴょんぴょんと半地下《ベースメント》への階段を降りて行った。

日曜学校の教室に使われるその部屋に置かれたパイプ椅子は、どれも畳まれたままになっていた。名札もマジックも見あたらない。コーヒーのいい香りもしない。ステイシーは階段のいちばん下の段に腰を下ろすと、電気のスイッチを見上げた。

会合は、十五分前に始まっている予定だった。だというのに部屋にいるのはただひとり、ステイシーだけだった。さらに二十分ほどが過ぎたころ、ステイシーは階段を降りてくる乱暴な足音に気がついた。そちらに顔を向けてみると、やって来たのはフィリップス刑事だった。九回目から顔を見せていない彼のことを、ステイシーは命を落としたものだとばかり思っていた。

銀行強盗があったあの日、ウィリアム・フィリップス刑事は英雄になることよりも、言われるままに古びた鍵を強盗に差し出す道を選んだ。銀行へは、電話代を支払うためにやって来ていた。手渡した鍵はオンタリオ州トロント、パトリック通り一五二番にある、ずっと住み慣れた自宅にかつて取り付けられていたものだ。

事件から十四日間、フィリップス刑事はなぜあのとき立ち向かわなかったのかと自分を責め続けた。そして十五日目の午後六時半をすこし回ったころ、十回目の会合に出かけようとしているフィリップス刑事がダイニング・テーブルを拭いていたときに、天井から剝《は》がれ落ちてきた大きな歴史のかけらが、彼の後頭部にぶつかったのだった。見上げれば、他の歴史も形をなし、ばらばらと落ちてきているところだ。

フィリップス刑事の前にも二世代が住んでいたこの家には、落ちてくる歴史が山ほどある。もし彼がいるのが家の正面廊下だったなら、話はずいぶんましだったことだろう。廊下の歴史とは、さよならや、再会を祝う手短な挨拶などばかりで、比較的すくないものだからだ。しかし、フィリップス刑事が立っていたのは、数え切れない絶望の夜とひらめきの朝の数々を、そして言うまでもなく三つの新世代の始まりを見守ってきたキッチンなのだ。もっとも重要な瞬間は、えてしてキッチンで起こる。落下してくる歴史も、巨大で重いものばかりだった。フィリップス刑事はそれにぶつかられ、押しつぶされるように、すっかり埋もれてしまったのだった。

「誰か！」そう叫んでも、誰も駆け付けてはくれなかった。歴史はあまりにもうずたかく積み上がっていた。窓すらも埋め尽くされるほどだ。フィリップス刑事には光も届かず、身動きひとつ、ろくに取ることができなかった。むせかえるような濃い空気が、わずかに残されているばかりだった。

フィリップス刑事は一晩じゅう助けを呼び続けたが、その叫びが誰かの耳に届くことはなかった。食料も、水もない。どんどん体力を奪われていくにつれ、あのとき勇気を振り絞って強盗に飛びかかってさえいたならこんなことにはならなかったはずだ、という思いに彼は取り憑かれていった。歴史の下敷きになり、身動きが取れなくなってしまうことなど、なかったはず。ジェナ・ジェイコブもグレイス・ゲーンズフィールドも不幸な終わりを迎えずに済んだだろう。ステイシー・ヒンダーランドもドーン・マイケルズも、あんな目に遭わずに済んだにちがいない。

翌日、フィリップス刑事は家族の歴史の下に埋もれながら過ごした。睡眠などほとんど取れなかった。空腹と喉の渇きとで、どうにかなってしまいそうだった。朝になり、埋もれてから二十四時間が過ぎると、彼の中で絶望が膨れあがっていった。身動きしようものならば、積み上がった歴史が崩れて自分を押しつぶしてしまうのではないかという気がしていたのだ。だが、もう残された道は他にないと胸に決め、彼はもぞもぞと体を動かしはじめた。体の上で歴史がうごめいたが、彼を閉じ込めたわずかな隙間が押しつぶされることはなかった。代わりに、ひと筋の細い光が降りてきたのだ。生き埋めになってからというもの、初めて彼の目に周囲の様子が見えた。

目の前にある歴史の破片は、ある年のクリスマス・ディナーのとき、険悪な雰囲気のなか酔っぱらった叔父が口にした、汚らわしいひとことだった。右を見ると、深夜に何枚もの請求書を見つめて頭を抱える曾祖父の姿があった。その上には、涙ながらに不倫を告白する大叔母が見えた。見覚えのあるその記憶の数々を目にして、フィリップス刑事はかすかに力が湧いてくるのを感じた。リノリウムの床に足をつっぱり記憶の山を押しのけ、泳ぐようにして頭上へと登りはじめた。

会ったこともない、存在すら知らなかった先祖たちが失業し、離婚し、希望を失ってゆく歴史のなかを、フィリップス刑事は泳いでゆく。事業に失敗し、裏切られ、すべてを失い打ちひしがれた男たち。六分もしないうちに彼はてっぺんまで辿《たど》り着き、西側の壁へと向かってゆくと、カーテンレールにしがみついた。

「この負け犬どもが！」積み上がった一族の歴史に向けて、彼は叫んだ。「この一族は負け犬の一族だ！　負け犬の三世代なんだ！」フィリップス刑事は声をたてて笑った。深く息を吸い込み、吐き出す。そしてカーテンレールを摑《つか》んでいた手を離すと、笑みを浮かべたまま歴史の海へと沈んで行った。


フィリップス刑事が階段に姿を現すと、歴史のかび臭いにおいが漂って来た。彼はステイシーの三段上で足を止めると目を丸くし、すっかり小さくなってしまった彼女を見つめた。それから室内を見回し、パイプ椅子が畳まれたままであること、コーヒーの香りがしていないことに気がついた。

「皆さんは？」彼が言った。

「たぶん私だけになってしまったんだと思います」ステイシーが言った。

「上までお連れしましょうか？」

ステイシーは首を横に振った。

「じゃあもうすこしそこに座っておられますか？」彼が訊ねた。

ステイシーがうなずくと、彼の足音は階段を引き返して行った。彼女はさらに二十分ほど待ったが、もう誰も姿を現しはしなかった。

Book Three

12

最後に開かれた第一一七支店被害者の会から四日後の朝、ステイシーがリビングのソファで目を覚ますと、巨大な瞳がふたつ、彼女を覗き込んでいるところだった。見えるのはただ、青い瞳だけ。鼻はクッションの下に隠れており、額《ひたい》は彼女の視界の外だ。ステイシーはすくみ上がった。瞳はじっと彼女を見つめている。まばたきし、まぶたを細めている。彼女はようやく、それが息子の目なのだということに気がついた。

彼女はもう、僕の手を借りて白い壁に印をつけようとはしなかった。ひと晩で二一〇ミリ縮み、身長は六一ミリになっている。もう車のキーよりも小さくなってしまった。

計算どおりならば、僕たちが一緒に迎えることのできる最後の朝になるはずだった。夜になれば彼女は縮むだけではなく、すっかり消え去ってしまうのだ。ただそのときの僕は、そんなことも知らずにいた。彼女は謎を解き明かしたことも、自分が消えてしまうのに気付いていることも、僕たちには秘密にしていたのだ。

なぜ秘密にしていたのか、その理由は今も分からない。

その朝のステイシーは、悲しみにあふれていた。ジャスパーを見上げると、息子の目にも同じ悲しみがにじんでいるのが見えた。彼女は急いで体を起こすと、無理やり笑顔を作ってみせた。

「おはよう、ジャスパー！」彼女が大声で言った。

「ママ！」

「なにかして遊ぼうか？」

「うん！」ジャスパーが答えた。そして飛び跳ねながら時計回りに回ってみせた。

「じゃあ遊びましょう。でも、ママを踏まないでね」

「ママをふまない」

「よーく気をつけるのよ。いい？」

「ママをふまない」ジャスパーがそう言って、うなずく。そして、気をつけていることを示そうと、顔をしかめてみせた。

「さ、指を出して」ステイシーが言った。ジャスパーが人差し指を出した。「そうそう、もうちょっと高く。もうちょっと高くよ」

「もうちょっと高く」ジャスパーが繰り返した。そして指をソファの上へと伸ばした。ステイシーは両手を頭上にかかげると、その指に手を触れた。

「今度はもうちょっと低く」ステイシーが言った。ジャスパーが指を下げる。ステイシーはそこに腕を巻き付けると、両手の指を組み合わせるようにしてしっかりとしがみついた。

「さあて、行くわよ！」

ジャスパーが駆け出した。ステイシーはきつく指にしがみついている。髪が風にそよいでいる。体を大きく右に揺らすようにしながら廊下を曲がり、彼女はダイニングへと突入した。まるで自由に空を飛んでもいるかのような気分だ。しかしジャスパーが突然足を止めたせいで、彼女の体が大きく前に揺れた。衝撃で手が離れる。彼女はどうにもできないまま空中に投げ出されると、黒と白のリノリウムの床に体を打ち付けた。

「ステイシー！」僕が悲鳴をあげた。急いでキッチンのカウンターを回り、彼女の前にかがみ込む。ジャスパーは泣き出してしまった。ステイシーは体を起こすと、伸ばした僕の手を押しのけた。彼女がジャスパーの顔を見る。

「シリアルは?」彼女が訊ねる。

「シリアル食べる!」ジャスパーは叫ぶと、あっという間に泣きやんだ。

僕はオレンジ色をしたプラスチックのボウルに、残っていたシリアルをぜんぶ入れた。ステイシーがテーブルによじ登って来る。したたか打ちつけた左腕の痛みを隠しながら。彼女は両手でブドウのつぶを抱えると、両目を閉じてかじりついた。

「あんなことやめておけよ」

「どんなこと?」彼女が訊き返してきたが、口いっぱいにブドウを詰め込んでいるせいで「おんあおお?」のようにしか聞こえなかった。

「おんあおお? おんあおお?」ジャスパーが、それを真似てみせた。

「ジャスパーが足を滑らせたりしたら大変じゃないか」

「大げさなのよ」

「おんあおお!」ジャスパーが、また繰り返した。そして椅子の上で飛び跳ねると、いきなりバランスを崩してしまった。あわてて振り回した左手がミルクを倒し、こぼれたミルクがステイシーの足もとをすくう。

「大丈夫、大丈夫よ」ステイシーは言ったが、どこをどう見ても大丈夫ではなかった。ジャスパーの泣き声は悲鳴へと変わり、どんどん激しくなっていった。

「大丈夫だから、ジャスパー」

「ごめんなさい……」

「さて、じゃあ行こう!」僕はそう言うと、手を叩いた。「託児所の時間だぞ!」

「やだ!」ジャスパーが言った。僕に抱え上げられて玄関へと連れて行かれながら、必死になって繰り返す。「やだ、やだ、やだ!」叫ぶ彼に僕は長靴をはかせ、コートを着せ、帽子をかぶせた。

「したいようにさせてあげて」ステイシーが大声で言った。

「さて、このまま連れて行っちゃうぞ」僕は息子を担ぎ上げながら言った。「ジャガイモ袋みたいにね」

ジャスパーが笑った。僕は彼を肩に乗せてやった。

「ママ、バイバイ」ジャスパーは僕の肩の上で言った。ダイニングにいるステイシーに手を振っている。彼女は、半分ほど食べかけのブドウをまだ抱えていた。玄関のドアが閉まる音が彼女に聞こえ、それから辺りは静まり返った。

13

その日の午後、僕はステイシーを上着の胸ポケットに入れて、デュポンにあるソービーズへと買い物に出かけた。ポケットからは、外を見ることはできない。中は暗く息苦しく、それに僕がどんなに気をつけて歩いても、彼女はあちこちに引っくり返ってしまうのだった。

「どこに行けばいいんだい？」

彼女が深く息を吸い込むのが聞こえ、僕はじっと言葉を待った。泣いているのにちがいないと思った。「黄色い箱よ」彼女の声が、上着の布地ごしにくぐもって聞こえた。

「黄色い箱なのは知ってるよ。見あたらないんだ。もしかしたら品切れかもしれない」

「あのシリアルが品切れだなんてありえないわ」

「でも、ほんとに切れちゃってるみたいなんだよ」

「ちょっと見に行く」

「待った」僕が言った。通路の端では大学生のふたり組が朝食用のシリアルをかごに入れているところだった。両親たちが子どもに与えたがらない種類のシリアルだ。ふたりが姿を消すのを確かめてから、僕は左を確認した。「よし」ステイシーに声をかける。「出て来ていいよ」

何日か前、僕ははさみを使って、上着の内ポケットから右肩までの通路を作った。それをはしごのように登ってステイシーは、店内の誰にも見つかることなく、ポケットから肩の上へと出て来た。

「もう、デイビッド」彼女が言う。「すぐそこにあるじゃないの」

「どこだよ」

「あそこよ」

彼女の指差すほうを見て、僕はいつものシリアルの黄色い箱を見つけた。「おや本当だ。ちゃんとある。ありがとう。ポケットまでひとりで戻れるかい?」僕はそう訊ねたが、彼女はもう暗いポケットの中へと引っ込んでしまっていた。


買い込んだ食料を車に積んでいると、ステイシーはラジオによじ登り、そこからエアコンの吹き出し口に、さらにダッシュボードの上へとよじ登った。額には汗をかき、小さな胸を上下させている。僕は運転席に乗り込むと、ドアを閉めた。

「そこは危ないよ」と声をかけてみる。彼女が驚いたような目で僕を見た。僕は、いつもよりきつくシートベルトを締めた。

駐車場から車を出す。ステイシーは脚をVの字に開いてすこし上半身をかがめ、両手でダッシュボードを押さえるようにしながらバランスを取っていた。その顔に、落ちてきた髪の毛がかかっていた。ラジオに合わせて、すこし体を揺らしていた。道はひどく混んでいたが、ステイシーがまるで初めてデートをしたころのように楽しそうな明るい顔をしていたので、僕は気にもならなかった。やがてジャスパーの託児所の前に車が着くと、彼女の顔はまた沈んだ。

「ポケットに入って一緒に行ったらどうなんだい？」

首を横に振る彼女を見て、僕はさっさとつまみ上げて一緒に連れて行きたい気持ちを押しとどめた。車から三歩ほど進んでから僕は深いため息をつき、車のほうを振り向いた。運転席側のドアを開け、十センチほど窓を下ろす。

「ごめんよ」僕は言った。こうして窓を開けられるとまるで犬みたいな気持ちになると、彼女から聞かされていたのだ。

ステイシーはダッシュボードの上に腰掛けると靴を脱ぎ、またはき直した。もしかしたら自分はなにか、ひどい過ちを犯しているのではないだろうか——残された時間、できるだけいつもどおりに過ごすよりも、今までしたことのないことをやってみるべきなのかもしれない。呼吸が速まり、浅くなる。彼女は窓から外を見ると、ゆっくりと舞い落ちる雪を眺めているうちに、また落ち着きを取り戻した。ふと、カレッジ通りを東へと走ってゆくドーンの姿が目に飛び込んできた。

ドーンは、やつれていた。髪はぐしゃぐしゃで、靴ひもはほどけ、顔は薄汚れてしまっていた。だがそれよりなにより、すっかりくたびれ果てて見えた。

ステイシーはダッシュボードの上を駆け出すと、ハンドル横のレバーへと飛び降りた。抱きつくようにしながらレバーの端まで移動し、体と両手を使って揺らしながらヘッドライトを点滅させる。

「ドーン！」ステイシーは叫んだ。「こっち！　こっちよ！」

ステイシーの声は小さかったが、わずかに開いた窓から車外へと漏れ出した。ドーンが車へと乗り込んで来る。彼女はボールのように体を丸めると、床に並んだペダルに背を向けるようにして、運転席の前にもぐり込んだ。ステイシーのほうを見上げ、それからぎゅっと目をつぶる。

あのライオンが角を曲がって来た。足を止める。鼻を突き出し、くんくんとにおいを確かめながら車へと近づいて来る。

「その辺にいるの？」ドーンが目を閉じたまま囁《ささや》いた。

「ええ」ステイシーが答えた。

ライオンは車の横までやって来るとふたたび足を止め、首をもたげてにおいを嗅いだ。今度は首を下げ、アスファルトの路面を嗅ぐ。車へとゆっくり近づいて来る。そして、ドアの下のほうから取っ手の辺りまで、くまなくにおいを嗅いだ。

「動かないで。声を出しちゃだめ」ステイシーが囁いた。

ライオンの爪が、窓を叩いた。ステイシーはよろめき、レバーから落ちないよう両腕を振り回した。見上げれば、ライオンの手のひらが窓をぐいぐい押しているのが見える。吐く息で、窓がどんどん大きく丸く曇っていた。

「中に入れないで」ドーンが小声で言った。

ステイシーは見下ろすと、キーが刺さったままになっているのに気がついた。ライオンがまた車を押して、ぐらぐらと揺らす。ステイシーは大きく息を吸い込むと、思い切ってレバーから飛び降りた。頭から落ちながら両手を伸ばし、必死に車のキーホルダーのリングを摑《つか》む。そしてキーについた赤い非常ボタンを足で押すと、車はヘッドライトを点滅させながらけたたましくクラクションを鳴らした。驚いたライオンが、逃げ去ってゆく。

しばらくしてから、ドーンはそろそろと顔をあげ、ダッシュボードから目だけを出して外の様子を探った。カレッジ通りを見回してみる。左を見て、右を見て、また左を見る。それから体の向きを直すと運転席にぐったりと身を沈めた。彼女が伸ばした手のひらに、ステイシーが飛び乗った。

「誰が残ってるの?」ドーンが訊ねた。

「ええと」ステイシーが言った。「私と、それからあなた」

「なるほど、ふたりともグレイス・ゲーンズフィールドみたいな目には遭わずに済んでるわけね」ドーンが言った。

「ええ。グレイスみたいなことにはならないわ、絶対に」

ふたりはそのまま、しばらくの間黙り込んだ。

「行かなくちゃ」ドーンが言った。そしてステイシーをダッシュボードの上に戻すと、運転席のドアを開けた。「立ち止まったらやられる」彼女が言う。ドーンは車から出ると、西へと走り出した。ステイシーは、黙ってそれを見送った。

14

強盗事件から八日後、栞《しおり》にしていた小さな押し花を強盗に差し出したグレイス・ゲーンズフィールドは、冷たく濡れたシーツの上で目を覚まし、夫が雪だるまになっているのを見つけた。ベッドから抜け出し、床にできた水たまりに足を下ろす。夫のほうを振り返ってみた。その頭は、体の他の部分よりも速く溶けていた。顔の左半分はどろりと流れ、口も目も、グロテスクに細長くたれ下がっている。とつぜん鳴り響いた電話の受話器を、彼女は取り乱したまま取った。

「もしもし」

「起こしちゃったかしら」義理の母が言った。

「いえいえ、起きてました」

「ダニエルはいる？」

「ええと……今はいないんです」

「あら、どこに？」

「仕事です」

「まだ朝の六時半よ？」

「ほら、あの人生《き》まじめですから」

「木曜日には、こっちに来られるのよね？」

「木曜日ですか？」

「ほら、夕食に」

「ああ、ええ」グレイスは答えた。「もちろんです」そう言って床に視線を落とす。昨日の夜脱ぎ捨てたジーンズが水たまりのふちに落ちており、左脚が水を吸い込みはじめていた。

「もちろん伺います」

「よかった」

「あとで電話するように言いますわ」

「ありがとう。それじゃあまた」

「さようなら」

グレイスは、受話器を元に戻した。そしてもう一度手に取ると、今度は叩きつけるように戻した。これを三回繰り返した。ベッドには目をやらず、その下に広がる水たまりを見つめた。ぽとぽとと落ちる雫《しずく》を、ひとつひとつ数えた。雫はすこしずつ大きくなり、落ちる間隔も、どんどん短くなってゆく。

急いで飛び起きると、グレイスは夫を見向きもせずに部屋を飛び出し、堅い木の床に濡れた足跡を残しながら階段を駆け降りた。

大きな出窓から太陽の光が射し込み、雪だるまはさらにどんどん溶け出してゆく。グレイスはキッチンから、大きな黒いゴミ袋を持って戻って来た。大きくひとつ深呼吸をし、それを雪だるまの下に滑り込ませる。そして、ゴミ袋をぎゅっと握りしめると、雪だるまをベッドから引きずり出した。雪だるまは床にぶつかり大きな音を立てたが、崩れたりはしなかった。彼女はそれを引きずりながら廊下に出て、地下室へと階段を降りて行った。

西側の壁際に置かれた巨大な冷凍庫が、大きなうなり声をあげていた。グレイスはその中身をすべて、コンクリートの床の上に取り出した。そのときになって初めて、雪だるまがすこし大きすぎて冷凍庫に入らないことに、彼女は気がついた。溶け出す水のせいで床はもう濃いグレーに変わり、頭の下に敷かれたゴミ袋の上にも、水が溜まりはじめている。彼女は、キッチンに駆け戻った。そして包丁を一本、果物ナイフを一本、ペーパータオルを一ロール、そして黒いゴミ袋の残りが入った箱を用意した。そして両腕に抱えると、地下室へとまた走って行ったのだった。まず包丁を手に取りそれをくるくると回すと、めいっぱいの力を込めて雪だるまの首に突き立てた。

一度だけでは足りなかった。腕がすっかりくたくたになって、ようやく雪だるまの頭と胴体は離れた。彼女はそれをゴミ袋の上から持ち上げると、冷凍庫にしまい込んだ。

グレイスは包丁を握りしめ直すと、今度は雪だるまの下半身を胴体から切り離しにかかった。今度は、細かい固まりへと切り分けていった。氷の破片があちらこちらに飛び散った。彼女のシャツは、もうすっかりぐしょぐしょだった。彼女は残った胴体も、同じように細かく切り刻んでいった。そして、すっかり冷凍庫の中にしまい込んでしまったのだった。彼女は雪だるまに刺さっていた両腕を、切り分けた雪だるまの上に十字になるようそっと置くと、冷凍庫のドアを閉めた。

その夜、グレイスは雪を掻き集めた。自動車の屋根、正面玄関、教会の階段、あちこちから集めてきた。人に踏まれた雪も、誰にも踏まれていない雪も、子どもたちにしか踏まれていない雪も。トレイを持ち出して、まだ地面に落ちていない雪も、そこに受け止めた。そして、どれがどの雪なのか分かるよう注意深く分けると、実験をするため家の中に持ち帰った。

雪を温め、水になるまでの時間を彼女は調べてみた。水が蒸気になるのを見つめる。さらに、蒸気を凍らせ、氷ができる様子を調べる。彼女は、ひと晩中それに没頭した。金曜日、彼女は職場に病欠の電話をかけた。そして土曜も日曜も、ありとあらゆる雪の状態を調べ上げ続けた。月曜日が来るとまた病欠の電話をかけ、さらに実験を続けた。

時計が正午を指すころ、うるさく玄関を叩く音に、彼女は実験の手を休めた。玄関に出てみると、老刑事と若い刑事、ふたりが立っていた。老刑事はバッジを彼女に見せると、口を開いた。

「グレイス・ゲーンズフィールドさん?」

「はい」

「中に入ってもいいですか?」若い刑事が続いた。

グレイスは玄関から引っ込み、キッチンのテーブルに座った。刑事たちは立っていた。

「ご主人の捜索願が出ているのですが、ご存知ですか?」老刑事が訊ねた。

「いいえ、存じませんでした。ありがとうございます」

「もう五日間も行方不明なんだということで」若い刑事が言った。「レベッカ・ゲーンズフィールドさんから通報があったんです。レベッカ・ゲーンズフィールドさん、ご存知ですね？」

「彼のお母様ですわ」

「そう、そのとおり」

「しかし、通報したのがあなたじゃないというのは、ちょっと妙ですね」若い刑事は言った。

「ご主人がどこにいらっしゃるか、ご存知じゃないでしょうか？」

「ええ。地下の冷凍庫に入ってます」グレイスは答えた。刑事たちが顔を見合わせた。

「よろしいかな？」

グレイスはうなずいた。地下室へのドアを開け、階段を降りてゆく。ふたりの刑事も後に続いた。彼女は冷凍庫を開いてみせた。老刑事が悲しげにうなずき、若い刑事がその顔を見つめた。

「なるほど、ありがとう。ゲーンズフィールドさん」老刑事が言った。その声は、優しさと悲しみとを湛《たた》えていた。若い刑事は、ひとことも口にしなかった。冷凍庫を開けたまま、グレイスはドアのほうを指し示した。

もっと実験してみたいことはあるはずだったが、グレイスは急に、どっとくたびれてきた。紅茶を入れ、口に運ぼうともせずに、出窓から外を見つめた。雪が降りはじめている。窓枠に、木の枝に、家の前の歩道に、雪は降り積もっている。いつまでも、永遠に降り止まないように思えた。外が暗くなりはじめたころ、彼女は地下室へと降りてゆくと冷凍庫を壁から引き離し、コンセントを抜いた。

冷凍庫のうなり声がやんだ。彼女はドアを開けると、中に這いずり込んだ。そして、ドアを閉めた。

中はひどく寒かったが、やがて冷気が和らぎ、雪だるまが溶けはじめた。水が上がってくる。彼女はいつしか肩まで水に浸かっていた。目を閉じた彼女の顔が、水に沈んでいった。

15

ジャスパーの託児所へと廊下を歩いてゆくと、色画用紙に描かれた子どもたちの絵が、テープで壁にとめられたままひらひらと揺れた。ジャスパーは僕の姿を見つけ、普段見せることがないような表情を浮かべた。手にしたタンバリンを床に投げ捨て、僕めがけて走って来たのだ。だが彼は、僕が広げた両腕を押しのけるように素通りし、代わりにツイードのジャケットの胸ポケットを覗き込んだ。

「ママ」小さな声で、彼が呼びかけた。

「ママは車で待ってるよ」僕が答えた。

それを聞くと彼はタンバリンを拾い上げ、『バスのうた』を唄う子どもたちのところへ戻って行ってしまった。音楽のクラスが終わって僕にコートを着せられると、ジャスパーは車のところまで駆けて行き、助手席のドアの前で待ちきれないように飛び跳ねてみせた。

「ママ、だっこ！　ママ、だっこ！　ママ、だっこ！」彼が叫んだ。

「ジャスパー、ちょっと下がって」僕が声をかけた。ジャスパーはそれでも飛び跳ね続けた。

僕は彼を持ち上げて舗道に下ろし、ドアを開けた。彼が中へと飛び込んでゆく。上半身が助手席まで届き、下半身は車の外に残されたままになった。脚だけが突き出し、まるで泳ごうとでもしているかのように、黄色の長靴がばたばたと動いている。僕は、ステイシーもきっと大笑いするはずだと、ダッシュボードに目をやった。しかし、彼女はそこに見えなかった。

僕は何回か蹴られながらもジャスパーを持ち上げてみたが、そこにも彼女の姿はなかった。ジャスパーを今度は舗道に下ろし、助手席の下を探す。フロアマットをめくり、非常ブレーキのあたりを確かめ、運転席の足もとに並んだペダルの裏側を覗き込む。だが、妻の姿はどこにも見あたらなかった。今度は四つん這いになりながら、助手席と運転席の下に手を突っ込んで捜しはじめた。ジャスパーの蓋《ふた》付きカップや電車のオモチャ、古新聞などが、舗道へと投げ出されてゆく。だが、彼女はどこにも見つからなかった。諦めて後部座席を探しはじめたところで、僕はヘッドレストの上に立ち、人差し指を唇に当てながらジャスパーに向かってさもおかしそうな顔をしている彼女に気がついた。

「なにしてるんだ、ステイシー！」僕は思わず怒鳴っていた。

ジャスパーが泣き出した。僕は車から出ると彼を抱え上げ、後部座席のドアを開けた。ステイシーはヘッドレストから這い降りてくると、残り数センチほどのところから飛び降り、体勢を崩しながらシートベルトにしがみついた。僕はチャイルドシートにジャスパーを乗せようと、頑張っていた。手を止め、深呼吸し、彼と同じ高さまで体をかがめて目を覗き込む。

「ママのだっこは？」僕が訊ねた。

「ママ、だっこ！」ジャスパーは声を張り上げた。僕が伸ばした手のひらにステイシーがよじ登り、僕がそれを持ち上げる。合図もなしに、僕たちはそうしていた。ステイシーは僕の手からジャスパーの胸元へと飛び降りると、スキー・ジャケットをよじ登ってゆく。そしてジッパーがY字形に開いている首もとまで辿《たど》り着き、思いきり両腕を広げてジャスパーの首に抱きついたのだった。

僕はドアを閉めてから、運転席へと回った。道路を走る車の流れに合流し、ふたりの姿が見えるようにルームミラーを四十五度に傾ける。ステイシーはジャスパーの肩の上に乗り、囁きかけているところだった。

「でんしゃごっこしたの！」ジャスパーが言う。「やだ、やだよママ！　パスタにして！」

「なんであんなことしたんだ？」僕が彼女に訊ねた。

「デイビッド、後にして」

「あんなのが笑えるとでも思ったのか？」

「そんな我慢もあとすこしの辛抱よ」

「なんだい、出てくって脅してるつもりかい？」

「ほんとに馬鹿ね」

「僕が馬鹿だって？」僕は訊ねた。ハンドルを殴りつける。ジャスパーがまた泣き出した。彼女のほうを向こうと体をひねると、助手席側の窓に、こちらに向けて突っ込んでくるミニバンのフロントグリルが見えた。スピードを落とす様子はない。ミニバンは、僕たちの車を横向きに押しのけるようにしながら交差点へと突っ込んだ。上を見て、下を見て、それからまた上を見る。聞こえてくる音に、昔ウィニペグに住んでいたころ、ぱりぱりに固まった雪の上を歩いたときのことを思い出した。

身をよじろうと頑張ってもうまくいかず、しばらくしてようやくシートベルトを締めたままなのを思い出した。バックルを外し、後部座席を振り返る。チャイルドシートのジャスパーは無事だ。驚いていいのか悪いのか分からないような顔をしている。僕が無理やり笑顔を見せてうなずくと、ジャスパーは笑い出した。「もう一回！」ジャスパーは、小さな両腕を振り回し、脚をばたばたさせながら叫んだ。「もう一回！　パパ、もう一回！」

と、その肩に彼女の姿がないことに僕は気がついた。「ステイシー？」名前を呼んでみる。体を乗りだし、後部座席の床を探す。「ステイシー？」また、名前を呼んでみた。ジャスパーが泣き出した。助手席の窓を誰かがノックした。僕は両手で床の上を探った。ジャスパーはもう、つんざくような声をあげて泣いている。

「おい、大丈夫か？」ミニバンの運転手が声をかけてきた。

「ステイシー？」

「子どもの名前か？　怪我しているのか？」

「ステイシー！」

「おい、返事をしろ！」

「ステイシー、どこだ？」

フロアマットをめくる。ジャスパーの鳴き声がボリュームを上げる。男は窓を叩き続けている。そのとき、シートの下から這い出してくる彼女の姿が見えた。額にひとつ、切り傷をつけている。

「大丈夫、大丈夫よ」彼女が言った。

「怪我してるじゃないか」

「たいした傷じゃないわ。それよりこの邪魔なのをどけてちょうだい」

僕は助手席の窓を見て、運転手が降りてきているのにようやく気付いた。「おい、死ぬところだぞ」僕が言った。「車から免許証と保険証を取って来い」

男が窓を離れた。僕はまたかがみ込んで、妻の体をそっと拾い上げた。そして、ジャスパーにも見えるようにその手を伸ばした。

「ほら、いた！　ママだぞ！」

「ジャスパーの肩に乗せて」ステイシーが言った。

僕は、彼女が言うとおりにした。ジャスパーはまだしゃくり上げながら、それでも泣きやんでいた。彼女がその耳になにか囁くのを、僕は見つめていた。

16

警察の聴取が終わり、保険会社への連絡が済み、車がレッカー移動されてゆくのを見届けると、僕たちはみんなでタクシーの後部座席に乗って家を目指した。ジャスパーは、僕の腕の中で眠ってしまった。ステイシーが僕のポケットから這い出し、肩へと登って来た。つま先立ちになり、僕の耳たぶに小さなキスをする。

「私たち、もうずっと上手くいっていなかったけど、それでもあなたを愛しているわ」彼女が言った。「人生の他のなによりも、あなたとジャスパーのことを愛しているの」

彼女が腰を下ろし、僕の首にもたれかかる。タクシーは南へ、ダファリンへと走り続けている。頭上には街灯がまたたいている。家の前でタクシーが止まるまで、僕たちはただじっと座っていた。

玄関へと歩く僕に抱きかかえられながら、ジャスパーが目を覚ました。いつもならもう寝る時間だったが、なにも言わずにおいた。彼は床の上にオモチャの電車を出し、あの事故をまねするように、赤い電車を青い電車に突っ込ませていた。僕は綿棒から小さくコットンを千切ると、ステイシーの目の上にできた切り傷にテープで貼ってやった。もう血は止まっていたが、彼女はリビングの床に座り込んだまま、じっと壁を見つめていた。

僕は廊下からふたりの様子を眺めた。なぜ、ステイシーはこんな目に遭わなければならなかったのだろう。あの事件のおかげで、人生を救われるようなできごとが起きた人々だっているというのに。


列の十二番目に並んでいたジョージ・ウォルタビーは、たまたまその朝ポケットに入れた娘のおしゃぶりを、強盗に差し出した。家に帰ると驚いたことに、娘が大便の代わりにお尻からお金を出すようになっていた。十ドル札。二十ドル札。ときには百ドル札が出てくることもある。

それから三日間、娘はあまり眠ろうとはしなかったが、夫婦がおむつを換えようとするといつでも、中からお金が出てくるのだった。そのおかげで、銀行強盗が起こるまではお金の問題に悩まされ続けてきた夫婦は、もう心配をしなくて済むようになったほどだった。

「すごい赤ちゃんを持ってしまったね」ジョージが言った。

だがある夜、赤ちゃんが高熱を出し、下がらなくなった。ふたりは娘を病院へと連れて行った。医者が、ライトを使って彼女の目を覗き込んだ。そして心配そうに、検査の手配をした。娘の指に、検査用の機械がつながれる。小さな腕から、看護婦が血を採った。ジョージは、思わず顔を背けずにはいられなかった。

それが終わるとジョージと妻は娘の頭をなで、カーテンに仕切られた明るすぎる部屋で、検査の結果を待った。まわりには、ほかの子どもたちの泣き声が響いている。三時間が過ぎたころ、医者が戻ってきた。まっすぐ娘に歩み寄り、またライトを使って目を覗き込む。

「娘さんのことで、なにか変わった様子はありませんでしたか？」医者が訊ねた。

「お尻からお金を出すんです」ジョージが答えた。

「むむむ……」医者はそう言うと、またカーテンの向こうへ姿を消した。二時間がまた過ぎ、医者が戻ってきた。

「娘さんの容態はあまり思わしくないので、手術しなくて

はいけません」医者が言った。「手術をすれば完治しますが、金銭を排泄することはもうなくなるでしょう」

「お願いします」ジョージと妻は、声をそろえて答えた。

手術が終わると、赤ん坊はすぐに体調を取り戻した。夫婦は娘を家に連れ帰った。彼女が楽しげに遊んでいるのを見ても、ジョージはまだ心配だった。

午後の間じゅう、彼は娘のたるんだおむつを眺めて過ごした。交換しようとはしなかった。夕食の前になり、ようやく彼は娘をソファへと抱え上げた。プラスチックのテー

プを剝がす。大きく深呼吸をひとつする。おむつを取ってみる。そこにあるのがただの大便だと分かると、ジョージは人生で最高に幸せな気分になったのだった。

初めて開かれた被害者の会に出席した翌日のこと、そして四度目の流産から二週間後のこと、ダイアン・ワグナーと夫は湖の向こうから嵐が迫っているのを見て、コテージへと引き返した。ダイアンは駆け回るようにしてリビングの窓をすべて閉め、夫は洗面所とキッチンの窓を閉めた。それからふたりで二階へと駆け上がり、やはりすべての窓を閉め切った。夫婦はベッドの上に座りながら、すぐ頭上を吹き荒れる嵐の轟音《ごうおん》を聞いていた。

どん！　音が聞こえた。どん！　どん！　どん！

「ものすごく大きな雨だね」夫が言った。

「そうね」ダイアンがうなずいた。彼女は妙にびくびくしながら立ち上がり、窓辺へと歩み寄った。汗のにじんだ手で、鍵を開ける。胸をどきどきさせながら雨戸を開けて外に手を伸ばすと、雨をひとつぶ、彼女はつかみ取った。

17

　ステイシーとジャスパーをリビングに残してキッチンに行き、やかんをストーブにかけると、電話のベルが鳴り響いた。今度は、僕にも分かった——ただの電話ではなく緊急だ。僕は電話へと駆け寄った。

「ステイシーはいる？」

「どなたですか？」

「ドーンよ」声が言った。僕はリビングへと受話器を持って行った。ステイシーとジャスパーは、カーペットの上で電車遊びをしていた。受話器の通話口を彼女の目の前に置くと、僕はスピーカーフォンのボタンを押し、キッチンへと引き返した。沸騰するお湯の音の向こうから、ふたりの話し声が聞こえてくる。


　ドーンの十七日間にわたったライオンからの逃避行は、まだ続いていた。ブロア通りとオシントン通りの交差点にあるドラッグ・ストアに駆け込む。ここならば見つからないだろう。彼女はワイン棚に挟まれた通路を歩きながら、乱れた呼吸を整えた。オーストラリア産ワインの棚の中ほどまで来たとき、通路の向こう側に紫色の帽子が見えた。

その背中を追い、店の裏口へと向かう。いよいよ追いつきそうだというところで、店内に悲鳴が響き渡った。彼女が振り返ると、ライオンが店に飛び込んで来たのが見えた。

店員と客が逃げ出してゆく。店内には、ドーンとあの強盗、そしてライオンだけが取り残された。ふたりに向かって歩いて来るライオンの爪が、床の上で音を立てる。ドーンと強盗はじりじりと後ずさりして、部屋の隅へと追い詰められた。強盗はバーボンのボトルに、ドーンはラムのボトルに、背中を押しつけている。

「私のこと憶えてる？」彼女が訊ねた。

「憶えているさ」強盗が答えた。「このライオンは、あなたのだね？」

ドーンがうなずいた。ライオンは、熱い息を鼻から吹き出した。ドーンも強盗も、思わずたじろいだ。ボトルが何本か落ちて来て、床にぶつかり砕けた。

「どうやってこいつを止めるのか教えないと、あんたもやばいわよ」

隣を見たドーンは、強盗が自分よりもひどく怯えているのに気がついた。ライオンを見た彼女は、その目が威嚇《いかく》というよりもいぶかしむような目であるのに気がついた。こんな距離まで近づくのも、こんなに落ち着いているのも初めてだから、今まで気づかなかったのだ。恐怖心が消えはじめる。胸の中の恐怖が消え去ってゆく。手を叩くと、ライオンが彼女の顔を見た。ライオンが、首をかしげる。ドーンは強盗に向けて、指を一本突き出した。

「やっておしまい」ドーンが言い放った。

「じゃあ、あの強盗死んだの？」ステイシーが訊ねた。

「ううん。でもずたずたにしてやったわ。今は病院にいる」

「それでよかったの？」

「どうだろう。でも呼び戻したら、ライオンはまた足首のタトゥーに戻っちゃったわ」

ステイシーが床から視線を上げた。そして、額に貼られた間に合わせの絆創膏《ばんそうこう》に手を触れた。

「変な話なのよ」ドーンは話を続けたが、ステイシーは返事をしようとしなかった。何度も彼女の名を呼ぶドーンの声が僕にも聞こえた。ジャスパーが受話器を持ち上げ、話をしている振りをしてみせた。キッチンの壁にもたれかかると、ステイシー用に階段に取り付けたひもを彼女が登ってゆく音が聞こえてきた。

寝室にゆくと、彼女はドア枠めがけてドレス・シューズの上を這って行った。裸足《はだし》のかかとを、白く塗られた木に押しつける。今や鉛筆の先よりも細くなってしまった人差し指を伸ばし、地面と水平になるように自分の頭の上にかざした。しばらくそのまま待ち、さらにしばらく待つ。指を動かさないように気をつけながら、ステイシーは振り向いた。指先は、朝に引いたばかりの線の上に、ぴったり乗っかっていた。身長は、六一ミリだ。

18

　その夜ステイシーはかなり長い間、ジャスパーが眠るドアの前に立っていた。彼は泣きもせず、ぐずりもせず、ベッドの中で寝返りを打つことさえもしなかった。彼女はただじっとそこに立っていた。そして、振り向いて歩き去った。

「デイビッド？」彼女が囁いた。「ちょっと話があるの」

「今お風呂にいるよ」僕が答えた。

　ステイシーが、バスルームにやって来た。ろうそくがついている。プールに浮かべる椅子のように、彼女のために僕がくり抜いたスポンジもあった。

「おいでよ」僕はそう言って、手を伸ばした。

　言われるままに彼女がやって来たのが、僕には意外だった。もしかしたら、あの交通事故のせいでまだ気持ちが落ち着かないのかもしれない。それとも、あと数時間しか残されていないと思うと、鬱憤《うっぷん》や怒りなどどうでもよくなってしまっていたのだろうか。ともすれば、単に寒くてお湯に浸かりたかっただけかもしれない。分からない。とにかく彼女は服を脱ぎ、僕の手に乗った。

ステイシーは何度か落ちかけてから、ようやくスポンジの上で落ち着いた。すこしでも僕が身動きすれば彼女が大波に襲われてしまうので、僕はひたすらじっとしていた。ふたりとも、まぶたを閉じていた。ろうそくの灯りがちらちらと揺れた。うたたねをしながら僕のほうに流れて来た彼女の頭が、僕の腕に触れた。最初は水の雫が落ちてきたのかと思ったが、目を開けてみると、彼女がそこにいたのだった。

「ともあれ、ふたりでお風呂ってのも悪くないね」僕が言った。

ステイシーが笑った。ほんのささやかな、短い笑い声ではあったが、胸に沁みて来た。彼女の背が縮み出してから、僕が笑わせたのはそれが初めてだった。いや、もっとずっと長いこと、僕は彼女を

笑わせたりして来なかった。彼女が僕を見上げ、僕が微笑んだ。彼女が目を閉じ、長いため息をつく。彼女を乗せたスポンジの周りに小さな波紋が立ち、広がっていった。ただの波紋だとばかり、僕は思っていた。ステイシーもそうだ。ほんのすこしだろうと、ほんのかすかにだろうと、あれは彼女が確かに大きくなりはじめた印だったのだと僕たちが気付くのは、それから何ヶ月も経ってからのことだ。

訳者あとがき

アンドリュー・カウフマンの日本初刊行となる本作、いかがだったでしょうか。このあとがきにはすこしネタバレも含むので、まだ本編をお読みになっていない方は、まずそちらからどうぞ。

本書を初めて読んだときにすごく引き込まれたのは、身長が本当に縮んでいるのか確かめるため、僕とステイシーが家のあちらこちらを測りはじめるシーンでした。そんなところを測っても意味はないのに、家具や庭、はたまた道路のひび割れまでも、ふたりはどんどん測っていきます。この夫婦はたぶん、息子が生まれてからずっとそうして、本当に取り組むべき問題からは目を逸らし、無関係な物事とばかり向き合いながら、すれ違い続けてきたのでしょう。

その夫婦が縮み続ける妻の身長と向き合うことをきっかけに、ぎくしゃくしながらも人生を重ね合わせるように変わってゆく——。物語の最後、夫はステイシーの周りに小さなさざ波がゆらぐのに気付きます。彼の視線はいつしか、そこまで細かく妻を見つめるように変化しています。

身長が縮み続け、いつか確実に消えてしまう。

これは、ステイシーだけが辿《たど》る運命ではありません。誰の周囲にいる人でも彼女と同じように、毎日毎日、朝起きるたびにすこしずつ縮んでいるのでしょう。そのとき自分はなにを思い、どうするだろう？　毎日顔を合わせる相手をそういう気持ちで見つめてみると、まるで初めてその相手を見たかのような、不思議な気持ちが芽生えます。

こうして、著者の展開する不思議な比喩の世界と、自分の生きる現実世界との間を行き来しながら読み進めていく深い楽しみが、本書のもつ最大の魅力なのではないかと思います。

レストランで心臓が爆弾になってしまったサンドラ・モリソンの物語は、多くの人が同じような緊張を、同じような勇気を味わったことがあるでしょう。自分が伝えるべきことを大声で伝える。その恐怖や臆病な気持ちを自分に重ね合わせると、自分もまた同じ爆弾を胸に宿していることに気付き、思わずサンドラに拍手を贈りたいような気持ちになります。

新たに昇進したサム・リビングストンと同じように、新しいデスクに座りながら息苦しく感じ、思うように力を発揮できなかった経験を持つ人も、いるでしょう。

細かく分裂してゆく母親をおろおろと眺め、やがてその運命を受け入れてゆくデイビッド・ビショップの物語は、私たちの誰もが辿る、愛する人との別れのときを暗示しているのではないでしょうか。冷え切っていたはずの夫婦が、最後には手を取り合って母親を見送るシーンは胸に迫ります。

　また、事件から八日目に夫が雪だるまになってしまったグレイス・ゲーンズフィールドの物語には、すこし違った面白さを感じます。早朝に電話をかけてきた夫の母は、木曜日には夕食に来られるのかと、グレイスに訊ねます。しかし、強盗事件が水曜日に起こったことを考えると、電話をしているまさにその日が木曜日ということになります。果たして「木曜日には来られるの？（Are you still coming on Thursday?）」などという訊ねかたをするでしょうか（それも朝の六時半に）？「もしかして、この電話には他の意図があるのでは……」そう考えはじめた途端、彼女の物語はがらりと別の様相を見せはじめます。いったい、なぜ夫は雪だるまになってしまったのでしょうか……？

　非常にシンプルなこの著者の文章には、そうした仕掛けが随所にちりばめられているように感じます。その仕掛けに気付いたとき、読者は自らが物語の一部となり、著者の描く不思議な世界へと入り込んでゆくことができるのです。想像力を働かせながらどんどん物語の奥へと手を伸ばしていく快感を、ぜひともお楽しみください。

　本書の大きな魅力ともいえる雰囲気たっぷりの素晴らしい影絵は、イングランドのサウス・シュロップシャーに住む絵本作家、トム・パーシバル氏によるもの。自らも児童向けの絵本作家として活躍する傍《かたわ》ら他の作家にもイラストを提供しており、日本では『スカルダガリー・シリーズ』（デレク・ランディ著　小学館）が刊行されています。

著者のアンドリュー・カウフマン氏は二〇〇三年に発表した第一作*All My Friends Are Superheroes*で、スーパーパワーを持つヒロインの恋を描き高い評価を受けて以来、*The Waterproof Bible*（二〇一〇年）、*Born Weird*（二〇一三年）と、すこし不思議な物語を書き続けており、日本での刊行も待たれます。

最後になりましたが、本書の翻訳刊行にあたり尽力してくださった、アウルズ・エージェンシーの田内万里夫さん、そしてパーティですれ違った程度の仲だったのに真剣に僕の話を聞いてくださった東京創元社の佐々木日向子さんに、格段の感謝とお礼の気持ちを表します。ありがとうございました！

二〇一三年七月

田内志文

奇妙という名の五人兄妹

イラスト

平井利和

フェニックス、フリダ、そしてマーロへ

W

この一家が「奇妙な《ウィアード》」などという苗字になってしまうに至る一連のできごとを聞けば、ある者は偶然だと言い、ある者は宿命だと言う。

スターリング・D・ワイアードは、運命という意味を持つアイスランドのトロール漁船〈Örlög号《オルログ》〉に乗って大西洋を渡り、イングランドからカナダへと移住した。天候は荒れ狂い、網にはろくな獲物もかからず、六週間の船旅を三ヶ月にも長引かせた。ようやくハリファックスの二一番埠頭にかかったできたての桟橋《ピア》へと降り立つと、スターリングは必要書類を一式、入国管理官へと差し出した。ところが管理官はその日の朝、いずれ結婚する運命となる女性と知り合ったばかりで、夢見心地のまま書類を受け取ると、うっかり「Wyird《ワイアード》」を「Weird《ウィアード》」と書き間違えてしまったのである。七十七年後、曾孫《ひまご》たちが高校のフットボール・チームのシーズン最終戦の応援に集まっても、まだスペルミスはそのままで、一家は相変わらず、「ウィアード」のままだったのだ。

上の四人、つまり十九歳のリチャード、十七歳のルーシー、十六歳のアバ、そして十四歳のアンジーはスタンドの観覧席から、試合開始を待つ末っ子のケントを眺めていた。というよりも、試合をするチームメイトをベンチで見守るケントの姿を眺めていた。ケントは現在グレード9だったが、グレード6を飛び級しているので、まだ十三歳だった――だというのに、なんとか三番手のクオーターバックとしてベンチ入りを果たしていたのである。ケントはシーズンを通して一度も試合への出場機会に恵まれず、ずっとベンチを温め続けていたが、兄姉にとってはまったく気にならなかった。ケントが出場すると思うと、兄姉は不安でたまらなかった。ケントがフィールドに現れたりしないほうが、彼らにはいいのである。だから、このシーズン最終戦まで、一度も観戦しに来たことがなかったのだった。

四人はスタンドの大観衆の中、はらはらしながら立ち尽くしていた。ブルーと白の学校色に顔をペイントしていないのは、彼らだけだった。クラスメイトたちは、彼らが初めて耳にする応援歌を大合唱している。しかしケントは無事、ベンチに座っていた。

やがて試合終了まであと五十七秒、チームのスター・クオーターバックのケヴィン・ハレックが強烈なタックルを喰らい、フィールドからかつぎ出される事態になった。二番手のクオーターバック、マイク・ブルームフィールドは、単核症の診断を受けて自宅療養中だ。監督はケントのほうを向き、うなずいてみせた。ケントはそれを見ると、シューズのひもがほどけているのにも気付かずに、シーズン初のフィールドへと走りだしたのであった。

チームはフィールド・ゴールひとつの差で負けていた。言い換えれば、タッチダウンがひとつ決まれば逆転勝利だ。ケントが出場機会を与えられたのだと思うと、兄姉は思わず息を呑まずにはいられなかった。とはいえ、彼らが学校で目立たない地味な生徒だったからという理由ではない。トップではないというだけで、むしろ顔が広い部類であった。十代の学生たちにとってスポーツで勝ち取る栄冠というものは、人気の頂点に駆け上るには必要不可欠な条件だ。他の学校はどうあれ、このF・E・マディル・セカンダリー・スクールではそうなのである。ケントがこの試合に勝利すれば、兄姉全員がすぐにその栄光にあやかることができる。アンジーには、学校で目立つということの不思議がよく分かっていた――これは特別な存在になるということではなく、普通の存在になるということなのだ。そして彼女は、普通の生徒になることをなによりも強く求めていたのだった。

だが、彼女がケントに声援を送ったかというと、それは違う。彼らの誰も、そんなことはしなかった。ケントの名前すら叫ぼうとしなかった。彼らの胸の内には、怖れがあったのである。ケントがかがみ込んでシューズのひもを結んでいる間も、誰も口をきこうとはしなかった。アンジーはスタンドの人ごみに視線を走らせたが、母親も、父親も、祖母の姿も見えなかった。両親は毎年クリスマスに一ヶ月ほど遊びにくる祖母を出迎えに、空港に行っているはずだ。すくなくとも彼女は、そう思っていた。本来は、試合開始前に駐車場で彼らと落ち合う予定になっていた。だが両親も祖母も、まったく姿を見せなかったのだ。これからケントが最高の栄冠を勝ち取るかもしれないというのに、もしかしたら間に合わないのではないかと思うと、アンジーは両親たちにひどく腹が立った。しかし、彼女はすぐに許すことにした。そしてケントがチームメイトたちにプレーの指示を出しはじめると、もうすっかり忘れてしまったのだった。

チームが配置についた。兄姉はじっと押し黙っていた。顔をブルーと白にペイントした周囲の観客たちは、大熱狂している。

「ハット！」ケントが叫んだ。

センターがケントの手にボールをパスした。時計は進んでいく。ケントが後退した。パスを出す。宙を飛んだボールがスタンドに飛び込む。

チームがふたたび集まった。ケントが両手を叩くと、またそれぞれがフォーメーションに戻っていった。時計はセカンド・ダウン残り三十六秒を指している。ボールをスナップされたケントはパスを出すふりをしてランニング・バックにそれを渡したが、ランニング・バックはすぐにフィールド・オブ・プレイのライン際でタックルを受けてしまった。二ヤードのロスだ。

残り二十三秒。時計は止まらない。最後のダウン、最後のチャンスだ。センターがケントに向けてボールをスナップする。兄姉は相変わらず無言のままだ。ケントが今にもボールを取り落とすのではないかと、はらはらしっぱなしだ。彼は二歩後ずさり、さらにもう一歩下がった。首を右に向けてボールを掲げるが、どこにも投げようとはしなかった。アンジーはちらりと時計を見た。残り十三秒を回る。ケントに視線を戻した彼女は、あまりにも意外な光景を目にした。彼が目を閉じたのだ。瞼《まぶた》を閉じたまま胸元にボールをしっかりと抱きかかえ、一気に走りだしたのだ。

リチャード、ルーシー、アバ、アンジーの四人は息をするのも忘れ、前へ前へと駆けていくケントの姿に釘付けになった。彼は頭を下げ、目を閉じたままだ。まっすぐにディフェンシブ・ラインへと突進していく。刹那《せつな》、敵チームのユニフォームの中に彼の姿が飲み込まれ、消えた――そして、ラインの向こう側にふたたび姿を現したのである。

ケントとゴールラインとの間の距離は、もう二十ヤードを切っている。五ヤードラインで、瘦せ形のセイフティが追いついてきた。彼がジャンプする。全体重を乗せて、ケントの背中へと飛びつく。しかしケントは、気付いた素振りすら見せなかった。腰にしがみつかれたままゴールラインを駆け抜け、エンド・ゾーンに到達してしまったのだ。

スタンドが大歓声に包まれ、ようやくケントは瞼を開いた。喝采する観客たちや、顔を輝かせた兄姉や、狂喜乱舞しながら自分のほうに駆け寄ってくるチームメイトたちの姿が見える。そして、祖母の姿が見えた。フィールドの端に立っている。その顔には、とてつもなく悪い報《しら》せがあるのだと書いてあった。チームメイトたちがエンド・ゾーンに踏み込むと同時に、ケントがボールを取り落とした。仲間たちがケントを肩にかつぎ上げようとする。しかし彼は、その手を振り払った。そしてサイドラインに向けて歩きだすと、ヘルメットを脱いで祖母へと近寄っていった。

そうしてケントはウィアード兄妹の中で、すべては永遠に変わってしまったのだと知った最初のひとりになった。

父親が死んだのだ。

第 1 部

祝福＋呪い＝呪福

二〇一〇年四月七日、ケントが人生初の、そして唯一のタッチダウンを決めてからおよそ八年半が過ぎた日のこと、アンジー・ウィアードはバンクーバー総合病院の四階に延びる廊下に立ち、自分の墓碑文を口にする祖母の声を盗み聞きしていた。「偶然など存在しないのだと知らないかぎり、人生は偶然に満ちあふれてしまう」祖母が言った。「どこに足を運んでも偶然に出くわすことになる。偶然！　偶然！　偶然！　しかし、そんなものは存在しないと受け入れたその瞬間から偶然は永遠に消え去り、二度と姿を現すことはない」

　アンジーは、込み上げる吐き気を堪《こら》えた。廊下に——というより院内全体に——立ち込めた人工の松の木のような臭い。だが、たわごとのような祖母の演説は、消毒剤と同じくらいの吐き気を彼女に覚えさせるのだった。祖母の言葉を聞いていると自分の家族の嫌なところすべてや、長年にわたり彼らとの連絡を絶ち続けたその理由《わけ》が胸に蘇《よみがえ》った。トロントで二時間の乗り継ぎを挟んだ五時間半のフライトで、たった今ニューヨークから到着したばかりだったが、彼女はもう空港に引き返そうと心に決めた。

　祖母の病室に背を向けて、エレベーターへと進みかける。ちょうどそこへ、携帯電話をいじりながら、カートを押した清掃スタッフが通りかかった。アンジーと肩がぶつかり、彼がようやく顔を上げる。アンジーはあわや転びかけると、よろめきながら祖母の病室に足を踏み入れてしまった。

四－二〇六号室に置かれた四床のベッドにはどれも、老いた女性が身を横たえていた。アンジーは、入り口からいちばん近い祖母のベッドの足元で、ようやく体勢を立て直した。祖母の姿を眺める。頬には薔薇《ばら》色が差していた。瞳には光が浮かんでいた。管《くだ》の類《たぐい》は、点滴一本さえも見当たらない。ウィアード家の祖母は、どこからどう見ても死の床に就いているようには思えなかった。

「とてもそんなに長く彫れやしませんよ」男の声が言った。電話のスピーカーから聞こえてくる。

「じゃあ文字を小さくしてちょうだい」祖母が答えた。やれやれといった顔をしてアンジーを見つめ、また電話に視線を戻す。

「名前は？　それから日付は？」男の声がスピーカーから聞こえた。

「どっちも要らないわ」

「それでもまだ長すぎる」

「あと十三日しかないの」祖母はそう言って、痩せ細った腕を伸ばした。そして人差し指を突き出して電話を切ると、ベッドの中央にまた身を横たえて孫娘の姿を眺め回した。

「その子に父親はいるのかい？」祖母が訊ねた。

「神さまの子でも授かったとでも言いたいの？」

「何ヶ月だね？」

「空港で変な目で見られちゃったわよ」

「指輪もしてないんじゃね……」

「まあ、私もこの家族の血を引いてるってことよ」アンジーが言うと、祖母は小さな笑い声をたてた。彼女は唯一の息子でありアンジーの父親であるベナールを産んだ当時、未婚だったのである。その笑い声を聞き、アンジーは微《かす》かな安堵を覚えた。ベッドの端に腰かける。マットレスが沈み、尻がずり落ちかける。何度か座り直したところで、部屋の隅に椅子がひとつ置かれているのに気付いた。ベッドのそばに引きずってきて、腰を下ろす。

「落ち着いたかい？」

「うん」

「本当にかね？」

「ええ、本当よ」

「よろしい」祖母はそう言うと、シーツに寄った皺《しわ》を伸ばした。「私はそろそろ死ぬんだ」

「また？」

「四月二十日の午後七時三十九分だよ。一秒後でも一瞬前でもなく」

「じゃあカウントダウンしなくちゃね」

「今日から十三日後だよ」

「その日はなんか、特別な日なの？」

「私の誕生日でね。忘れてしまったのかい？」

「死んじゃうなんて、あんまりおめでたくないわね」

「ここに来るようお前に頼んだのは、私が過ちを犯したからだよ。お前の手を借りて正さなくてはいけない過ちをね」

「私だったら、最低でも百歳までは生きる予定よ。いや、もっとかも」

「**お黙り、アンジェリカ！**」

祖母が一喝した。アンジーをはじめウィアード家の子らが大声と呼ぶ、その口調で。子供たちはなぜその大声が効果てきめんなのかについて、ひとりひとり持論を持っていた。ケントは、祖母の声がいっせいに低く響くからだという。アバは、祖母が言葉のひとつひとつを等しく強調して際立たせるからだと考えている。ルーシーは、祖母の肺活量が常人の二倍もあるせいで言葉の威力も二倍になるのだと捉えていた。アンジーはどの説も好きだったが、的を射ているのはリチャードだけだと思っていた。リチャードは、祖母が声からあらゆる感情を剝《は》ぎ取り、厳粛な判決のみを言い渡すからだと考えていた。

　ともあれその大声のお陰で、アンジーは黙り込んだ。じっと腰かけたまま。膝の上で両手を重ねて。祖母が言葉ひとつ口にせず、一分以上が過ぎた。

「お前は昔っから、本当にせっかちな子だねえ」ようやく、祖母が口を開いた。「生まれるときだって、廊下で生まれたんだよ」

「それならよく知ってるわ」

「廊下でほとんど死にかけたんだ」

「ですってね」

「細い喉にきつくへその緒を絡《から》みつかせててね」

「ああもう」アンジーはそう言うと、祖母のことを気にするのをやめた。廊下で出産するという想像があまりにも恐ろしく、彼女は思わずその情景を脳裏に何度も何度も想い描いた。恐ろしいことが起こるのではと思うと、アンジーはよくこうなるのだ。

「だから私はお前に授けたんだよ」祖母が言った。

「はいはい、そうね」

「許しの力をね」

「ええ……。待って。授けたって、どういうこと？」

「お前の父親のせいなんだよ。あのろくでもない車さ。まったく、街なかでマセラティなんか乗り回したがる愚か者がいるかね？　あれがお前の人生を変えてしまうと、私には分かっていたよ」

「車のせいで？」

「そう、生まれる前に自分をあわや殺しかけた両親を許すために、お前が生涯を費やさなくてはいけなくなるんだってね。お前には生まれた瞬間から、許しの力が必要だった。しかし、私は取り立てて許すのが得意なわけじゃないというのに、おかしな話だね。自分の中にそんなものがあるのかすら、自分じゃあ知らなかったほどなんだ」

「いったい何の話をしているの?」

「許しの力の話だよ!」

「…………」

「私の心臓のせいなんだ」祖母が言った。「この忌々しい、象の心臓のね」

実際には象のものよりはずっと小さかったものの、ウィアード家の祖母が持つ心臓は尋常な大きさではなかった。通常、人間の心臓とは重さ二五〇グラムから三五〇グラムで、握りこぶし程度の大きさをしているものだ。だがアニー・ウィアードの心臓ときたら重さは六〇〇グラムを上回り、握りこぶしふたつ分もあるのだ。彼女はその巨大さこそが、我が身に降りかかってきたすべてのドラマの源《みなもと》なのだと信じていた。そして、孫たちの中で唯一アンジーだけが自分と同じ条件を受け継いで生まれてきたのだと、彼女にはよく分かっていた。アンジーの心臓は、さらにすこしばかり大きかったのである。

「私がお前を抱き上げて」祖母が言葉を続けた。「見下ろした瞬間に、私から出てお前の中に入り込んでいったんだよ。そうして私はお前に、誰のことだろうと、いつだろうと、許す力を授けたのさ」

アンジーは祖母の姿を見下ろした。指輪はどれもすっかり緩くなり、右手は小刻みに震え、瞼《まぶた》はたるんでしまっている。「それはその……あの……本当に……あ……ありがとう……」アンジーは声をしぼり出した。涙があふれ出していた。

「むしろ、そんなに泣き虫にならずに済む力を授けられたらよかったんだけどねえ」祖母が言った。

アンジーは、家族の誰もが認める泣き虫だった。しかし、それでも祖母の言葉は胸に突き刺さった。「透明人間になれる力じゃだめだったの？」アンジーは、さっと泣き止んで訊ねた。「空飛ぶ力とかは？　もうちょっと使い途《みち》のある力はなかったの？」

「生まれたてのお前は真っ赤だったんだよ。可愛いなんて思えなかったね。まるで茹《ゆ》でたロブスターみたいでさ！」

「超スピードとかは？」

「いいかい、お前たちはみんなひとつずつ力を持ってる。五人がそれぞれひとつずつね」

「ケントには、クズ野郎になる力でも授けたの？」

「ああ、そう言えるかもしれないね。ケントは、誰よりもほんのすこしだけ強いんだよ。喧嘩が強いのさ。生まれたばかりのあの子は本当に小さくてね。だから、自分を守れるようにと私は願ったんだ。でもあの子が精神的に未熟なままなのは、私のせいじゃない」

「未熟なわけじゃないわ。いつも怒ってばかりいるだけで」

「ルーシーは決して道に迷わない。アバは絶対に希望を失わない。リチャードは絶対に危険な目に遭わない。それがみんな呪いになってしまうだなんて、思いも寄らなかったわね。祝福になるものだとばかり思っていたよ。おかげでお前たちの人生が蝕《むしば》まれてしまうだなんて」

「私たちの人生が蝕まれた？」

「お前たち子供だけじゃない。一族の問題なんだよ。一族の名前のね！　私は、素晴らしきウィアードの名前を貶《おとし》めた張本人として墓に入ったりなんてしたくないんだ」

「なるほどね。そういうことなら話は分かるわ」

「だからお前をここに呼んだんだよ、アンジー。他の子供らを見つけてきておくれ。みんなを集めて、ここに連れてきてほしいんだ。四月二十日の午後七時三十九分きっかりまでに、五人全員がこの部屋に集まること。私が死ぬ瞬間に、呪いを取り払ってやるから」

「私のを今解くことはできないの？　呪いなんだったら、早いほうがいいに決まってると思うけど？」

「またそんな生意気を言って！　アンジー、この呪いは私の自由になるものじゃないんだよ。意図してお前たちに力を授けたわけじゃないんだ。だから意図して取り払うこともできない。私に分かるのは、今際《いまわ》のきわという二度とない瞬間になればこの心臓が、呪いのせいでどんな災厄が起こったのかを理解して、それを取り払ってくれるということだけなんだよ」

「なるほどね」アンジーがうなずいた。自分の腹を見下ろす。そして、両手で椅子の肘掛けを押すようにして立ち上がった。ベッドサイドのテーブルにある電話機の隣に、青いプラスチックの水差しが置かれていた。彼女は発泡スチロール製のコップに水を注ぐと、それを口に運んだ。

「話を聞いてるかい？」祖母が訊ねた。

「水まで松みたいな臭い」

「こっちをごらん」

「なによ?」

「私の頭がいかれたと思ってるんだろう」

「ううん、そんなこと思ってないわ。超がつくほどのビッグ・ニュースだと思ってる。ただ、飲み込むのにちょっと時間がかかるだけ。それだけよ」

「そうかい。証拠が必要かい?」

「ううん、要らないわ」

「あそこに油性ペンが入ってる」祖母はそう言うと、ベッドサイドのテーブルについた引き出しを指差した。「ちょっと取っておくれ」

アンジーは引き出しを開けた。中を探ってみる。有名人のゴシップ誌が何冊か積みかさなっている下に、フェルト製のペン先がついた黒い油性ペンが一本見つかった。取り出し、祖母に手渡す。祖母はキャップを噛んで引き抜くと、それを適当に宙に吹き飛ばした。

キャップが床に落ちた瞬間、部屋を照らしていたあらゆる光がいきなり半分の暗さに落ちた。テレビの画面も砂嵐になる。アンジーは、祖母の冷たく骨張った指が自分の手首に巻きつくのを感じた。手を引き抜こうとしたが祖母の握力は信じがたいほどに強く、振りほどくことなどとてもできないのだった。

「あの婆さんたちを見ててごらん」祖母が言った。

アンジーは、室内に顔を向けた。窓辺にいちばん近い老婆が、まるで骨を抜き取られたかのようにぐったりと背中からくずおれた。ベッドの隣に置かれた機械が高い警告音を鳴らしはじめる。祖母はアンジーの腕に油性ペンを押しつけると、なにかを書きはじめた。光量はさらに落ちていく。隣のベッドにいる白髪の老婆が倒れた。彼女の横でも、機械が高い音をたてはじめる。ナースが病室に駆け込んできた。アンジーはもう一度、祖母の指を振りほどこうとしてみた。だが、やはり無駄だった。祖母はアンジーの肌に、次々と数字を並べていく。いちばんそばのベッドにいた老婆が、後ろ向きに倒れた。またしても機械が警告音を響かせる。ナースたちがどんどん駆け込んでくる。

「やめて！」アンジーが悲鳴をあげた。「もうやめてってば！」

祖母は顔を上げようとしなかった。十桁の数字の最後のひとつを書きとめる。それが済むと、彼女はアンジーの手首を放した。光がふたたび元の明るさを取り戻した。テレビもまた受信を始める。機械は甲高い警告音をたてるのをやめた。老婆たちは上半身を起こし、ぼんやりと狼狽《うろた》えた顔をしてきょろきょろと室内を眺め回した。

「自分の祖母《ばあ》さんを疑うもんじゃないよ」

「シャーク！」アンジーは怒鳴りつけると、四‐二〇六号室の出口へと向かいだした。「あんたにはこの赤ちゃんは抱かせない。もう二度と会うこともないわ」

「いや、会うとも」祖母はそう言うと、顔いっぱいに笑みを浮かべた。笑い声をたてはじめる。例の大声で。

アンジーは廊下に戻った。腹を両手で押さえて、できるだけの速さで駆けていく。振り向きはしない。そしてエレベーターに辿《たど》り着くころには、もう祖母のことを許してしまっていたのだった。

祖母の病院から逃げ出して九十分後、アンジーはバンクーバー国際空港の出発ターミナルにある女性用トイレの洗面台で腕をこすっていた。病院から乗ったタクシーの後部座席で、フライトの予約は変更済みだ。トイレの中には他にも女性がひとり、ハンド・ドライヤーの前に立っていた。皺ひとつないパンツ・スーツ。耳にはダイヤモンドが光り輝いている。彼女はアンジーを見ないふりをしていた。やがてドライヤーが停止すると、女はストラップ付きのハイヒールで自信に満ちた足音を響かせて歩きだしながら、アンジーに優しく同情するような視線を送った。

アンジーは、鏡を見つめた。白いブラウスの前面が水に濡れている。コットンの生地越しにへそが浮き出していた。例の十桁の数字は、相変わらずくっきりと腕に残っていた。やがてバンクーバーからニューヨークに向かうＡＣ一一七便の最終搭乗案内が聞こえると、アンジーは蛇口《じゃぐち》を締めてゲートに向かい、飛行機に乗り込んだのだった。

十八列目の通路側には、巨体の男が座っていた。体の三分の一が椅子からはみ出してしまっている。中央の肘掛けは、もう男の右腕が占拠していた。アンジーが頭上の手荷物入れに荷物を押し込もうとしているのは見えているはずなのに、男は手を貸そうとすらしなかった。アンジーはしばしその場に立ったまま男が通路にどくのを待ってから、窓際の席に座り込んだ。

頻繁《ひんぱん》にトイレに立って、男に報復をしてやろう。

離陸して間もなく、アンジーは最初のトイレに行った。二度目はその二十分後である。そして三度目のトイレから戻ると、大男は窓際の席に移動していたのだった。

「降参《トゥシェ》するよ」男は、通路側の座席に着こうとしているアンジーに声をかけた。

「それはどうも」彼女が答えた。

一時間四十分後、アンジーが六度目のトイレにいると、飛行機がいきなり急降下しはじめた。彼女は左手で水道の蛇口を摑み、右手で腹を押さえながら、ドアに尻を思いきり押しつけた。水が飛び散り、またしても彼女のシャツの前部を濡らした。彼女は突然、ヴェロニカなんて本当に本当にだめな名前なのだと感じた。そして、もし生き延びることができたならもっといい名前を見つけることを、神と、まだ生まれぬ娘に誓ったのだった。

永遠とも思える三秒間、飛行機は急降下を続けた。ようやく機体が水平を取り戻すと、アンジーは座席に駆け戻った。シートベルトをしっかりと締める。隣の大男が、窓についたプラスチックの日よけを開けた。ふたりが目を細める。そして、ようやく日光に目が慣れてくると、右翼の先端側についたエンジンから濃い黒煙が立ちのぼっているのが見えた。

「大丈夫。エンジンはまだ三基あるからね」隣で大男が言った。そしてもぞもぞと座席に身を押し込めると、両手を胸の上で組んで瞼を閉じた。

「みなさん、こんにちは」と、アンジーの頭上に取りつけられているスピーカーから頼もしげな声が聞こえた。「当機の機長です。ええ。当機は現在……軽微な……技術的問題を抱えております。心配するほどのものではありません。しかし、緊急着陸をしなくてはいけません。当機はこれより十五、いや、十七分後に……ええと……ウィニペグ・ジェームス・アームストロング・リチャードソン国際空港に着陸いたします。ご不便をおかけし……その……大変申し訳ありません。何とかなります」

その何とかなりますの言葉が、パニックを引き起こした。乗客たちがあげる悲鳴が機内に響く。アンジーは呼吸が浅くなった。そして盲信に取り憑《つ》かれて、もし完璧な名前を決めてしまうことさえできれば、飛行機は本当に何とかなるのだと思い込みはじめた。サラ、レイチェル、ジェニー、キャンディー……彼女は必死に考え続けた。「ヴァネッサ、アビゲイル、ヘレン、フラニー」声に出して言う。やがて彼女は緊張のあまり想像力を掻き乱され、適当に浮かんでくる名詞をどんどん口にしていった。「セロリ、オーボエ、ルーファー《へちま》」彼女が続ける。「ガラモン、デキャンター、フリッツァンテ、パイレーツ。ロレックス、エヴィアン、ダサニ、ペリエラ」

飛行機は急角度で降下しはじめた。機首が下がる。機体が左右に揺れる。アンジーは無残で恐ろしい死が乗客全員に迫っているのだという思いに取り憑かれながら、両手で肘掛けを握りしめていた。

だが、ふと自分の腕に目をやった彼女はすぐさま自分がなにをすべきかに気付いたのだった。シートベルトをはずし、通路に飛び出す。

「座席に着いて」フライト・アテンダントが叫んだ。

「みんなを助けるのよ！」アンジーが叫び返した。

軋《きし》む音を立てて頭上の手荷物入れを開ける。飛び出そうとするスーツケースを押し戻しながら彼女は自分のハンドバッグを摑み取ると、座席に座り直して携帯電話を取り出した。そして、どうしても洗い落とすことができなかったあの番号をダイヤルしたのだった。

機体が跳ね上がった。電話から呼び出し音が鳴りはじめる。滑走路が視界に入る。「私の手を握って！」彼女は隣の男に声をかけた。男は目を開くと、ぽかんとした表情でアンジーを見つめた。「こっちは妊娠中でひとりきりで怖くてたまらないからさっさと手を握りなさいって言ってるのよ！」

アンジーが手を出した。男がそれを握りしめた。強く、きつく、握りしめた。四度目の呼び出し音が鳴った。機体が右に傾く。乗客たちの悲鳴がいくつか聞こえた。もう一度呼び出し音が鳴り、電話が通じた。

「やるわよ！」アンジーが叫んだ。「集めるから。みんな集めるから。そこに連れてけばいいんでしょう！」

後輪が滑走路を捉えた。機体がスピードを落とす。前輪が地面に降りると、乗客たちから拍手が沸き起こった。アンジーはため息をついた。そして、自分が携帯電話と隣の男の手をもの凄い力で握りしめていたことに気がついた。

「きっとそう言ってくれると思ってたよ」祖母の声が聞こえた。

「待って。待って、待って、待って。約束する前にまず……」

「まずはルーシーからだ」

「なるほど」アンジーが言った。窓の外を眺め、それからまだ肉付きのよい隣人の手に包まれている自分の手に視線を移す。「ちょうどウィニペグだしね」


アンジー・ウィアードは本当に廊下で生を享《う》けたのだが、まずはその一部始終をお話ししてしまおう。一九八七年五月四日、彼女の母親ニコラの陣痛が始まると、父ベナールは妻を愛車、マルーンの一九四七年式マセラティに乗せて病院へと向かった。ベナールはアンジー誕生の七十二時間前に、ツーシーターのマセラティを購入したばかりだった。街乗りには向かない車である。ベナールは、まだ運転に慣れていなかった。病院までの道のりで、六度もエンストしてしまったほどである。

六度目のエンストはトロント市街、カレッジ通りとユニバーシティ・アヴェニューの交差点でのことだった。もうニコラから見えるほど病院のそばまで来ていた。彼女は助手席に座ったまま、切望するかのように病院を見つめ続けていた。長いこと夫に向けることのなかったその眼差しを、マウント・サイナイ病院に向けていた。

運転席のベナールは、エンジンを再始動しようとがんばっていた。後ろにつかえた車がクラクションを鳴らしはじめる。彼は深々とため息をついた。目前に迫った第四子の誕生も、彼を昂揚させることはできなかった。彼は最近子供たちのことを、セックスという行為の必然的な結果として生じた性病のようなものとして考えるようになっていたのだ。家にはもう三人も、そろって五歳に満たない子供たちがいる。彼は全員を愛している。新しい子供のこともきっと愛するようになると思っている。これが彼には悩みの種だった。エンジンをかけようと彼が奮闘し続けていると、妻が助手席のドアを開けた。

マセラティを降りたニコラは、残りの二百ヤードを自分の足で歩いた。救急受付のドアは自動で開いた。入院受付のナースが書類を取り落として駆けつけてきた。そしてベナールがまだ駐車もしていないうちにストレッチャーに乗せられ、スイングドアの奥へと運ばれていった。アンジーの頭が出てきはじめたのを感じ、ニコラが悲鳴をあげた。四度目の出産になる彼女には、最悪の瞬間はもう終わったのだと――すくなくとももうすぐ終わるのだと――分かっていた。分娩室まであとひと息というところでひとりの医師が駆け寄ってくるとストレッチャーを止めさせ、廊下のまん中でニコラのことを調べた。

「もういきまないで！　抑えて！」医師が言った。

「なに言ってるのよ！」ニコラが怒鳴った。

「今すぐいきむのをやめなさい！」医師は厳しい声で返した。彼女の目を覗き込みながら手を握った彼の様子が、ニコラには忘れられない。彼女はいきむのをやめた。できるだけ深く呼吸をした。それに集中していたせいで彼女は、周囲の人びとが静まり返っているのにも気付かなかった。

「もういきんでいい？」

「だめだ」医師が答えた。「赤ちゃんの首にへその緒が巻きついてるんだよ」

ニコラは歯を食いしばった。いきむのをこらえる。体の内圧があまりに高まり、鼻血が流れ出した。

「もうすこしだぞ」医師が言った。

「早くしないと頭が破裂しちゃいそうよ！」

「よし！」

「いいの？」

「いいぞ！」

へその緒が取り除かれ、ニコラがいきむ。そうしてアンジェリカ・ウィアードは極めて文字どおり、この世界へと飛び出してきたのであった。

アンジーは、この話のどこにも疑いを抱いたことがない。彼女にとって疑問なのは、本当にそんなことが人格形成に対して祖母が言うような深い作用を及ぼすのだろうかということだった。アンジーにとっては、五月初旬に生まれたおかげで牡牛座になったというくらいしか、自分の性格に関係があるできごとのようには思えなかったのである。しかし、自分がネックレスやタートルネックを身につけようとしないことには彼女も気付いていた。それにシャツを着るときにも、いちばん上のボタンを留める気にはならないのである。

アンジーの腕に電話番号を書く八日前、祖母、アニー・ウィアードが自らバンクーバー総合病院に入院することにしたのは、鼻血のせいであった。ランチを終えて食器洗いを済ませ、それからタクシーに乗って緊急治療室に向かった。出発したのは午後二時半のことだった。十五分後、アニーは病院の前に到着するとトリアージ・ナース（患者数が多い場合に治療の優先度を判断するナースのこと）に自分は末期患者なのだと告げた。

「もっと具体的にお話をお聞かせくださいませんか?」ナースが訊ねた。

「四月二十日の午後七時三十九分に死ぬことになっているのよ」

「それは本当に具体的なお話ですね」

「今日から数えて二十一日後だね」

「では、十九日目に戻って来られたらどうです?」

「あんたも、口に気をつけたらどうなのかね？」

「まずはお座りになったほうがいいと思うのですが？」

ナースは手元の書類に視線を落とした。それっきり顔を上げようとはしなかった。アニーは、すっかり皮膚の黄ばんだ女性の隣に腰を下ろした。膝の上で両手を重ね、じっと真正面を見つめる。彼女は自分に無理難題を課したのだ。自分の名前が呼ばれるまで、決してその場を離れまいと決めたのである。

腕や脚を折ったり、苦しそうに咳き込んだり、子供たちに付き添って大げさにおろおろしたりしながら、何人もの人びとが入ってきては出ていった。時刻は早朝四時半過ぎ。実に十四時間もじっと座ったまま、アニーは初めて待合室でひとりきりになった。

「アンジェラ・ワイアーズさん？」ナースが呼びかけた。

「惜しいわね」アニーはそう答え、立ち上がった。関節が軋む。ぎくしゃくとした足取りで歩いていく。ナースは、カーテンで仕切られた部屋へと彼女を連れていった。彼女が腰かけると、尻の下で薄茶色の紙ががさがさと音をたてた。両足は床から高く浮いている。彼女は、足をぶらぶらと揺らした。そうしてかなり待ってから、ようやく医師がやってきた。あくびをし、無精ひげを生やし、年齢は彼女の三分の一ほどだろうか。

「話は聞きました。死なれるのだとかで？」医師が訊ねた。そして彼女を見てから手元のクリップボードに視線を落とした。「それも、ゆっくりと？」

医師は聴診器のイヤーチップを両耳にはめると、アニーの胸にチェストピースを当てた。

心音に耳をすます。チェストピースを戻し、息を吹きかける。そして医師はまたそれを彼女の胸に当て、先ほどと同じように耳をそばだてた。

「こんなに大きな心音は今まで聴いたことがないな」

「私の心臓はとても大きくてね」

「そのようで。しかし、絶好調のようですよ」

「具合が悪くてここに来たんじゃないもの」

「なるほど。ではなぜご来院されたんです？」

「四月二十日の午後七時三十九分までは、死にたくても死ねないのよ」

「分かりましたが、それは問題ですね」医師が言った。小さな笑い声をたててから、彼女の隣に腰かける。「そういうことなら、行き先を間違えておいでです。我々は具合の悪い方々の力になるのが仕事ですが、あいにくあなたには、なんの症状も現れていない」

「どんな症状があればいいのかしら？」

「呼吸困難ですとか。目眩《めまい》ですとか。持続的な疼《うず》きや痛みですとか。意識の喪失ですとか。まあ、そんなことでしょう。症状があって初めて、私たちはお役に立てるわけです」

「鼻血ではだめかね？」

「まあいいでしょう」医師はそう言うと、書類のいちばん下にサインをした。目を上げると、ふたつ開いたアニーの鼻の両穴から細く血が流れ出し、勢いを増していくのが見えた。白目を剝《む》いた彼女の体を、医師は慌てて抱きとめた。

アンジーを乗せた飛行機が滑走路に降り立ったまさにその瞬間、ウィアード家の第二子であるルーシー・ウィアードは、ウィニペグのミレニアム図書館の二階で男にまたがっているところだった。セクション八一三の隣に並ぶ書棚の列。図書館の中で最も閑散とした区画である。ルーシーが着ているシャツのボタンは上までぴっちりと留められていた。灰色のウールのスカートはふわりと丸く広がっていた。床には一糸纏《まと》わぬ姿で、図書館利用者の男があお向けに横たわっていた。

ルーシーは腰を落とすと、男の声がするのを待った。

「四十九」男が言う。ルーシーが腰を上げた。そしてまた落とした。「四十八」男が言った。

ルーシーは深呼吸した。そして、また同じことを繰り返した。瞼は開かない。目をつぶっている間に、彼女が嫌いでたまらない同僚のベスが、セクション八〇〇方面に本を積んだカートを押しながら通りかかった。ベスが顔を向け、情事を目の当たりにする。そしてカートを置き去りにすると走り去っていった。

ルーシーは気付かないまま続けた。「二十六」男が彼女の下で言う。ルーシーは規則正しく、そしてしっかりとしたリズムを崩さないよう集中していた。すぐに、足音が近づいてきた。それが止まったのに気付き、ルーシーも止まった。のけぞるように体を起こし、若者の口を片手でふさぐ。目はつぶったままだ。

「アマンダなの？」ルーシーが訊ねた。

「ええ、ご名答」

「あと誰？　誰かいるみたいだけれど。ベス？」

「そうよ」

「じゃあ、せめて誰かを幸せにさせることはできたってわけね」

「ふごくひあわへらよ」床の上で男が言った。彼女は口を押さえた手に力を加えた。

「これは重大なことよ、ルーシー」アマンダが言った。

「クビになるくらい重大かしら？」

「お友だちに服を着せて、それからオフィスにいらっしゃい」

「分かったわ」ルーシーはそう答え、うなずいた。瞼は開かない。足音が遠のいていくのが聞こえた。ようやくそれがすっかり聞こえなくなると、ルーシーは男の口を押さえていた手を離した。前かがみになる。「続きするわよ」彼女が小声で言った。

「え？」

「最初からやり直して！」ルーシーが詰め寄った。

「二百八十七」男は口を開いた。ルーシーは腰を上げ、また下ろした。「二百八十六」男が言った。

「一！」若者が声をあげた。

ルーシーは深々と息を吸い込んだ。わずかな恍惚の刹那、彼女は興奮に打ち震えた。自分の力が及ぶことなどなにもないのだと感じる。自分がどこにいるのか分からなくなりかけるほどの、自由と無限とを感じる。しかし、その感覚はいっせいに消え去ってしまった。ルーシーは立ち上がった。乱れた服を直す。そして男のシャツを拾い上げると両肩のところを持ち、男が袖を通すのを助けてやったのだった。

「すぐに君の顔が見たくなっちゃいそうだよ」男が言った。

「目を閉じて」ルーシーが答えた。男が目を閉じた。彼女はかがみ込んで男のボクサーパンツを拾い上げた。「開いていいわ」

「開くよ？」

「良かったわね！　願いが叶ったじゃない。また顔が見れたでしょ！」ルーシーはそう言って、下着を彼に手渡した。

振り向こうともせずに、書架の間から歩み出る。彼女は洗面所に向かった。それが済むと、今度はアマンダのオフィスへと足を向けた。小さく、窓ひとつない散らかった部屋である。デスクの片隅にはうずたかく書類が積み上げられていた。左に傾いている。ルーシーは床に視線を落とした。次に、奥の壁を見つめた。背中でぎゅっと拳を握りしめる。それから彼女は書類の山を摑むと横向きにしてデスクに叩きつけ、一枚残らず端がぴっちりそろうまでそれを続けた。

「あなた病気よ」アマンダが言った。

「かもしれないわね」ルーシーが答えた。書類の山を、アマンダが座るデスクの隅に戻す。

「それに、その髪はどうしたの？」

「切ったばかりで」ルーシーが言った。額《ひたい》に垂らした髪が右耳の後ろで束ねられていた。頭頂部にぼさぼさと髪が三束ほど突き出しており、彼女にもどうしようもなかった。

「あんまりひどくて見てられないわ、ルーシー」

「司書なのに館内でヤったこと？」

「やめてちょうだい。ここでこんなことが起こるなんて、前代未聞だわ」

「あなたに私が捕まるのも、前代未聞ね」

「クビよ」

「北米文学の辺りは、いつもなら安全なんだけどなあ」

「荷物をまとめて出てってちょうだい」

ルーシーは人差し指を伸ばして、ほんのすこしだけ書類を直した。そしてうなずいてみせる。アマンダのオフィスを後にする。デスクから持ち帰るものも、別れを告げなくてはいけない相手も、なにもありはしない。ルーシーは正面玄関に向かうと、そこをくぐり抜けた。

歩道に出た彼女は、身じろぎひとつせずに立ち尽くした。あんなにも馬鹿馬鹿しく、そして屈辱的な解雇通告を受けた直後であることを思うと、もっと羞恥心を覚えたいような、自分が誰だか分からなくなるほどに自信喪失してしまいたいような気持ちに駆られたのである。どっぷりと迷いの底に沈み込んでしまいたかった。だが彼女が感じるのは、乾いた埃っぽい空気ばかりだった。彼女の目の前でバスが停まった。自分がバス停で立ち止まっていることにも彼女は気付いていなかったが、ドアが開くと乗り込むことに決めた。

バスには十二人の乗客たちがいた。通路を歩きながら、ルーシーはひとりひとり数えていった。いちばん後ろの座席に腰を下ろし、目をつぶる。バスは次々と角を曲がっていく。彼女の体が右に左に揺れる。ルーシーは時間の感覚がすっかりなくなるのを待ってから、停車ひもを引っ張った。

バスを降りる。走り去っていく車体を見送る。周囲を見回してみる。立ち並ぶ家々は主に六〇年代のバンガロー風だった。どの家の芝生もよく手入れされている。道路標識から察するに、彼女が立っているのはドルイド通りとフォレスター通りの交差点だった。ここに来たのは生まれて初めてだ。どちらの通りの名前も耳にしたことがない。街のどの辺りに自分がいるのかすら、彼女には分からなかった。だが彼女には、北に六ブロック進み、西に四ブロック進み、さらに南へと九ブロック半進めば自宅の前に辿り着くことが、はっきりと分かるのだった。

「もう、くそっ！」彼女が吐き捨てた。

ルーシーは、道の中央へと歩み出た。目を閉じて両腕を広げ、ゆっくりと時計回りに回転する。だがどんな方角を向こうとも、ルーシーには家への帰り道がちゃんと分かるのだった。

アンジーは携帯電話のストップウォッチをセットすると、姉の家と道路を隔てて反対側の歩道で待った。四十五分が過ぎたころ、ぼろぼろで薄汚れたタクシーが到着し、中からルーシーが姿を現した。アンジーにとっては実に八年ぶりとなる姉との再会だったが、最初に気になって目が離せなくなってしまったのは、彼女の髪型であった。顔の右側に垂れた髪は左側に比べて最低でも三インチは長い。毛先はまるでジャック・オー・ランタンの口のようにジグザグに切られている。頭頂部から、髪の束が三つ突き立っているのが見える。ファッショナブルともアバンギャルドともいえない——純粋な狂気を感じさせた。

アンジーは道を渡った。ルーシーが振り返り、近づいてくる彼女を見つけた。三フィートほどのところまで来ると、ふたりともぴたりと動きを止めた。どちらからも近づこうとはしない。アンジーは、ルーシーの髪の毛を見まいと努めた。

「私よ。妹のアンジーよ」

「来るなら言ってよ」

「私だって来るなんて思ってなかったわ」

「なんでそんなにおっぱい大きいの！」

「ええ、妊娠してるからね」

「どうやって家が分かったの？」

「電話帳に載ってたから」

「そうだった」

「どれだけ待ったか分かってる？」

「どれだけ待ったのよ？」

アンジーはハンドバッグから携帯電話を取り出すと、ストップウォッチを確認した。「四十七分と……」彼女が言った。「二十秒ね、今でちょうど」

「大して待ってないわね」

「まあね。大したことないわ」

「ちょっと五分だけもらえる？」

「うん」アンジーはうなずき、またストップウォッチをセットした。ルーシーは背を向けると、玄関へと続く階段を駆け上がった。背中から見ても彼女の髪型はでたらめであった。

アンジーはいつでも姉のことを、ひどく神経質な人だと思っていた。ルーシーは取り憑かれたように、成績のことばかり気にしていた。学校ではもっとも可愛い女子の中に入っていたが、誰とも付き合おうとはしなかった。一方ではいささか簡単に股を開くようなところもあったが、彼女が相手として選ぶのはいつも決まって自分よりも劣るタイプばかりなのだった。幼いころから、いつでも彼女は予想外のできごとを嫌った。アンジーは姉の家を眺めて立ち尽くしながら、きっとすべてを意のままに管理したいという欲求がついに彼女を壊してしまったのだと感じていた。

アンジーのストップウォッチが鳴った。彼女は、まるでゴルフのグリーンみたいに完璧に刈り込まれた芝生を突っきって歩いていった。刈られた芝の切れ端を靴から払い落としながら、ドアをノックする。すぐに声が返ってきた。

「アンジー！」ルーシーが大声で言う。

「入るわよ？」

「どうぞ」ルーシーがそう言うと、アンジーは家の中に足を踏み入れた。

廊下には薄っぺらいカーペットが二枚、隣り合わせて敷かれていた。アンジーは扉の前で足を止めた。リビングルームを覗いてみると、そろいの白いアームチェアが二脚、奥の壁にくっつけて置かれているのが見えた。玄関ホールにもリビングにも、コーヒーカップや新聞紙の類はもとより、目を引くようなものはなにも見当たらない。まるで空き家のようであった。広告の写真みたいなありさまなのだ。

「靴を脱いでちょうだい」ルーシーの声が響いた。

「ええと……」

「脱いで」

「ちょっと待って」アンジーが答えた。床に座り込み、片足を持ち上げる。

「なにしてるのよ、アンジー。もう大人でしょう?」

「妊娠したことがないあなたには、分からないわ」

「そのうちするわよ」ルーシーが答えた。腕組みをしている。アンジーは、片足を上げ続けていた。おかげで腹筋がつりそうだ。

「脱がせたいなら、あんたがなんとかしてちょうだいよ」アンジーが言った。

「どうして?　靴を脱いだことないの?」

「大変なのよ」

「靴はいたまま寝るわけ?」

「こっち来て手伝ってくれたらどうなの?」

「自分で脱げないんなら、私は知らないわ!」

「分かったわよ」アンジーが怒鳴った。右足を使って乱暴に左足の靴を脱ぎ捨てる。靴は宙を舞い、左側のカーペットの上に逆さまに落ちた。右足の靴も同じように脱ぐと、今度は右側のカーペットに落ちた。ルーシーが、ふたつとも拾い上げた。そして、下駄箱に置いた自分の靴の隣にそれをしまうとアンジーに手を差し伸べ、立ち上がるのを助けてやったのだった。

「大変なのは、はくときなのよ」

「それだったら、手伝ってあげるわ」ルーシーが答えた。

姉妹はリビングに入っていった。ルーシーが左側のアームチェアに腰かける。アンジーは、隣の椅子に腰を下ろした。そして、きっとルーシーは自分がなにを言おうとしているのか予想していているに違いないと思いながら、姉の顔を見つめた。そのまましばらく待つ。さらにすこし。それから、ようやく言葉を発した。

「シャークのところに行ってきたわ！」アンジーが言った。ウィアード家の子どもたちは、祖母のことを話すときにこう呼ぶのが常なのである。

「えええ、なんでまた？」

「想像つかない？」

「つかないわ。ぜんぜん」

「そろそろ死ぬって言うのよ」

「また？」

「そうでしょう、そうでしょう」

「まだブレーク通りにいるの？」

「ううん。今は病院よ。バンクーバー総合病院。四－二〇六号室」

「話を聞かせて」

「まあ落ち着いてよ。見たところピンピンしてるんだから。でもどういうわけか、自分は誕生日に死ぬんだって言い張って聞かないの」

「超ドラマチックね」

「でも、妙な説得力があるのよ、ルーシー」

「今どき、例の鼻血話に引っかかってるのなんかあなたくらいよ」

「それだけじゃないの――」

「鼻血くらい誰だって出るじゃない。体育をサボるのになんか超便利だし。でしょう?」

「私たちが生まれたとき、全員に特別な力を授けたんだって言うの」

「それは素晴らしいわね」

「当時は、祝福だと思っていたんだそうよ。でも今は、それが呪いだったんだってあの人は思ってるわ」

「呪福ってことね!」

「最後まで聞いてよ――」

「あなたのはどんな力?」

「話を聞いてってば!」

「あなたにはなにを授けたって言ってるの?」

「いつでも許す力」

「で、私は?」

「決して迷わない力」

「あの人、ずっとあなたのほうがお気に入りだったっけね」

「ルーシー！　聞いてったら！　私は本当だって思ってるんだから！」

「まさか」

「そう思いはじめてる」アンジーが言った。姉の顔に視線を上げる。なんでいつも、こんなに大変な思いをしなくてはいけないのだろう。「自分の胸に聞いてみて。今まで道に迷ったことがある？」

「生まれつきの方向感覚が私にはあるもの」

「それよ。そして私は誰にこき使われてもほとんど文句を言わない」

「自尊心が低いだけじゃない？」

「全員集めて自分の病室まで連れてくるように、あの人に言われてきたのよ。そうしたら死ぬ瞬間に呪いを解いてあげるからって」

「じゃあ――冒険に出されたってことね？」

「馬鹿にしないで」

「馬鹿なこと言うからじゃない」

「十三日間……」

「まさか、本当に本気にしてるんじゃないでしょうね？」

「まだ時間はたっぷりあると思うけど、今もたもたしてる余裕はないわ」

「ケントの居場所、誰か知ってるの？」

「あなたも間に合うと思うでしょう？　思うわよね？」アンジーが訊ねた。憐れみと疑念が混ざり合った姉の顔を見つめる。「私の頭がおかしくなったと思ってるんでしょう」

「違う。違うってば。ただあまりに突飛な話で。それだけよ。整理するのに時間がかかってるだけ」

「病室のお婆さんたちが意識を失って、ナースたちが駆け込んできて、部屋の電気まで薄暗くなってしまったのよ。それからあの人が私の腕を摑んで、腕に電話番号を書いた。洗ったのに消えないの。そうしたら飛行機で火災が起こったのよ！　おかげで墜落しそうになったの。今にも死ぬところだったんだから！　そこで、書かれた番号に電話をかけたの！　それで承諾したのよ！　そうしたら飛行機が無事に着陸したの！」

「お茶飲まない？　やかんを火にかけてるんだけど」

「ちゃんと聞いてくれてる？」

「シャークに電話しなかったら墜落してたなんて、本気で信じてるの？」

「ええ……信じてるわ」

「アンジー、それは呪術的思考ってものよ。あなた、昔からずっとそういうのが好きだったものね。ていうか、うちの家族全員。構わないんだけど、それはちゃんと診断のつく精神疾患よ。ぜんぶ教科書に書いてある」

「あの飛行機が無理やりウィニペグに降りなくちゃいけなくなったのが、ただの偶然だって言うの？」

「確か、今じゃあ特効薬があるはずだわ」ルーシーが言った。

姉妹はそれっきり口をつぐんだ。アンジーは何度か唾を飲み込んだ。頰の内側をぎゅっと嚙む。深呼吸しようとしてみる。だが、どれも無駄だった。涙があふれ出す。アンジーはすすり泣きを始めた。

「泣いたって私はなにもしないからね」

「ごめん……な……さい。そういうつもりじゃ……ないの。がんばって我慢……してたのに……」アンジーが答えた。袖口で洟《はな》をぬぐう。ルーシーはそっと目をそらすとクリネックスの箱を取り出し、妹に手渡した。アンジーは洟をかんだが、荒く上下する胸は止められなかった。

「今日、仕事をクビになったの」ルーシーが言った。「セクション八一三番区画の前で男とヤってるところを見つかってね」

「嘘……でしょ！」

「ほんとよ」

「フロスティ・クイーンで……働いてたとき……みたいに？」

「ええ」

「アイ……ディール・コーヒーや、シナモン・トゥ・ゴーのとき……みたいに？」

「ぜんぶ挙げてくれなくてもいいんだけど」

「でも……偶然にしてはできすぎ……だと……思わない？　今日……クビになるなんて」

「大した意味なんてないわよ、アンジー」

「そうかもしれないけど」アンジーはそう言って、もう一度洟をかんだ。何度か深呼吸をしたが、また涙があふれ出してきてしまう。

「やれやれ、分かった」ルーシーが言った。「アバのとこに行ってあげる」

「本当？　本当に……行ってくれるの？」

「ええ、でもずっと長いこと会ってないからってだけの理由よ」

「ありがとう、ルーシー。本当に……嬉しい……」

「いつまで経っても、あなたに泣かれちゃ負けるわ」

「それは……ルーシーが……優しい心の……持ち主だからよ」

「そんなものなければよかったのに」

「でも本当……に行って……くれるの？」

「行くわ、行くわよ。たった今言ったとおり。アバにだけはね」ルーシーが言った。アンジーがうなずいた。そして肘掛けに手を突いて白いアームチェアから立ち上がるとルーシーの椅子に歩み寄り、半分彼女の上に乗るようにして隣に腰かけた。彼女を抱きしめられるよう、体の向きを変える。

「シャツに気をつけてよ」ルーシーが言った。

「本当に……本当に……嬉しい……」

「洟がたれてるじゃない。ほら、かんで。きっと大丈夫だから。まずは、ひとつやらなくちゃいけないことがあるわ」

「やらなくちゃいけないこと？」

「母さんのところに行くの」

「分かったわ」アンジーがうなずいた。「行く」

キッチンでやかんが笛の音を鳴らしはじめた。ルーシーは高校生のころからこの手口で、ちょうどこんな瞬間を邪魔するのだ。笛の音はどんどんうるさく、どんどん高くなっていく。しかしアンジーは抱きしめる手を緩めようとはせず、ルーシーもそれを振りほどこうとはしなかった。


ウィアード家の子供たちが力を合わせたもっとも大事なものは、レイニータウンである。これは、一家が持つコテージの中二階にある屋根裏部屋に作られた、総段ボール製の街のことだ。子供たちは毎年夏になると、みんなでこの制作に取り組んだのだった。ことの発端には、ふたつの大きな原因がある。まずは一九九四年の夏に九七日間ぶっとおしで雨が降り続いたこと、そしてそれを遡《さかのぼ》ること数週間前、ケントが隣家のゴミ捨て場から大小さまざまな段ボール箱を山のように拾ってきたことだ。

ケントがコテージに箱を持ち帰ったのは、ガールボットをして遊ぼうと思ったからだった。これは、ルーシーとアバが一緒にやりたがらないゲームである。段ボール箱はそのまま忘れ去られ、陰鬱《いんうつ》に曇った七日目の朝を迎えた。子供たちが窓から外を覗いてみると、雨は降り止むことなく落ち続けていた。新しいことなどなにも思いつきもせず、子供たちはケントの後について屋根裏に上がっていった。すぐに言い争いが始まった。

「がんばれよ、ケンタッキー」リチャードは、ケントが嫌でたまらないと思っていると知りつつ、このあだ名を使って言った。「俺がガールボットのはずはないし、お前よりも年上なんだから、どう考えたってマッド・サイエンティスト役だぜ」

「そんなのアンフェアだよ！」ケントが叫んだ。左の鼻の穴からうっすらと鼻血が流れだしていた。

「真実ってのはアンフェアなもんなのさ」リチャードは、ウィアード家が持つ暗黙の家訓をちらつかせるように言葉を選んで答えた。

「私たちにはそんなの通用しないって分かってるでしょ」アバが言った。ケントの鼻血が止まった。

「私が女でも、マッド・サイエンティスト役やってもいいじゃない」ルーシーはそう言うと、段ボール箱を集めだした。リチャードがそれを彼女の手からもぎ取ろうとする。そうして、喧嘩が始まった。声がどんどん大きくなり、高まり、すぐに母親が狭い屋根裏に顔を覗かせた。

そこに広がる光景を見て、母親は一気に気分が悪くなった。段ボール箱の陰になっていてよく顔が見えないが、どうやらアバは泣いているようではないか。アンジーもまた、両足にテープで留めたティッシュの箱が取れずに泣いていた。もっとも、彼女が泣いていることなどいつものことだったのだが。ルーシーは長い段ボール製の筒を手に持ち、ひっきりなしにリチャードの頭を叩いている。

「やめなさい！」母親が大声で叫んだ。「やめなさい！　やめなさい！　やめなさい！」

滅多なことでは感情を爆発させたりしないニコラが、子供たちをじろりと見つめた。床に散乱した段ボール箱に視線を移す。

「ロボットを作るんだ」ケントが真剣な顔で言った。

「ロボット？　あなたたち五人が力を合わせれば、もっとずっといいものが作れるでしょう？　たとえばもっと……」

静寂がそれに続いた。屋根を打つ雨音が聞こえていた。母親は、どこか遠くをじっと見ているような目をしていた。黙り込んだ彼女に子供たちの視線が集まると、痛切かつ悲しげなニコラの表情が、自分たちの世界に夢中になっていた子供たちの殻にひびを入れた。

「もっと、なに？」

「たとえばもっと。大きい。スケールの大きなものよ」ニコラが答えた。「映画なんかの再現をするんじゃなくて。なにか自分たちにしか作れないもの。まったく新しいなにかを……」

「分かったよ……」

「でも、どんなものがいいだろう？」

「なんだろう？　ママはなにも思い浮かばないの？」

「街を作るのよ！」

「めちゃくちゃ楽しそう！」

「ママがそんなこと言うなんて！」

「そんなにびっくりすること？」

「どうやって作りはじめようか？」

「市役所とか？」

「テレビ局がいい！」

「バイク用高速道路！」

「母さんが選んで」リチャードが言った。「母さんだったら、なにから作る？」

「だったらヘアサロンね」ニコラは考えもせずに答えた。「最初は美容院を作るわ」

そうして、子供たちは制作に取りかかった。午後中その後どんどんレイニータウンに作られる建物の中心となる、〈アバウト・タイム・ヘアサロン〉をデザインし、作っていったのである。


ニコラの人生には、ベナールがいなければやってみたいことがいくつもあった。だが夫が消えてしまっても、彼女はどれひとつとしてそれに手は出さなかった。どうやら道から飛び出して崖から落下したものと思われる夫の潰れたマセラティがジョージア湾から引き上げられた二日後、ニコラは自分の寝室に閉じこもった。そしてドアを閉ざし、出てこようとはしなかったのである。

ウィアード家の子供たちは、きっと母親も自分たちと同じように父親の遺体が見つかるのを待っているのだと考えた。水中から引き上げられたマセラティの中からは、ベナールの遺体が見つからなかったのである。人びとは、きっと死体は潮に流されていってしまったものの、同じ潮に乗ってすぐに浜辺に押し戻されてくるだろうと考えた。だが二週間が過ぎても父親の遺体は一向に見つからず、母親も部屋から出てこようとはしなかったのだった。

廊下に食事を用意してもさっぱり手を付ける様子がなかったので、アンジーはだんだんと、もしかしたら母が夜中に寝室を抜け出して自分の食事を作っているのではないかと思うようになっていった。そこで彼女は午前三時半に目覚まし時計をかけると忍び足で階段を降り、キッチンに身を潜めた。寝てしまうといけないので、ポットにたっぷりのコーヒーを淹《い》れた。コーヒーを飲むなど、彼女にとって初めてのことだった。アンジーは最初のひと口をすると残りをぜんぶ流し台に捨てた。これが彼女の口にした最後のコーヒーになった。

アンジーは、キッチンのテーブルに着いて待った。眠気ざましになるものもなにもなく、彼女はやがて眠りに落ちてしまった。起きてみると、母親がカウンターに立っているのが見えた。ニコラは黒いパンツ・スーツを着てハイヒールをはき、小さな真珠のネックレスをつけていた。大きな食パンでサンドイッチを作っているところだった。アンジーは、十二枚のパンにバターを塗る母の様子を見守った。ナイフを置いた彼女が冷蔵庫を開ける。中から漏れ出した光が、ていねいにセットされた彼女の髪型を照らし出した。ニコラはピクルスの入った瓶を取り出し、ふたを開けようと力を込めた。

「なるほど、やっぱりご飯は食べてたのね」アンジーが言った。母親には聞こえていないようだった。まだピクルスの瓶を開けようとしている。「聞こえてる？　ご飯を食べててくれてよかったって言ってるんですけど！」

ニコラは苛立った様子で、開かない瓶をカウンターに置いた。アンジーは、カトラリーがしまってある引き出しに歩み寄った。ナイフを一本取り出し、瓶のふたの周囲を叩く。そしてまたカウンターの上に置いてから、ナイフを引き出しの中に戻した。さっきまで座っていた椅子に戻ると、ニコラがもう一度ふたを開けようとしているところだった。

「ねえ？　ママ？」

「なによ！」勢いよくふたが開くと同時にニコラが答えた。中からピクルスを四本取り出してスライスし、バターを塗ったパンの上に並べる。次に彼女は、冷蔵庫からトマトをひとつ取り出した。アンジーがカウンターからそれを横取りし、手の中に収める。母親はもう一度冷蔵庫に行くと、野菜室から別のトマトを手に取った。

「こんなこともうやめて」アンジーは言った。「もう私たちにこんな思いさせないで」

ニコラがトマトをスライスした。そしてパンを重ね合わせて大皿にサンドイッチを積み上げると、それを手に廊下へと出ていこうとしたのだった。アンジーは立ち上がり、母親の前に立ちふさがった。ニコラが足を止める。サンドイッチの山が揺れる。ほんの一瞬、アンジーは母親が自分のことを認識したのを見て取ると、きっと万事無事に収まるのだと確かな予感を覚えた。だが、自分を見ていたはずの母親の目は、ふたたび表情を失った。あまりに突然のできごとだったものだから、アンジーには自分が母親を驚かせたせいであんな表情をしたのか、それとも最初からただの気のせいだったのか、分からなくなった。皿を平らに保ったまま、ニコラは前屈みに腰を曲げた。アンジーとぴったり目が合うまで、顔を低く寄せる。

「あなたもここにお泊まりなの？　本当に美しいホテルねえ」ニコラが言った。

母親が自分のことを分からないのだと思うとアンジーは戸惑ったが、それよりいっそうぞっとするのは深い自信と喜びの響きがニコラの声色に混じっていることだった。アンジーの知るかぎり、母親のそんな声など聞いたことがない。

「あなたのお名前は？」ニコラが訊ねた。

「やだ。ママ、やめて」

「まあ、聞かないでおきましょう」彼女はそう言って左手を持ち上げると、アンジーの鼻を軽く叩いてみせた。「本当に可愛らしいお嬢ちゃん！」

アンジーは床を見つめた。自分の横を回り込んでいく母親の靴を見つめた。そしてニコラ・ウィアードがキッチンを出て階段を上り、自分の母親でいることを永遠にやめてしまっても、彼女は振り向かなかった。

ルーシーから枕とシーツを手渡され、アンジーは驚いた。「ちょっと、私をソファで眠らせる上に自分で支度しろっていうの？　お客様に対してずいぶんね」

「あなたはお客さんじゃなくて家族じゃない」ルーシーが答えた。アンジーは泣き出した。ルーシーが電気を消した。


　朝になってアンジーが目を覚ますと脚はすっかりこわばり、背中が痛くてたまらなかった。小刻みな足取りで、ルーシーがもう朝食の支度を終えたキッチンに向かう。

「コーヒーは飲んで大丈夫なの？」ルーシーが訊ねた。アンジーは首を横に振った。ルーシーはグラスにオレンジジュースを注いでくれた。ハード・ボイルドの茹で卵は、完璧な仕上がりだった。トーストは黄金色《こがねいろ》に焼き上がっていた。八時五十五分にタクシーが到着した。ルーシーのスーツケースはもう玄関口に準備されており、アンジーは大急ぎで自分の持ち物を掻き集めた。ルーシーは施錠を三回確認してからふたり分のバッグを歩道へと運び出した。アンジーがタクシーを調べている間、ルーシーはそのまま歩道で待っていた。

　一九六三年、アンジーの祖父であるサミュエル・D・ウィアードはグレイス・タクシーサービスを設立した。社名は、自身の母親の名を取ったものである。そして一九八二年にベナールが受け継ぐころには、社はトロント第二のタクシー会社へと成長を遂げていたのだった。

仕事をしながらベナールは、タクシーに関する数々の理論を作り上げていった。例を挙げるならば、彼がタクシーを止めるときには願いをかけよと信じていたことである。もし一台目のタクシーが止まって乗せてくれたなら、願いごとが叶うのだ。また、タクシーに乗ることは常に比喩的なものなのだとも彼は考えていた——たとえば茶葉や手相のように、それを通してなにかを読み取ることができるものなのだと。だが、とりわけ彼が堅持していた理論は、タクシー選びは自己観の反映であるというものであった。数々の理論の中でも彼はこのひとつを、自分の子供たちにしっかりと教え込んでいたのだった。

「視認できる凹《へこ》みや擦り傷、なし」アンジーが言った。ゆっくりと車体の周囲を歩き回る。

「まだそんなことしてたの？」

「もっと新型の車だといいんだけど」アンジーは、後部ドアのところに戻ってくると言った。

「この街にそんなものないわ」

「絶対？」

「悪いけど絶対」

「分かった、じゃあこれに乗りましょう」アンジーはうなずくと後部座席に乗り込み、運転手に「空港までお願い」と伝えた。

「でもその前に」ルーシーが後部座席でドアを閉めながら言った。「ゴールデン・サンセット養護院に寄ってちょうだい、リプトン通り一七〇番」

「え？　今すぐ行くつもりだったの？」アンジーが訊ねた。

「じゃあ、いつ行くつもりだと思ってたの？」

「考えてなかったけど、近いうちとかそんな感じだとばかり」

ルーシーはしらじらしくあきれ顔をしてみせた。六分後、タクシーがリプトン通り一七〇番で停車した。ゴールデン・サンセット養護院はコンクリート造りの陰鬱な外観をしている。中はもっと悪い。薄っぺらい灰色のカーペットは何十年と車椅子が通り続けたせいで擦りきれ、二本の轍《わだち》が刻まれている。ロビーに置かれた柱時計は左に傾いている。内部には薬品の臭いが漂い、壁という壁はあまりにも能天気な黄色に塗られてしまっている。

「うちのお金じゃ、こんなとこしかなかったの？」アンジーが訊ねた。

「うちのお金だけじゃ足りないくらい高いのよ」

ふたりは廊下を歩いていった。アンジーは部屋の中を見ないように努めた。何人かの入居者たちと目が合った。それ以外は、じろじろと彼女の顔を眺め回していた。だがアンジーにとってもっともおぞましいのは彼らの髪型だった――ジグザグの毛先と左右非対称のボブ、そして耳の真上辺りから流れる感じも、なにからなにまでルーシーの髪型と目を疑うほどよく似ているのだ。

「あの髪型、いったいなんなの？」アンジーが訊ねた。

「すぐ分かるわ」ルーシーはそう答えると、ボタンを押してエレベーターを呼んだ。エレベーターが到着し、ふたりが乗り込む。どちらも無言だった。地下二階に到着してドアが開くと、ルーシーは廊下をはさんですぐの壁に直接テープで留められた段ボール製の看板を指差した。

〈アバウト・タイム・ヘアサロン〉

アンジーがエレベーターの外に出た。ドアが閉まりはじめる。「私も一緒に行ってあげたいところなんだけど、あいにく切ったばかりでね」ルーシーが言った。

「夢でも見てるの？」アンジーが彼女の顔を見た。

「ご心配なく」ルーシーはそう言って手を差し出した。エレベーターのドアがまた勢いよく開く。「あなたを見ても、誰か分かりすらしないから」

ルーシーが手を引っ込める。ドアが閉まった。アンジーが三歩前に出た。看板の貼られたドアの前に立ち尽くす。そして押し開けると、中に足を踏み入れた。

部屋は使い途がなくなった管理人用の用具入れであるのがひと目で分かった。狭く、灯りも電気スタンドひとつしかない。二×四《ツー・バイ・フォー》インチ材とベニヤ板で作られた棚が奥の壁に置かれている。部屋の隅には流し台が見える。その右手にはモップが何本か吊されている。流し台の向かいには木製のキッチン・チェアが置かれ、そこに腰かけて母親が眠っていた。

アンジーは、眠っている母親を見つめた。頭の中で六十秒数える。それから思いきりドアをひと押しすると、ニコラが目覚めた。

「いらっしゃいませ」

「私よ、アンジー」彼女はそう答えた。注意深くニコラの様子を見つめる。ほんの一瞬だけ自分のことが誰だか分かったのが、アンジーには見て取れた。だが瞳に浮かんだその光はすぐにまた消え去ってしまい、アンジーにはさっき見えたものが本当だったのか、それともありもしない幻でも想い描いたのか分からなくなってしまった。

「お髪《ぐし》を切りましょうか？」

「私よ。母さんの四人目の子供、アンジーだってば」

「ツイてるわねえ。ちょうどウェストンさんのご予約が無くなったのよ」

「もうすぐ子供が生まれるの……」

「というよりも、ウェストンさんが亡くなったと言うほうがいいかしら」

「本当に？　なにも分からないの？」

「神よ、どうかあの人の魂に安らぎを」ニコラが言った。そして自分が座っていた椅子を回転させ、流し台のほうを向けて置いた。アンジーに腰かけるよう、軽く叩いて合図してみせる。母親はピンクのビーチ・タオルをアンジーの首に巻きつけた。それから彼女の額に手を触れると、首を後ろに傾けるようそっと押した。アンジーの髪を洗う。お湯が温かい。山羊のミルクのような石鹼の香りをかいで、アンジーはパーマストン・ブールヴァードの家で兄弟姉妹そろってバスタブに浸かった日々を思い出した。そしてうとうとと眠りに落ちると、濡れた髪で目を覚ましたのだった。

「きっと疲れてるのね」

「そうでもないわ」

「この部屋には人を眠くするなにかがあるの」ニコラが言った。向かいの壁にかかった白いタオルをさっと剝がすと、その下から一枚の鏡が出てきた。「日がな一日自分の姿を見てることほど嫌なこともないわね」彼女が言った。

アンジーが立ち上がると、ニコラは鏡の前へと椅子を動かした。アンジーが腰かける。鏡に映る母親の姿を見つめる。ニコラはアンジーの濡れた髪の毛をまとめてから、ばさりと肩に垂らした。

「どうしたいの?」

「ちょっとそろえてもらえれば」

「そろえるだけじゃだめだと思うけれど」

「いやいや、本当にそろえるだけ」

「私にちょっと任せてみてちょうだい」

「そろえるだけでいいの。本当に」

ニコラは、それならばといった顔でうなずいた。はさみに手を伸ばし、それから娘の髪を毛先から五インチほどのところで指の間にはさむと、ためらいなど微塵《みじん》も見せずにざっくりと刃を入れた。長い黒髪がばさりと床に落ちる。アンジーはそれをじっと見つめた。次に、さらに長い束が隣に落ちてきた。鏡を見れば、三度目のはさみが入ろうとしているところだ。その刃が閉じてゆくのを見て、アンジーは瞼を閉じた。

「今どのくらいなの？」

「うん？」

「訊いてはいけないのかもしれないけれど、どこからどう見てもお腹に赤ちゃんがいるじゃないの」

「三十五週よ。それが？」

「女の子？」

「ええ、そう」

「だと思ったわ。男の子を妊娠しているなら、もっとお腹の下のほうが大きくなってるはずだもの」

「もし男の子だったら、ベナールと名付けようと思ってたの」

「ひとりで産むつもり？」

「父の名前なの。ベナール。ベナール・リチャード・ウィアード、聞き覚えは？」アンジーはそう言って瞼を開いた。ニコラはカットを続けた。

「ごめんなさい」彼女が言う。「まったく知らない名前ね。ちょっとおせっかいだったかしらね？」

「いいえ。とんでもない。父親はいないのよ」

アンジーの母親はそれを聞くと舌を鳴らした。

「子供が可哀想だと思ってる？」アンジーが訊ねた。

「子供が欲しい女には、父親がいないほどつらいことはないのよ。女手ひとつで育てるのは、本当に大変なんだから」

「お子さんはいらっしゃるの？」

「ううん、いないのよ。作ろうとは思ったのだけど」

「なにかあったの？」

「夫を亡くしたの」

「なんで？」

「嵐のせいでね」

「嵐？」

「二〇〇一年に大嵐があったの。あの人は海で行方不明になってしまったわ。憶えてない？あの嵐を？」彼女が訊ねた。はさみが止まった。ふたりは鏡ごしに見つめ合った。

「もちろん憶えてる」

「あなたも味わったの？」

「今でもたまに、嵐の中にいる気がする」

「あなたも誰かを亡くしたの？」

「ええ」アンジーが言った。ニコラはうなずき、またアンジーの髪を切りはじめた。後ろ髪に五回、それから頭頂部に素速く三回はさみを入れた。それからアンジーの顔の右側にたれた髪の毛をひとまとめ手に取ると、ろくろく場所も選ばないような様子で適当に切った。左側も、同じように切った。そしてはさみをドライヤーに持ち替えたニコラが最強風速にスイッチを合わせたところで、アンジーはようやくぼろぼろと涙をこぼしはじめた。

ドライヤーを切ったニコラが後ろに下がる。アンジーは鏡の中をじっと見つめた。ルーシーよりもさらにでたらめな髪型になっている。左側はごっそりと短く刈られているが、右側にはどうやら手つかずのまま残されたような箇所もあった。前髪はジグザグに切られてしまっている。頭の上からは髪の束が四本突き立っていた。

「どうかしら?」ニコラが訊ねた。「気に入ってもらえた?」

「すごく気に入ったわ、母さん」アンジーが答えた。「完璧よ」

ルーシーがエレベーターの横で待っていた。さっきと同じく無表情のままだった。上昇ボタンを押したがドアは開かず、ルーシーはいきなり笑いだした。

「私たち、まるで双子みたいじゃない!」そう言って、アンジーの頭をなで回す。

「そんなにひどい髪型になってる?」

「本当に切ってくるとは思わなかったわね」

「母さん、ふりをしてるだけなのかしら」

「あれはふりなんかじゃないわ」

「だって目を見たのよ。私のことを分かってる目だった。一瞬だけだけど」アンジーが言った。

ルーシーは動きを止めると、アンジーの両手を取った。ぎゅっと握りしめ、緩めようとしない。「それがふりなのよ。絶対間違いないわ、あれはふり」

「なんのふりよ？」

「最初のほんの一瞬、相手が誰だか分かったふりをするの。そうすべきかどうかを判断するためにね。でもすぐに元に戻る。いつも元に戻ってしまうの」

エレベーターのベルが鳴ってドアが開くと、ふたりは中に乗り込んだ。

「そんなふうに見えなかった」アンジーが言った。

「いつも元に戻ってしまうのよ」

「でも。そうかもしれないけど。どうなんだろう」

「くよくよ考えるの、やめときなさい」

「いけないこと？」

「空港に行かなくちゃ。飛行機が十一時十五分に出るからね」

「本当にありがとう……」

「いいってこと。泣かないの」

「泣いて……なんか……」

「いいのよ。落ち着いて。きっと大丈夫だから」

「なんだか……気持ちが……込み上げて……きちゃって……」

「分かるわ。分かってる」ルーシーが言った。「いつだってそうだったものね」

エレベーターのドアが開いた。ふたりはカーペットについた車椅子の跡をたどってロビーに向かった。さっきのタクシーが、まだふたりを待っていた。


目を覚ましたリチャード・ウィアードがベッドサイドの時計を見ると、時刻は十一時五十六分だった。隣の枕に目を向ける。使った様子のない枕を見てリチャードは、彼女はもういないのだと知った。

仰向けのまま、リチャードは天井を見上げた。雲のような白に塗られている。消えた妻もこの天井も、同じ感情を彼の胸に呼び起こした。自分のことをつまらない屑《くず》のように感じながらも、ほっとする。これに彼は安らぎを覚えた。

ベッドの縁に座り、リチャードは毛脚の長いブルーのカーペットに爪先を押しつけた。そばのテーブルから煙草を手に取る。一本に火をつける。深々と吸い込む。彼が立ち上がるころには、もう半分が灰になっていた。一インチほどの灰が床に落ちた。リチャードは部屋の向かい側にあるドレッサーに歩み寄ると、いちばん上の引き出しを開けた。靴下の下から、黄色い引きひものついた紫色の袋が出てきた。口を開け、逆さまにする。中から転がり出たのは、結婚指輪がふたつだけだった。

片方はシルバーの指輪である。最初の妻ナンシー・キングストンから彼が貰ったものだ。ふたりが結婚したのは彼の父親の死から二年と経たない、二〇〇三年三月のことだった。結婚生活は十七ヶ月間続いた。終焉を迎える主な理由になったのは、彼とデブラ・キャンベルの出会いであった。

もう片方のゴールドの指輪は、二〇〇五年八月五日に行われた婚礼でデブラからリチャードに渡されたものだ。彼とナンシーとの離婚が成立した当日だった。デブラとともに市役所からクイーン通りに走り出たその瞬間から、リチャードは自分の気持ちが彼女から離れていくような感覚に囚われだした。ふたりはその後十ヶ月にわたりそれに苛《さいな》まれた。デブラは、気持ちが寄り添わないのはリチャードが自らそう選んでいるからだと責め、リチャードにはそれが否定できなかった。

その後三年間、彼は決して結婚しようとはしなかった。そして二〇〇九年九月二十日、今指にはめている指輪を彼に贈ったサラ・イングリッシュという女性と結ばれたのだった。ふたりの愛は永遠なのだと信じ、彼は結婚した。そして毎朝妻の隣で目覚めるたびに、昨日よりもすこし深く愛している自分に気付いた。それに応じて彼はサラに対して、ほんの少しずつびくびくするようになっていった。その不安は膨れ上がり続け、彼がサラのそばにいられなくなってしまうのはもはや時間の問題だった。
三度の結婚生活すべてにおいて、同じことが起こった。今まで彼が女性と恋に落ちるたびに、必ず同じことが起こってきたのだった。

リチャードは左手から右手に煙草を持ち替えると、指輪をはめた薬指の関節を口に含んだ。指を濡らし、指輪を引き抜く。それを紫色の袋にしまう。さっき出したふたつの指輪も、ふたたび中に入れた。そして黄色い引きひもを締めると、また靴下の下にそれを戻したのだった。引き出しを閉めると、また灰がカーペットの上に落ちた。トイレで小便をしていると、洗面台のキャビネットの鏡に石鹸でなにかが書いてあるのが目に留まった。トイレを流す。手を洗う。それから彼は、そこに書かれたメッセージを読んだ。

リチャードへ
すいません、出ていくことにしました。
あなたが望んだことだと思います。
まだ私を愛しているでしょうか。（裏）

「裏？」リチャードは声に出して言った。

そして、鏡に映る自分の顔を見ながらしばらく考え込んだ。まるで自分の額に「すいません」と書かれているように見えた。それから彼は、薬戸棚を開けた。メッセージは扉の内側まで続いていた。薬戸棚の中は、石鹼と同じ白だった。リチャードは何度か扉を開いたり閉じたりしながら、なんとか読める角度を見つけ出さなくてはいけなかった。

もし愛しているなら証明してください。
私は飛行機で実家に帰ります。五時十五分の飛行機です。
私たちには守るだけのものがあるはず。
どうか、私を怖れないでください。
サラ

薬戸棚の扉を閉める。雲間から太陽が覗き、バスルームをその光で満たしていった。リチャードは寝室に駆け戻るとベッドサイドのテーブルに置いてあるカメラを手に取った。バスルームに戻る。そこにはまだ完璧な光があふれていた。彼は薬戸棚と鏡に書かれたメッセージの写真を、あらゆる角度から何枚も何枚も撮影した。日がかげると、そのときだけカメラを下げた。それが済むとまた寝室に戻って例の袋から結婚指輪を取り出し、指にはめ直した。スーツケースの荷造りを済ませ、空港行きのタクシーを呼んだ。
タクシーが到着するとリチャードは入念に調べ上げ、すっかり満足してから乗り込んだ。

ぎりぎり四時前に、彼はモントリオール・ピエール・エリオット・トルドー国際空港に到着した。ワシントンDC行きのアメリカン航空AA四八七便の航空券は、すぐ手に入った。手荷物検査の列に並ぶ。四時二十五分だ。係員が手を差し出し、リチャードの搭乗券を求めた。リチャードはポケットに手を突っ込むと、指先でそれに触れた。しかし、紙がやけに冷たく感じられた。どうもこの搭乗券には嫌な予感がする。リチャードはそれをポケットに残したまま手を引き抜いた。

「何かお困りですか？《エスク・ジュ・プ・ヴゼデ》」係員が言った。

「いや、やっぱりいい」リチャードは答えた。スーツケースを手に取って列を離れ、歩きだす。そして空港出口に差しかかって自動ドアが開いたところで、ふたりの姿を見つけたのだった。ふたりに近づいて手を伸ばし、肩に触れる。アンジーとルーシーが振り返ると、リチャードはもうカメラを構えてシャッターを押していた。


いよいよ長子リチャードの出産を目の前に産気づいたニコラは、夫が自分をタクシーの後部座席に押し込めても、自らハンドルを握っても意外には思わなかったが、メーターを倒したのには驚いた。一九八二年三月十六日のことだ。ニコラは後部座席に座っていた。新たな陣痛に襲われてドアの取っ手を握りしめる。ふたたび視線を上げると、メーターに表示された乗車料金が自分の送ってきた結婚生活の月数と等しくなっていた——三ドル。

この三ヶ月間、ニコラは自分が本心からベナールを愛しているのか、それとも自分の人生に彼がもたらす騒乱を愛しているだけなのか、判断がつかずにいた。だが、この予期せぬ妊娠が順調に進んでいくにつれ、そんなことに頭を悩ませる時間はすこしずつなくなっていった。そして出産が目前に迫った今となっては、そんな疑問はもはや意味すら失っていたのだった。もし彼を愛しているのならそれは素晴らしいことだし、愛しているのが騒乱のみだとしたら、それにも事欠かないのだ。

ベナールはユニバーシティ・アヴェニューを南へと猛スピードで飛ばした。まだ車間も空いていないところに車を割り込ませながら、何台も追い抜いていく。ニコラはドアの取っ手を握る手に力を込めた。いつの間にかスリルを感じている自分に気付く。ハンドルを握る夫の姿を見るのは、これが初めてだった。彼はいずれ自分が継ぐことになるグレイス・タクシーサービスの業務について学ぶため、四ヶ月前から運転手をしていたのである。カレッジ通りが近づくとニコラがまた陣痛に襲われ、タクシーはスピードを上げた。

黄色信号が見えた。タクシーがもっとスピードを上げた——ニコラはさらに手に力を込めた。信号が赤に変わる。彼女は目をつぶった。タクシーはぐんぐん進んでいく。金属質の衝突音が聞こえると、後部が左に跳ね上がった。それでもタクシーは止まらなかった。

ニコラが瞼を開くと、スピンしようとする車体をベナールが立て直しているのが見えた。スピードを落とす。彼がバックミラーを覗く。赤のフォード・ファルコンが受けた損傷が最小限であることを確かめるや、彼はまたアクセルを踏み込んだ。三十秒後、ベナールはマウント・サイナイ病院の前に車を止めた。メーターを切る。

「七ドル二十五セントだ！」彼が叫ぶ。「前代未聞の記録だぞ！」

「死ぬかと思ったじゃないの！」

「だが生きてる」

「まあそうだけど」ニコラが答えた。怒鳴りつけたい気分だったが、内心では守られている安心感を感じていた。できるだけ早く彼女を病院に連れていこうとしてあれほど大量に法を破ったことが、まるで吉兆であるかのように思えたのだった。出産は気が遠くなるほど痛かったものの合併症もなく、ベナール・リチャード・ウィアード・ジュニアは六時間後にこの世界に生を享けたのだった。

翌朝、面会開始時間の十五分前、午前九時四十五分にウィアード家の祖母が到着した。五十四歳になろうとしていた。息子のほうはまだ二十二歳。嫁にいたってはまだほんの十九歳であった。赤ん坊を腕に抱くや、祖母の中に未だかつて感じたことがない――ベナールにさえ感じなかった――母親としての使命感が込み上げてきた。病院への決死行を夫婦があれこれと口にしはじめたのは、まさにこの瞬間だった。

「なのにこの人ったら止まろうとしないのよ！」ニコラが言った。

「いやなに、大したことじゃなかったのさ。衝突とも言えないくらいだよ。ちょっとかすっただけさ。それにしても……」ベナールが言った。

「あっという間に病院だったの！　一度も止まらなかったのよ！」

「メーターは七ドル二十五セント。大記録だぞ！」

聞きながら、祖母の鼓動はどんどん速まっていった。孫を抱く腕に力がこもる。孫の耳をふさいでしまいたいと思った。よもや赤ん坊の親が、そんなにも無責任かつ向こう見ずな蛮行を武勇伝のように語ってみせるとは。彼女は胸で――巨大な心臓の収まったその胸で――ウィアード家に生まれた大切なこの命には守護が必要だと感じた。目の前の両親に守ることができるとは、とても思えなかった。自分が永遠に見守り続けることができないのも分かっていた。祖母は、この子が自分で自分を守るしかないと思い至った。そのための力が――自分の身を守るための力が――この子に宿りますようにという強烈な願いが、彼女の中で形になっていった。そして彼女の外にこぼれ出て、赤ん坊に入り込んでいったのだった。


ウィアード家の子供たちは誰もが、リチャードにこの力が備わっていることにうすうす勘づいていた。なにか見えない力が働き、自分たちまでその傘の下で守られているような気がしていたのである。だが、ようやく初めてはっきりと確信を得たのは、一九九三年十二月二十六日の午後四時すこし前のことだった。その日、パーマストン・ブールヴァードの家は親類縁者たちでごった返していた。五人の子供たちはさんざん大人たちに蹴られるとすっかり嫌になり、防寒着とスキージャケットに身を包んで裏庭に避難した。車庫の急な屋根から滑り落ちてきた雪のせいで、裏庭にはことさら大きな雪の山ができていた。兄妹はこの山にトンネルを掘りはじめた。アバとケントが南側から、ルーシーとアンジーが北側から掘り進む。リチャードはふたつの穴がちゃんと合流するよう、自らは加わらずに指示を出していた。

この冬からベナールは、マセラティが傷まないよう車庫に暖房を入れるようになっていた。だが暖気は小さなヒーターから送り出されるやいなや、断熱されていない屋根から外に逃げ出してしまうのだった。車庫の中は、相変わらず冷え込んでいた。ベナールにできたのは、子供たちが掘るトンネルの真上に長く鋭いつららの列を作り出すことだけだったのである。その午後は季節に合わず気温が零度以上と暖かかったせいで雪は緩く、雪遊びをするには最適だった。

ふた手に分かれて掘り進めているトンネル同士はもう三フィートと離れておらず、すでに開通目前だった。ふとリチャードは、圧倒的な直感に突き動かされ、頭上を見上げた。つららが見える。彼は雪に潜って作業を続ける弟妹たちのところに目をやった。

「今すぐ出るんだ！」リチャードが叫んだ。「みんな、今すぐそこを出ろ！」

確信というか、全員疑おうとすらしないほどの迷いのなさというか、彼の声にはなにかがあった。弟妹たちはトンネルから這い出すと、全速力で裏庭の端まで逃げた。敷地西側の壁に辿り着き、そこで立ち止まる。振り向き、トンネルを見つめる。なにも起こらない。

「どうしたの?」ルーシーが口を開いた。

そのときばりばりと氷の割れる音が聞こえ、屋根についた巨大なつららが次々と落下しはじめた。トンネルのあちらこちらに、合計十六本もそれが突き刺さった。

「もう、いつもいつも邪魔しないでよ!」ルーシーが言った。

「命を救われるのが邪魔だってのかよ?」

「分からないじゃないか」ケントが言った。「僕たちに刺さったとはかぎらないんだから」

「頭にぶっ刺さるところだったぞ!」

「分かるもんか。はずれたかもしれない」

「そんなわけあるかよ? 見ろ!」リチャードは十六ヵ所が串刺しになったトンネルを指差した。

「だからといって、私たちの命を救った証拠にはならないわ」ルーシーが言った。

「そうとも。ならないよ」ケントが言った。リチャードは深々とため息をついた。

いつもこうなのだった。つらら十六本という動かぬ証拠があったとしても、すくなくともルーシーとケントにとっては、彼の予言に従うのはいつだって兄妹だからにすぎなかった。結局最後には兄の言うとおりにはしても、もし背いていたらどうなっただろうと疑問を抱かずにはいられないのだ。本当にリチャードの予言したとおりに災厄が降りかかるのだろうか? いったいどのくらい悲惨な災難に見舞われるというのだろうか? 大きくなるにつれてふたりの中には、ずっとそんなにも気をつけ続けるのがリチャードにとって本当に最善なのかという疑念が生まれはじめていた。それが本当にリチャードのためになっているとは、どうしても思えなかったのだった。

リチャードとルーシー、そしてアンジーがセンサーのすぐそばに立っているものだから、自動ドアはずっと開きっぱなしだった。スーツケースを押した時差呆《ぼ》けの利用客たちがため息をつきながら、三人の周りを通り抜けていく。リチャードがカメラを下ろすまで、ルーシーとアンジーは身動きひとつしなかった。

「おいおい、まだ母さんに髪を切らせてるのかい？」彼が訊ねた。

「お店で切ったように見える？」ルーシーが答えた。

「ほらね、ルーシー。こんな偶然あると思う？」アンジーはそう言うと、兄に歩み寄って抱きしめた。彼女の腹と八年間にわたる別離のせいで、なんともぎくしゃくとしたハグであった。

「おい！」彼が言った。

「妊娠してるのよ。太ったわけじゃないから、言っとくけど」

「お前が綺麗なのはよく知ってるとも」リチャードは答えた。

「さあ、時間がないわよ」ルーシーはそう言うと右側にある、出発便の表示板のほうを示した。乗ろうとしているエアウェイズ・アップリフタのAU八一二便は、リストのてっぺんまで来ている。離陸まで四十七分だ。

「運命的だと思わない？　これで信じる気になったでしょう？」アンジーがルーシーに訊ねた。

「一緒に連れてくことができなきゃ意味なんてないわ」ルーシーが言った。

「お前たち、いったいなんの話をしてるんだ？」

「あと四十六分……」

「分かったわよ！」アンジーが大声でルーシーに言った。深々とひとつ深呼吸をしてから「実は、シャークのところに行ってきたの……」とリチャードに声をかける。

「えええ、なんでまた？」

「私とまったく同じこと言ってる」

「そろそろ死ぬんだって言うのよ……」

「またかい？」

「いいから聞いて！」アンジーは地団駄を踏んだ。奇天烈な髪がばさばさと乱舞する。「あの人、私たちが生まれた瞬間に、ひとりひとりに祝福を授けたらしいの。でもその祝福が呪いになって、私たちの人生をめちゃくちゃにしているんだって。十三日後に……」

「十二日後ね」

「十二日後に訪れる死の瞬間、私が病室に五人そろえて連れていけば、ついにその日かぎり永遠に呪いを解いてくれるんだそうよ」

「僕にはどんなものを授けたって言ってたんだい？」

「ねえちょっと」ルーシーが言った。「今の話だけで信じるつもり？」

「自分を守る力」アンジーが答えた。

「おもしろい」リチャードは親指でこすって結婚指輪を回した。

「ルーシーは迷わない力。私は許す力。アバは希望を失わない力。そしてケントは、なんて言えばいいんだろう、戦う力ね。あの子は戦うときだけ強くなれるの」

「僕のことはどのタイミングで迎えに来ようと思ってたんだい？」リチャードが訊ねた。

「ケントの前ね。絶対ケントの前」アンジーが言った。「ケントを連れに行くなら、その前に他の全員をそろえておかなくちゃどうにもならないもの」

「それにしてもあの人、なんで自分が十二日後に死ぬなんて分かるのかね？」

「ちょうど誕生日なのよ」

「そいつはすごい」リチャードが言った。「どうして信じる気になった？」

「真実だって感じたのよ。感じない？」アンジーが訊ねた。

「なんとも納得しがたいな」リチャードが答えた。

「もうあまり時間がないわ」ルーシーが言った。「さあ、行くの？　行かないの？」

「ただの偶然だろう、いくらなんでも」

「私は信じないことにしとくわ。今は単に、アバに会いに行くだけだから。アバの顔を見に行くだけ」ルーシーが言った。

「そうよ、アバに会うにはちょうどいいじゃない？　それだけでも行く価値あるでしょう？」

「そうだな」リチャードはそう言って、自分のスーツケースを手に取った。「行ってみようじゃないか。ルーシーと同じつもりで行くとするよ。アバに会うためだけにさ」

「ああ、リ……チャード……！」

「泣くなって」

「泣いて……なんか……ないし……」

「条件がひとつある」

「条件？」

「なんでも……言って……リチャード」

「ひとつだけ質問に答えてくれ。ふたりともだ。絶対に正直に答えてほしいんだ」

「ええ……もちろんいいわ」

「もし正直に答えなかったら分かるの？」

「分かるとも」

「で、質問っていうのは？」

「父さんのことは許したのか？」リチャードが訊ねた。ルーシーは自分の足に視線を落とした。アンジーは自分の腹に視線を落とした。ふたりは正反対の理由でそれぞれ視線を落としたのだった。最初に顔を上げたのはルーシーだった。

「いいえ。許してないわ」彼女が言った。

「そいつはよかった」リチャードが言った。「僕だけじゃなかったわけだ」

しばらく沈黙が流れた。やがて三人がリチャードの航空券を買うために歩きだすと、ようやく自動ドアが閉じた。

* * *

リチャードをファーストクラスにひとり置いて、アンジーとルーシーは自分たちの座席がある二十三列目に向かった。姉から窓側の座席のチケットを渡されているのに気づいた。動きを止める。手荷物を頭上の手荷物入れにしまうのはやめておいた。ふたりの背後には、列になった乗客たちが詰まっていた。

「私が妊娠してるの、忘れてない？」

「忘れるわけないでしょう？　あんた巨大なんだから」

「通路側がいい」

「じゃあ自分で予約すればよかったじゃない」

「そんなの不条理よ」

「真実ってのは不条理なものなのよ」ルーシーが静かに言った。

アンジーはルーシーの背後に目をやった。つっかえている乗客たちは、彼女に同情する様子など微塵も見せてはいない。アンジーはいかにも難儀そうな素振りを大げさに見せながら二十三列目に入ると、Fの座席に座った。隣にルーシーが腰を下ろす。ふたりとも、口をきかなかった。フライト・アテンダントが機内の安全説明をしている間も、ふたりの沈黙は続いた。離陸に備えてシートベルトを締めても、まだ黙っていた。飛行機が滑走路に向けて走っている間も、ふたりはひとことたりとも言葉を交わさなかった。しかし、タイヤが地面から浮くと同時に、ルーシーが身を乗り出した。

「ザック・ピカードを憶えてる?」大きな声で、そう訊ねる。

アンジーは眉をあげてみせた。ゆっくりとうなずく。後輪が地面を離れる。

「あいつとヤったわ」

「最近の話?」アンジーが訊ねた。飛行機は急角度で上昇していく。

「そうでもない」

「正確にいつごろの話なの?」

「高校時代ね」ルーシーが言った。

車輪が機体に収納された。アンジーは指をぎゅっと握り込んで拳を固めた。「何年生のとき?」彼女が訊ねる。

「確か高二のとき」

「でも、私があいつと別れた後の話でしょ?」

「そうでもないかな」

「まだ付き合ってる間だったの?」

「まあそんなとこ」ルーシーが言った。

飛行機が水平飛行に入った。シートベルト着用のサインが消える。アンジーは足早に通路を歩いてトイレに向かうと、内側から鍵をかけた。水道の蛇口を開け、ポンプ式の容器からハンドソープを手に出す。ずっと抑え込んできた怒りが彼女の中に沸き立ち、彼女の腕に浮かび上がった。

腕の肌が赤く染まっても、マジックで書かれた黒い数字は消えなかった。水を止める。彼女は鏡に映る自分をじっと見つめた。自分の中で、ゆっくりとそれが形になっていくのを感じる。だんだんと大きく膨れあがっていくそれに、彼女はやがてすっかり押し流されてしまった。頭のてっぺんから爪先まで、許しの心が全身に行き渡る。彼女はその気持ちに満たされていた。絶対的に、そして完璧に、彼女は戸惑いも悔恨の念もなくルーシーのことを許していた。あっという間である。彼女にはどうしようもないのだ。手を乾かすほうが、よほど労力が要るくらいだ。

二十三列目に戻ると、ルーシーが通路側を彼女のために空けて窓側の座席に移動してくれていた。「ありがとう」アンジーはそう言って腰を下ろした。

「皮肉のつもり？」

「そんなんじゃないわ」

「本当に？　心の底から？」

「なにが？」

「怒ってないの？」

「ああ。ザックのこと？」アンジーは言った。「それなら最悪よ。ほんとひどいことしてくれたと思うわ、ルーシー。でも、ええ、許してあげる」

「本当に許してくれるの？」

「もちろん」アンジーはうなずいた。

ルーシーは妹の両手を取ると、ぎゅっと握りしめた。そして、思わずどぎまぎしてしまうほど長いこと、妹の目をじっと見つめ続けた。

「ああ……なんてこと」ルーシーが言った。

「どうしたの？　なにかあったの？」

「あの人よ。あのシャーク、本当に私たちに呪いをかけたんだわ」ルーシーが言った。飛行機が乱気流に突入する。シートベルト着用のサインが点灯する。ルーシーが握っていた手を放すと、ふたりはしっかりと自分のシートベルトを締めた。

アップリフタ国際空港で唯一の荷物引き渡しコンベアーが、音をたてて軋みながら回転していた。スーツケースはひとつも載ってはいなかったが、アンジーとルーシー、そしてリチャードの三人は、回り続けるコンベアーをじっと見つめていた。現地時間、午後二時十五分。アンジーは、きっと四月九日だろうと思った。ヘルシンキで三時間乗り継ぎ待ちをしている間、ルーシーに言われて全員が時計を直してしまったせいで正確な時刻は分からなかったが、それ以上細かいことはどうでもよくなるほどに疲れきっていた。ぼんやりとした頭と時差呆けを抱えたまま、三人は自分たちの荷物が――誰かの荷物が――そこに現れるのを待った。

「具合が悪くなりそう」アンジーはそう言うと、コンベアーから思わず目をそらした。

三人の荷物が出てきたのは、三十分後のことだった。それを転がしながら、他の乗客たちの後についていく。立ち並ぶ制服姿の男たちのひとりがルーシーのハンドバッグに手を伸ばしたが、ルーシーはバッグをしっかりと抱きかかえてそれを無視した。そのまま進んで自動ドアを抜け、空港前の舗道に出る。

「税関通らなかったわよね?」ルーシーが首をひねった。

「さっきあなたのバッグを取ろうとしてた人のとこだったんじゃないの？」

「無視しちゃった……」ルーシーが言った。アンジーは肩をすくめた。リチャードが舗道の石ころを蹴飛ばした。石ころは、客待ちをしているタクシーの下に転がり込んでいった。

タクシーの状態に関する父親の理論から判断すると、このタクシーに乗車するのは自己嫌悪的傾向の表れということになる。タイヤの収まっているフェンダー部分が錆《さび》に侵食されている。右ワイパーのあった箇所には、スポーツ・ソックスが片方だけはめられている。ドアは両側ともにオレンジがかった泥にまみれている。三人は数分ほどその場に立ち尽くした。だが、タクシーは他に一台たりとも見当たらない。リチャードが近づいていった。四度引っ張ると、ようやく後部座席のドアが開いた。彼が乗り込むと、ルーシーがアンジーのためにドアを押さえた。アンジーはろくろく考えもしないまま、リチャードの隣に乗り込んだ。

「ひとつ言っておくわね」アンジーが、姉と兄に挟まれながら口を開いた。「私が妊婦だっていうのを、ふたりとも忘れないでちょうだい」

「どうやったってそのお腹が目につくっていうことも、忘れないでおいてほしいわね」

「その話を切り出してくれるのを待ってたよ、アンジー。父親は、僕たちの知ってる人なのかい？」

「そもそも会わせてなんかもらえるの？」

「もう、まん中になんか座らなければよかった！　飛行機でも窓側なんてやめとくんだった！　ぜんぶ失敗だった！」

「もきくてち　は　どだこい？」タクシーの運転手が訊ねた。三人はぽかんとした顔で彼を見ると、そのまま今度は互いに顔を見合わせた。

「なに言ってるかさっぱりね」

「誰か、旅行用の会話集を持ってきてないか？」

「そんなもん売ってるの？」

「英語は？　英語分かる？」ルーシーが大声で訊ねた。

「おれの　きなたいんちぽ　でも　しゃりぶがやれ！　くそありめかんじめ。えいだごけがこばとじゃいなぞ」運転手が大声で答えた。

「王宮に行きたいのよ」

「アバ女王。あなたの国の女王様。私たちは家族なの」

「王様のところに連れてってちょうだい！」

「それは分かりやすい」

「ちゅおうう　びねじすいちき　なだ！」運転手が言った。

彼がエンジンをかける。三人を乗せたタクシーはがくがくと車体を揺らしながら、空港を離れだした。

「タクシーに乗ってウィンザー城のエリザベス女王のとこに行くようなもんじゃない。信じられない」ルーシーが言った。

「誰かあの子の電話番号知らない？　女王様に電話をかけられないかな？　この国でもだめ

かしら？」

「アップリフタとイングランドじゃあ、さすがに王室の基準も同じってことはないだろうな」リチャードはそう言うとネクタイを緩め、シャツのいちばん上のボタンをはずした。三人ともまったく見覚えのない紫色の花をつけた穀物が、道の両側に植えられていた。逃れようのない臭いが車内に漂っている。鼻を突く、魚のような嫌な臭いである。市街地に近づいていくにつれて、臭気はますます濃くなっていった。

「なにこの臭いの？」

「下水かな？」

「伝染病でも流行ってるんだろうか」

運転手がルームミラー越しに三人を見た。大げさにふんふんと鼻を鳴らしてみせる。「このおいにかい？」彼が訊ねた。

「なんなのこれ？」

「スロングスキン」

「なによ、そのシュロングスキンて？」

「スロングスキン？」彼が繰り返した。そしてハンドルから右手を離すと波のようにひらひらと上下に動かしてみせた。

「ほんと最悪」ルーシーが言った。

悪臭が漂っていなくても、後部座席のアンジーは具合が悪くなりそうだった。足元にちらばった新聞紙ががさがさと音をたてる。窓は黒いすす汚れに覆われている。魚の臭いが古い煙草の臭いと混ざり合う。エンジンはうなりをあげ続け、タクシーはよろめきながら進んだかと思うとまたスピードを落とした。アンジーはボンネットの先端についたエンブレムに目を凝《こ》らした――雄牛のように見えるが、よく分からない――が、気分は回復してくれなかった。

「車を止めて！」アンジーが叫んだ。

「なてんいった？」

「すぐ止めて！」

「止めるんだ！」

「この子を外に出さなくちゃ！」

「おちけつっ！　おちけつっ！」運転手は大声でそう制すると、路肩に寄せて車を止めた。リチャードがよろめきながらあわてて路上に出る。アンジーも急いでそれに続いた。そしてタクシーから三歩歩いたところでかがみ込み、愛らしい紫色の花の上に嘔吐した。一度止まり、また吐く。ようやく収まってから彼女が顔を上げると、そこには次のような看板が立っていた。

アップリフタにようこそ！
素晴らしいご滞在を‼

またうつむき、胃袋の中身を吐き出す。これは、看板についた感嘆符のせいだった。文章記号を見て吐き気をもよおしたことなど、アンジーにとって人生初のことであった。運転手がラジオのスイッチを入れた。リチャードとルーシーは顔を見合わせると、大声で笑いだした。

「ごめんごめん」ルーシーが言った。

「僕もごめん」リチャードが言った。ふたりとも、笑い続けている。「泣き虫なのは昔から知ってたけど……」

「……まるで赤ちゃんみたいに吐いてるんだもの！」

アンジーがふたりの顔を見上げた。唾を吐き出す。両手で膝を押さえるようにして、身をかがめたままだ。彼女は目の端で例の看板を見ると、また嘔吐した。

タクシーにはパワー・ステアリングもパワー・ウインドウもついていないというのに、意外にもビザ・カードは使えた。五七六・七八Yと言われてもアンジーにはいったいいくらなのかさっぱりだったが、ぼったくられていることだけは確かだと思った。運転手に手伝ってもらって荷物を下ろし、三人はアップリフタ市街に降り立った。いちばん高いビルでも五階建てである。ほとんどは二階建てだった。見渡すかぎり、信号機はひとつしかない。他に一台の車も見当たらないまま、タクシーはその下を走り去っていった。

「もしかしたら、本当に伝染病が流行っているのかもしれない」リチャードが言った。

「さあ、これからどうするの？」

「あっちよ」ルーシーはそう言って右のほうを指差した。振り返ろうともせず、道を渡っていく。リチャードとアンジーは肩をすくめた。左を見て、右を見る。そして車が一台も走っていないのを確かめると、急いで道路を渡りだした。

店は一軒残らず閉まっていた。道はどれも狭く、ほとんどが影に沈んでいた。路上駐車している車は錆だらけで、見覚えのないものばかりだ。歩きながら見回しても、人っ子ひとり見当たらない。だがふと、どこか彼方から大観衆が歓声をあげるのが聞こえてきた。リチャードとアンジーは足を止めた。ルーシーはさらに半ブロックほど進んでから、兄妹が後ろについてきていないのに気がついた。

「なにしてるのよ！」彼女が叫んだ。

「あっちに行ったほうがいいんじゃない？」アンジーが訊ねた。「人がいるみたいだし」

「でも王宮はこっちなのよ。目と鼻の先」

「本当なの？」

「本当に行きたいからここまで来たんでしょう？」

「僕はアバに会えればそれでいいよ」リチャードはそう言って、ポケットから携帯電話を取り出した。圏外だ。「しかし、ここはいったいどこなんだい？」

「あと六ブロックもないわ。賭けてもいい」ルーシーはそう言うと、きびきびとした足取りで歩きだした。やや遅れて、アンジーとリチャードも彼女を追って歩きはじめた。

左に傾いた家の前を通り過ぎる。前方では、道路がごっそりとなくなっていた。

「その辺に止まってる車、ソビエト製だぞ」リチャードが言った。

「私たち、まったくどこにいるのよ？」アンジーが言った。

「こうなると、妹がここの女王様だっていうのも羨《うらや》ましくなくなってくるわね」ルーシーが言った。

「肥溜め国の女王様か！」リチャードが言った。

アンジーは笑い声をあげ、ルーシーの背中にぶつかった。ルーシーは動かない。アンジーは姉の隣に歩み出ると、姉が固まってしまった理由を自分も見て取った。

「また羨ましくなってきた」ルーシーが言った。

「まさかこれ、あれなの？」アンジーが訊ねた。

「実物大だ」リチャードが答えた。

「なんであの子にこんなことできるのよ？」

「女王様だもの……」

「そう、女王様だからな……」

三人は、知らず知らずそろってうなずいた。七階建てのその建物を目の前にしても、三人にはまだとても信じられなかった。正真正銘、本物の、実物大のアバの城がそびえていたのだ。

レイニータウン市役所の企画開発・建設委員会は、雨が四回降るごとに開かれた。新しい建造物の計画書には、外観のスケッチ、おおよその寸法、そしてその建造物によってレイニータウン市民がどのような経済的かつ社会的利益を受けることができるのかを記したメモを添付することが義務づけられていた。ウィアード家の子供たち五人はそれぞれ一票の投票権を持っており、一年目と二年目の夏は全員の計画書が自動的に通過し、そこに書かれた建物が造られた。やがて床にスペースがなくなると、すべては一変した。新しい計画書ができるということは、つまりすでに建っている建物の取り壊しを意味したからである。

議論はだんだんと荒れていった。誰もみな、自分の建物を壊したくなかったからだ。だが同時に、新しい計画書も実行したい。兄弟姉妹は提携し、協定が結ばれた。

ただひとり、高潔な心の持ち主であるアバだけはこれを「レイニータウンの腐敗」と呼んで、彼らの良心が顔を出してくれることを願いつつ、参加することを拒んだ。つまり、同志を持たなかったのである。そんないきさつがあったものだから、夏休みの終わりまで二週間に突入したある日、新たな計画書はないかというケントの呼びかけに応じてアバが部屋の前に歩み出るのを見て、他の四人は驚かずにはいられなかった。ルーシーはすでに、アンジーが作った〈パープルマジック・ローラーディスコ（ローラースケートをはいて踊るディスコのこと。一九八〇年代のアメリカで流行した）〉の計画書を支持することに同意していたし、リチャードはリチャードで、ケントが持ってきた動物園とプラネタリウムの複合施設〈キャット・ギャラクシー〉に投票することに決めていた。アバがなにを提案しようとしているのか、彼らは一瞬たりとも気にかけていなかったのである。罫線の引かれた白い紙を何枚か握ったアバの右手は、端から見て分かるほどに震えていた。ケントは手を上げると、まるで腕時計でも見るかのように、なにも巻かれていない手首に目をやった。

「どうした？」リチャードが言った。

「私、レイニータウンには他のどんな建物より必要なものがあると思うの……」アバはそう言って、一度うつむいた。また顔を上げる。「それはお城です！」

屋根を打つ雨音が聞こえていた。誰ひとり動かなかった。リチャードもケントもルーシーも、アンジーすらも、こんな大事業など考えたことがなかったのだ。自ら作り上げていた目に見えない壁のようなものが崩れ去る。アバからスケッチを回されても全員しばらく押し黙っていたが、やがていっせいに口を開いた。

「最高！」

「今まで作ったどんな建物より、最低でも二倍は高くなるね」

「いや、三倍だよ」

「ピンクの壁には本物のフロスティングを使いましょうよ」

「まるで別次元だ。レイニータウンが二乗されたみたい！」

「意味が分からないよ」

「ローラーディスコのリンクもあるの？」アンジーが訊ねた。

「〈パープルマジック・ローラーディスコ・パレス〉ね！」アバがうなずいた。

「ローラーディスコはここでどうだろう？　こっちの裏手」

「賛成！」

「こいつは大工事になるな」

「投票しちゃう？」

「するまでもないさ」ケントが言った。建造のためには〈トラジディ・ストライク・ボウリング場〉、〈カーテンズ・フォー・ユー・インテリアデザイン〉、そして〈C・U・スーン葬儀場〉を取り壊さなくてはいけなかったが、建城工事はすぐさま開始された。


アップリフタ女王は、両側に分かれて自分の通り道を作ってくれた臣民たちと目を合わせようと、腰にかかるほど伸びた長い赤毛を顔から払いのけた。だが、誰も彼女のほうを見ようとはしなかった。市民たちの誰もが、地面をじっと見つめていたのである。彼女の両脇には、赤い制服に身を包んだ衛兵が四人ずつついていた。彼らが歩くと、肩についている金色の飾り房《タッセル》が揺れた。市民たちの間を抜けて前に出ると、衛兵たちは木製のステージの上に彼女を抱え上げた。

アバ女王が両腕を掲げる。静まり返っていた群衆の中から、歓声が起こりだす。真紅のカーテンが引き上げられ、巨大なガラスの水槽が姿を現した。自動車ほどの大きさがある水槽だ。その中ではスロングスキンの群れが手脚を持たない黒々とした体をくねらせながら、鋭い歯をがちがちと噛み鳴らしていた。

アバは水槽の向こう側に回ると六段の階段を上り、そこに組まれた台座に立った。上から水槽を覗き込む。スロングスキンが水面を乱して飛び出し、また水中に飛び込んでいった。アバは紫色のローブの袖をまくり上げた。右手を上げる。そして悪臭を放つ茶色い水の中に、腕を突っ込んだ。

女王は小さな笑みを浮かべたが、世界中を見回しても、スロングスキンほど嫌なものはほとんどありはしなかった。ぬらぬらとしたあの体が嫌だ。びっしりと歯の生えたあの口が恐ろしい。このうなぎの海水種はアップリフタ経済を支える柱だが、ひどい悪臭はアバの胃袋をむかつかせ、黒い両目は彼女に取り憑き、夜も眠らせてくれないのだった。水槽深くに腕を突っ込んだ女王が浮かべる笑みは、胸に嫌悪感が膨らむのと比例して大きくなっていった。

最初に摑んだ一匹は、身をくねらせて手から逃れてしまった。二匹目は嚙みついたので、彼女が放してしまった。アバはもう一方の手も水槽の中に突っ込むと両手を使って三匹目を捕まえ、しっかりと握りしめた。水槽から腕を引き抜くと、黒みがかった水が彼女の顔に跳ねた。うなぎが身をよじって暴れる。口がばくばくと何度も開いては閉じる。瞬《まばた》きをしない漆黒《しっこく》の両目は、地面に向いていた。アバは握りしめた手に力を込めると、魚を頭上に掲げた。群衆が歓声をあげる。うねうねと暴れ続ける魚を、アバは調理台の上に叩きつけた。

魚の首根っこに手を載せ、アバは魚を押さえつけた。スロングスキンが彼女の手に嚙みつこうとして体をくねらせる。アバはさらに強く押さえた。右手を上げる。ひとりの衛兵が駆け寄ってくると木槌を差し出し、柄《え》をアバの手に握らせた。アバが腕を振り上げる。木槌を振り下ろす。それが頭に命中すると、スロングスキンはぐったりと動くのをやめた。

いつもならば、式典はここで終わる。だがアバはもう一度、腕を振り上げた。そして、さっきよりもさらに力いっぱい木槌を振り下ろした。さらに三度目。続けて四度目。彼女は何度も何度も木槌を叩きつけた。やがてほとんど形がなくなってしまうまで、延々とスロングスキンを叩き続けたのだった。

女王は顔を上げると群衆を眺め回した。昨年の式典よりも人ごみが小さい。記憶にあるかぎり最小だ。彼女は、なにはともあれ両手を高々と突き上げて「うぎなりょう　の　かきいんを　こしうき　に　せげんん　する！」と叫んだ。この言葉によって、スロングスキン漁のシーズンが幕開けしたことを公式に宣言したのである。

「これで最後にしたいわね」アバがつぶやいた。

彼女が木槌を取り落とすと衛兵がやってきて、すでに道を開けて彼女を待っている群衆のもとへと彼女を連れていった。

アバの城を取り囲む城柵は精巧な鍛鉄製だったがさほど高さはなく、七フィートもなかった。アンジーとリチャード、そしてルーシーの三人はその前に立っていた。黒い鉄柵の合間からピンクの城を見つめる。「柵に電気が流れてるに違いないわ」ルーシーが言った。

「そう思うかい?」リチャードはそう言うと手を伸ばし、柵を握りしめた。彼の体が震える。白目を剝く。唇から唾が飛び散る。

「大変!」ルーシーが叫んだ。

「離して！　離して！」アンジーが叫んだ。

「悪い悪い」リチャードはそう言うと震えるのをやめ、白目を元に戻した。両手を鉄柵から離す。「どうしてもやってみたくてさ」

「超面白かった」

「感じ悪い」

「だから謝ってるだろ。でもほら、これで分かったじゃないか」リチャードはそう言うと鉄格子を握り、また離した。何度かそれを繰り返す。「ただの柵だ。電気なんて流れてない」

リチャードがルーシーを見つめた。ふたりは柵に手をかけ、よじ登りだした。リチャードが柵のてっぺんに足をかけた。ルーシーもそれにならう。そして一緒にジャンプすると、柵を挟んでアンジーの目の前に着地した。

「そこで待ってろ」リチャードが言った。

「わ。最後にそんなこと言われたのいつぶりかしら？　グレード7？　グレード8かも？（グレード7は十一〜十二歳。グレード8は十二〜十三歳）」

「すぐ戻ってくる。必ずだ」

「それはどうも、ふたりともご親切に」

「うろうろしちゃだめよ」ルーシーが言った。

「もう十二歳の子供じゃないのよ」

「じゃあそれらしく振る舞いなさい」ルーシーはそう言って、鉄格子の隙間から手を差し出してきた。アンジーがそれを握ろうとしないのを見て、また引っ込める。

「中に番犬でもいればいいのに！」アンジーは叫んだ。ルーシーとリチャードは、振り向こうともせず城に向けて走っていってしまった。ふたりが残していった荷物に腰かける。そして、木陰のせいでふたりの姿が見えなくなってしまうと、自分を置き去りにしたふたりをすっかり許してしまった。アバの城を見上げる。じっと見つめていればいるほど、どんどん自分が縮んでいくような気持ちになった。まるで本当にレイニータウンに入り込んでしまったみたいだ。思わず芝生をめくって下に段ボールが敷かれていないか確かめてみたい衝動に駆られる。城は、細部にいたるまで実に完璧に作られていた。あまりにそっくりで、〈パープルマジック・ローラーディスコ・パレス〉もあるのではないかという気持ちになってくる。

ルーシーの言葉を無視して、アンジーは歩きだした。黒い柵沿いに歩いていく。城の裏手に行くと、門がひとつ見つかった。押してみる。門が開く。「この国じゃあ、誰も鍵をかけないのかしら？」彼女は声に出してそう言うと、中に足を踏み入れた。止めにくる者は誰もいない。アンジーは、紫色の石畳が敷かれた道を進んでいった。そして小高い丘を登りつめると、それが見えたのである。アンジーは足を止めて、じっと見つめた。三つの理由から間違えようがなかった。まず丸く、次に紫で、そして屋根に巨大なローラースケートが一足載っているのだ。

「嘘でしょ」アンジーはそう言うと、建物に向けて駆けだした。

正面扉はガラス製だった。アンジーは両手を目元にかざすと中を覗いてみた。壁は紫色のフェイクファーで覆われている。長いカウンターの向こうには、ローラースケートが何列も並べられている。床の上には彼女の手書き文字と見間違うような字で、このように書かれていた。

〈パープルマジック・ローラーディスコ・パレス〉

アンジーは扉を押してみた。鍵はかかっていない。開けて、中に入る。彼女はしばらく辺りを探し回ると、カウンターの左隅の下にスイッチがあるのを発見した。それを入れると、すべての電源がいっせいに入った。天井の赤と緑のライトが輝きだす。どこかのスピーカーからディスコ・ミュージックが流れだし、辺りがKC＆ザ・サンシャイン・バンドの曲で満たされる。リンクの中央でミラーボールが回りはじめ、壁や床に小さな四角い光を撒《ま》きちらしていく。

アンジーは棚を探し回って、6サイズのローラースケートを一足探し出した。靴ひもをきつく結ぶ。リンクの端に向かい、足元を確かめるようにしながら進んでいく。そして自分の腹を見下ろすと、こう声をかけた。「いい？　私と一緒にいるっていうのは、こういう危険と隣り合わせでいることなのよ」

リンクの上に足を踏み出す。アンジーは小さなストライドで足を動かしながら、そろそろと進みはじめた。両手で腹を押さえている。音楽に合わせて歌を口ずさんだ。そうして、リンクをたっぷりと三周した。歌が終わると、次の歌がまた流れだした。歌手の名前が思い出せなかったが――スペイン語の歌だった――彼女はそれが『ボーン・トゥ・ビー・アライブ』という名の歌であるのを知っていた。

この曲も、アンジーは口ずさんだ。なんということはない。歌詞のほとんどは「ボーン・

トゥ・ビー・アライブ」という同じフレーズの繰り返しなのだ。両手を脇に下ろす。ストライドが大きくなっていく。歌が二番に入ると彼女はビートに合わせて指を鳴らして、腰をくねらせはじめた。

　自信が舞い戻ってきた。コーナーに差し掛かるとクロスステップを踏む。奥のストレートで大きなストライドで六回こぎ、さらにスピードを上げる。瞼を閉じて両腕を広げながら滑っていく。風が彼女の髪の毛をなびかせた。そうして彼女はリンクの端まで滑り続けた。目を開けると、リンクの壁に寄りかかって立つアバの姿が見えた。

　アンジーは爪先のブレーキを使って、すぐに止まった。向きを変え、アバがいるほうに滑っていく。両足の爪先が壁につく。彼女の腹が、姉の腹に触れる。

「本物のアンジーなの？」アバが口を開いた。手を伸ばした彼女がアンジーの顔に触れると、ふたりはそろって涙を流しはじめた。

　赤い制服に身を包んだ衛兵に先導されてダイニングにやってきたリチャードとルーシーは、自分たちを取り囲む景色に思わず目を疑った。伽藍《がらん》天井も、甲冑も、ウィアード家の家紋も、なにもかもまったく予想外だったのだ。アンジーは、巨大な暖炉のかたわらに立つ自分を見てふたりがいちばんの驚きを感じるに違いないと信じ込もうとした。しかし、そうではなかった。ふたりはアバの姿に面食らっていたのだ。アバは身じろぎひとつせず黙ったままだったが、それでも彼女からはなにか気品のようなものが放たれていた。あのおてんばな妹が、すっかり女王に変身していたのである。

衛兵は足を止めると、ふたりにも進むのをやめるよう促した。暖炉の中で薪《まき》がはぜた。それ以外、ダイニングは静まり返っていた。自分たちは女王と兄妹の関係なのだということをどうしても衛兵たちに信じてもらえず、ルーシーとリチャードは窓ひとつない小部屋に何時間も監禁されていた。だが、ルーシーが腹を立てていたのはそのせいではなかった。

「八年よ？」ルーシーが叫んだ。

「変わった挨拶ね」アバが答えた。

「八年間、電話の一本もよこさなかったのよ？」

「もしもし？　私がここにいるのは驚かないの？　ふらふらしてたら、あなたたちより先にアバを見つけたのよ？」アンジーが口を挟んだ。三人は、それを無視した。

「私の記憶に間違いがなければ」アバが落ち着いた声で言った。「カナダからも電話はかけられるはずだけど」

「誕生日もクリスマスも連絡をよこさないから、母さんが毎年怒り狂ってたのよ！」

「じゃあ、遅ればせながら誕生日おめでとう。クリスマスはみんないつも嫌いだって言ってたじゃない。あと母さんが怒り狂うのは昔っからずっとよ」

「結婚式にだって、私たちを招待してくれなかったじゃない！　私たちがいると恥ずかしいとでもいうの？　それとも自分が……自分が……田舎育ちなのを隠したいと思ってるわけ？」

「だって、みんな死んでしまったと思っていたんだもの」アバが言った。さも当然といった冷たいその声に、さすがのルーシーも尻込みした。また暖炉の薪がはじけた。「きっと嘘を教えられて誤解してたのね」

「どうして私たちが死んだなんて思ったのよ？」ルーシーが訊ねた。

「まあ、今はその話はやめときましょう」アバが言った。

「会えて本当によかったよ」リチャードが言った。「だけど、僕も君には説明してもらわなくちゃいけないと思うよ」

「あなたの口から聞かせてもらうわ！」

「私にそんな憤《いきどお》りを向けるのはやめてちょうだい、ルーシー・ウィアード」アバが言った。固く、強く、悲しげな声になっている。「父さんが死んだとき、あなたは私をひとりにして自分の中に閉じこもってしまったわ。年上なのに。私のことを守ってくれなくちゃなのに。リチャード、あなたもよ。なのにふたりとも守ってくれなかったから、私は自分で自分を守るしかなかった。私が出てったからって責めるのはやめてちょうだい。私は、自分がすべきことをしただけなんだもの」

アバはじっと前を見続けた。ルーシーとリチャードは視線を床に落とした。

「だからっていいってことにはならないでしょ」ルーシーが言った。その目は自分の両手を見つめていた。

「ええ、そう思うわ」アバがうなずいた。「でもそういうやりかたに慣れてしまったら、もう後戻りはできなかったのよ」

「本当にあのときはつらかった」ルーシーが言った。

「私たち全員がね」アンジーが言った。

「ウィアード家はずっとそうだとも」リチャードが言った。衛兵が彼を捕まえていた手を離した。リチャードは椅子を引くと、長い木のテーブルに着いた。象牙《ぞうげ》色の皿に載せられた赤いリネンのナプキンを手に取る。彼はそれを膝の上に広げた。深く落ち着き払って自信に満ちた態度で彼がそうするのを見て、妹たちも思わず従った。そうすると、アンジーは彼のことをまたすこしだけ好きになるのを感じた。

「ろうそくをつけてもらえるかい？」リチャードが訊ねた。

アバが衛兵に目をやった。衛兵がろうそくに火をつけて回った。兄と姉妹が椅子に着くのを見届けてから、アバはテーブルの上座に着いた。思わず息を呑むような物腰だった。「ケントは元気にしてる？」彼女が訊ねた。

「分からない」

「たぶんまだパーマストンに住んでいると思う」

「母さんは？」

「今は養護施設にいるわね。自分のことを美容師だと思い込んでる以外は、前と相変わらずってとこ」

「ルーシーと私で、ちょうどウィニペグの母さんのところに行ってきたの。私たちの髪を切ってくれたのよ！　私たちのことはふたりとも誰だか分からないみたいだったけれど」

「ようやくその髪型の謎が解けたわ」

「いつ僕たちは王様に会えるんだい？」リチャードが訊いた。

「残念だけど、亡くなってしまったの」彼女はそう言って肩を落とした。

「そんな」

「悪かった」

「知らなかったの」

「あなたのご主人は？」アバがアンジーに訊ねた。衛兵たちが全員のグラスにワインを注ぎはじめた。

「こいつは結婚してないんだ」リチャードが答えた。

「どうやらヤリマンになっちゃったみたいでね」ルーシーが言葉を続ける。

「あなたも人のこと言えないでしょ」アバが言った。

「ありがとう」アンジーは姉の顔を見た。「子供はいないの？」

「あいにくね」アバはそう言ってため息をついた。姿勢をまっすぐに正す。「なぜここに来たかを訊くのは、ディナーの後にすべきかしら？」

「そうしよう」リチャードが言った。「このワインと同じくらい、うまい考えだ」

食事はスカロップト・ポテトを添えた、焼きすぎのローストビーフだった。アンジーは無論コーヒーを飲まなかったが、二杯目を頼んだ者は誰もいなかった。質素な食事ではあったが、アンジーはそんなことよりも、妊婦のグラスにもワインを注いでくれる国にいることが嬉しくてたまらなかった。彼女は三杯もおかわりした。それでも、リチャードやルーシーに比べればごくわずかだった。

「おつちいた？」アバが口を開いた。皿はもう、とっくに空になっていた。

「それは訛《なま》りなのかい？　それともネタかなにかかい？」

「ネタってなにが？」

「さあ、聞かせて。なんでここに来たの？」

「今度は私が話す！」ルーシーが叫んだ。

「アンジーがシャークに会ってきたんだ！」リチャードが、さらに大声を出した。

「ええ、なんでまた？」

「僕とまったく同じこと言ってる！」

「シャークが言うには」ルーシーが話しだした。「私たちが生まれた瞬間に超能力みたいなものを祝福として授けたのだけど、それが呪いになって私たちの人生を蝕んでいるんだそうなの。私は、呪福って呼ぶことにしたわ」

「祝福と呪いを合わせて、呪福っていうこと？」

「そう」

「うまいじゃない」

「ありがとう。それにあのシャーク、自分は今度の誕生日に死ぬから、私たち五人すべてそのとき病室に集まらなくちゃいけないって言ったそうなのよ。死ぬ瞬間に呪福を解くことができるからって」

「上出来だ」リチャードがグラスを掲げた。「アンジーの話よりもずいぶん分かりやすいぞ」

「いかにもシャークって感じね」アバが言った。

「どんな力を授かったか知りたくない？」アンジーが訊ねた。

「当ててみようか？」

「どうぞ」

「ルーシーは、間違いなく方向感覚ね。アンジーも簡単、誰のことだって許しちゃう力」

「二打数二安打」

「リチャードは……未来を予知する力？　差し迫る災難を感じ取る力ね？」

「自己防衛さ」

「それね」

「これは諸刃《もろは》の剣なんだ」

「自分がなにを授かったか知りたい？」

「ああ、それならもう分かってるわ」

「本当に？」

グラスにまだ半分ほど残っているワインをアバは飲み干すと立ち上がり「それは希望よ」と言った。「希望を捨ててしまうことが、私には絶対にできないんだもの」暖炉の中にグラスを放り込む。グラスは粉々に砕け散った。彼女がどさりと椅子に座り込む。そしてがっくりと肩を落とすと、まるでその場に皆が集まっていることすら忘れたような様子で、テーブルの中央をじっと見つめた。


午前零時を回ると間もなく、アンジー、リチャード、ルーシーにはそれぞれ個別にあてがわれた部屋までの案内役として、ひとりずつ衛兵がつけられた。ルーシーの担当になった衛兵は、中でも飛び抜けた美男であった。六階に到着すると、衛兵は彼女のために部屋のドアを開けてくれた。ルーシーは身を乗り出して中を覗き込んでみた。中には巨大な四柱式ベッドが置かれ、紫色の豪奢《ごうしゃ》なカーテンと水晶のシャンデリアが見えた。ルーシーは右足をそろりと伸ばすと、部屋の中に広がる大理石の床にそっと爪先を下ろした。衛兵のほうに二歩近づく。

「どこかにいいバーないか知らない？」ルーシーは訊ねた。

「お任せを」衛兵が答えた。訛りなどまったく感じさせないきれいな英語だ。「何軒かあります」

四十三分後、彼女は今自分がトイレに閉じこもっているバーの名前も、下に寝そべっている男の名前も知らないことに気付いた。男の肩についた飾り房《タッセル》に指を滑らせる。

「十五」男が言う。「十四」

「どんな気分……？」ルーシーが訊ねた。そして最初は軽く、次にかなりきつく、男の耳を嚙んだ。

「十二……十一……」

「……女王の姉とヤってるのよ？」

「ええ。はい。そうです」

「信じないの？」

「九……信じます。もちろん。ただですね………八……」

「なによ？」

「なんでもないです。七……」

「なによ？」ルーシーはもう一度言うと、動きを止めた。手脚を強ばらせ、答えないかぎりは続けないと無言で告げる。

「では。はい。あの方のご主人はとても裕福な方でした……ええ……それはそれはもうすごく裕福な……」

「なるほど……それで？」

「権力もお持ちでした」

「数えるのをやめてはだめよ」

「六。五。なにもかもお持ちでした。四。国じゅうのすべてを。王と言っていいほどの富の持ち主でした。三。ですが、王じゃありませんでした」

「じゃああのお城は？　衛兵たちは？　制服は？」

「二。アップリフタには国王がいないのです」

「つまり、ぜんぶふりだってこと？」

「そのとおり！」男が叫んだ。ルーシーには、自分の質問と体のどちらが男に叫ばせたのか分からなかった。


　リチャードは、ベッドカバーもめくらずその上に寝そべった。テレビをつける。チャンネルを次から次へと変えていく。チャンネルはぜんぶで七つあった。

どの局も、アメリカのドラマを放送していた。リチャードには、青春時代に観た覚えがあるドラマばかりだった。ひどい吹き替えだった。見知ったテレビ番組を外国語で観ている目新しさは、すぐに醒めていった。ひとつのシーンが終わるたびにチャンネルを次に変える。

目にする場面場面がすべて同じ番組の一部分なのだと思い込もうとしてみる。彼にはまったく意味が分からなかったが、それと同じく自分の人生の意味もさっぱり分からないのだった。

「主人を掘り起こすのを手伝ってほしいの」アバの声が聞こえた。

ベッドサイドのテーブルに置かれたランプをアンジーがつけた。明るくなると、すこしだけ目が覚めた。この二十四時間で、初めてぐっすりと熟睡していたのだ。いや、もっと長かったかもしれない。時差のせいで、はっきりとした時間が彼女には分からなかった。細く目を開き、ベッドのかたわらに立つ姉の姿を見る。両目をごしごしとこすってみる。しかし目元から手を離しても、アバはやはりそこに立っていた。

「どうやってここに入ってきたの?」アンジーが訊ねた。

「ここじゃあ、誰もなんにも鍵をかけないのよ。変なこと頼んでるのは分かってる。でもアンジー、どうかお願い。手を貸してほしいの」

「もう一回言って?」

「夫を掘り起こすのを手伝ってほしいのよ」

「私の耳がおかしいのかしら」

「本当にお願いだから」

「酔っぱらってるの?」

「本気で言ってるのよ」アバが詰め寄った。自分の両手に視線を落とす。「夫から、あなたたちはみんな死んだって聞かされたの。ひとり残らずみんな死んだんだって」

「さっきのは嘘じゃなかったのね？」

「あの人に、新聞記事を見せられたのよ」

「私たち、なんで死んだんだって？」

「どうしてそんなこと知りたいの？」

「だって気になるじゃない」

「パーマストンの家にあったオーブンから一酸化炭素が漏れて、みんな寝ている間に死んでしまったんだって」

「悪くない死にかたね。じゃあシャークは？」

「あなたたちのお葬式でひどい脳卒中に襲われて、数日後に死亡」

「ぜんぶ新聞に載ってたの？」

「グローブ&メール紙に載ってた記事を、ぜんぶ見せてくれたのよ。一面トップ」

「それ、偽物なのでは……」

「ウィンターズさんからは電話までかかってきたのよ。お悔やみの言葉をって」

「それ誰？」

「配車係の人よ。グレイス・タクシーの」

「なんでそんな人からかかってきたんだろう？」

「たぶん買収されたのね。私が今ちょっとわけワカメ酒になってる理由、あなたにも分かるでしょう？」

「そんな下品な言葉をあなたが使うの、初めて聞いた」

「アンジー！　まじめに聞いてるの？」

「聞いてるわよ。ただ、理解するのに時間がかかってるだけ」

「だからみんなを結婚式に招待しなかったの。だから電話もかけなかったし手紙も書かなかったし、帰省だってしなかったのよ」

「グーグルかなんかで、私たちのこと調べたりしなかったの？　だって、リチャードなんてかなり知られてるのよ。私にはただのスナップショットくらいにしか見えないけど、有名な写真家になってるんだし」

「それなのよ」アバはそう言うと、アンジーの両手を取った。「調べてたわよ。いつだって。毎日」

「じゃあ旦那さんがウィアード家の情報をブロックしてたっていうの？　そんなことできる？　可能なの？」

「今となっては、あの人にどんなことができたのか知る術《すべ》はないわ」

「つまりあなた……」

「ええ、そう。自分の目で確かめないことには、確信なんて持てないの。このままじゃ、ずっと希望が捨てられないまま。希望の中に埋もれたままでいるしかない」

「まだ父さんが生きてたらいいって思ってる？」アンジーが訊ねた。

「本当に死んでしまったのか確信が持てないのよ」アバが言った。「あなただってそうでしょう！」

「ねえアバ、あの崖から落ちたら命は絶望的だって、あの保険会社ですら同意してるのよ」

「でも遺体が見つかったわけじゃないわ。遺体がなければ、証拠だってないじゃない！」アバが言った。アンジーはなにも言わなかった。

気持ちが落ち込むようなとき、ウィアード家の子供たちは、きっと父親はどこかで生き延びているのだと思ってそれを慰めにしてきた。だが、アバは彼らと違っていた。彼女にとって、人に抱く希望は安らぎなのである。希望の中に生き続けている彼女には、そうして抱く希望がかすかな力になるのである。だから、その希望を抱かせてくれる誰かがいるのは、彼女にとってとても大事なことなのだった。ウィアード家で共に育ったアンジーには、今アバが夫に希望を抱こうとしているのがよく理解できた。

「そんなの……とても無理よ、アバ」

「分かってる。分かってるからあなたに頼んでるのよ」

「もし私が同意して……せめてリチャードの手くらいは借りなきゃだけど……そうしたら、あなたも私たちと一緒にシャークのところに行ってくれる？」

「それは公平な交換条件だと思うわ」

「ケントのことを怖がらないの、アバだけだもの」

「あなたたちが言うほど怖い子なんかじゃないのよ」

「ああ、アバ。それでもよ。私には自信がないの」

「私のことも、みんなのことも知った上で、本当に断ることができる？」

アンジーは姉の、ほっそりとしたピンクの爪先を見下ろした。ベッドの上に体を起こしたまま、やっぱり無理だと胸の中で言う。しかしそのとき赤ん坊に腹を蹴られ、どうしてもやらなくてはいけないのだと彼女は悟った。


二〇〇二年五月十七日。父親の失踪が報告されてから五ヶ月と三週間後。ウィアード家の子供たち五人はめったに使われないダイニング・テーブルを囲んで座りながら、自分たちの皿を見下ろしていた。アンジーがナイフで玉子をつつく。黄身がくずれて生焼けのベーコンの上に広がった。彼女は皿を押しやった。

「ホテルごっこがしたいんだったら、せめてコックくらいは雇うべきだ」リチャードは言いながら膝に広げたナプキンを取り上げると、ていねいにたたんでテーブルに置いた。

「くそっ」ケントが言った。料理をしたのは彼だ。ケントは立ち上がると、窓辺に歩み寄った。

「この音なに？」ルーシーが言った。

「どこで鳴ってるの？」アバが訊ねた。

「こっち来て見てみろって」ケントが答えた。部屋は機械的なサイレンの音で満ちていた。

窓辺に駆けつけた彼らは、顔をしかめずにはいられなかった。警察のレッカー車が、家の駐車場のほうに向けて父親のマセラティを牽引していたのだ。

五ヶ月と二週間にわたり、マセラティは証拠品として警察に保管されていた。子供たちが目にしたのは事故後初めてのことである。後部はどうやら無事なようだった。前部はひどく損傷していた。フロントガラスのハンドル上部辺りに、バスケットボール大の穴があいていた。アンジーは、なぜそんな穴があいたのか想像してみた。そして、父親が決してシートベルトを締めなかったのを思い出し、思わず顔をそむけた。レッカー車が止まった。運転手が降りてきた。彼がレバーを引く。マセラティのフロントタイヤが降りてくるのを、五人は息を呑んで見守った。タイヤがアスファルトの地面につくと同時に、いっせいに息を吐き出す。

レッカー車の助手席のドアが開くと、ジェニファー・マッケイ刑事が降りてきた。

なぜマッケイ刑事がベナール・ウィアードの死などに個人的関心を抱いたのか、誰にも見当がつかなかった。保険会社も事故だということで納得したというのに、彼女はどういうわけか越権してまでベナールの遺体が上がってこない事実を理由に捜査を続行していたのである。五人の兄妹たちは、自宅の玄関に向けて歩いてくる彼女の姿を出窓から見守った。マッケイ刑事が呼び鈴を鳴らした。誰もその場を動こうとはしなかった。刑事がまた呼び鈴を鳴らした。彼女は出窓から見ている五人の姿に気付くと、呼び鈴のボタンを押しっぱなしにした。五人はさらにすこしだけその場で待ってから、ゆっくりと玄関へと向かいはじめた。

ルーシーは指を折りながら十まで数えはじめた。呼び鈴は鳴り続けていた。ルーシーが最後の指を伸ばすと同時に、リチャードがさっと玄関を開け放った。

「これはディケイ刑事《くさった》。ようこそいらっしゃいました！」彼が朗々と言ってみせる。

「マセラティを返しに来たの」マッケイ刑事が言った。

「よりによって今日っていうのが笑えますね」リチャードが言った。

「そんなものよ」マッケイ刑事が続けた。「特別な日だっていうのに、お邪魔してごめんなさいね」

特別な日というのは、父親の葬儀が執り行われることになっていたからだった。五ヶ月と三週も遅れたのには、さまざまな理由があった。母親の神経衰弱、一家の経済破綻《はたん》、終わりの見えない警察の捜査、そして万が一父の死体が見つかるかもしれないからもうすこし待ちたいというアバの強い主張のせいである。だがリチャードは、五月二十三日までにはなんとしても葬儀を行うべきだと言い張った。半年程度なら待ってもいいが、半年以上もせずにいるのは我慢できないと言うのだ。アバも、これには同意した。

「あなたもご出席されるつもりですか？」リチャードが大声で訊ねた。

「申し訳ないけれど、あれこれ先約があるのよ」マッケイ刑事が言った。クリップボードとペンを差し出す。「じゃあ車を返すわね。お母様にサインしていただけるかしら？」

「ご存じのとおり、母は要求過多な現代生活についていけずに寝込んでしまっておりましてね」リチャードはそう言うと、自分でサインした。マッケイ刑事にクリップボードを返し、ペンを自分のポケットに入れる。

「お悔やみを」彼女は、クリップボードを脇に挟みながら言った。そして、引き返すために背を向けたところでぴたりと止まった。ジャケットの内ポケットから、分厚い封筒をひとつ取り出す。トロント市からのものであることがはっきりと刻印された封筒の分厚さが、法の威力と破滅の予感とを醸《かも》し出していた。マッケイ刑事はそれをリチャードに差し出した。笑みを浮かべている。「危うく忘れちゃうところだったわ」

「郵便配達のバイトでも始めたんですか?」リチャードは彼女の手から封筒をむしり取るようにしながら訊いた。

「ごめんなさいね。待ち時間の間に、お宅への郵便物を取ってきてあげようと思ってね。還付金のお知らせじゃないと思うけど」マッケイ刑事が言った。彼女が自分でドアを閉めると、リチャードは封筒を開けた。中には、ピンク色の分厚い紙の束が入っていた。

「それなに?」

「ちょっと待って……」

「なんて書いてあるの?」

「これによると……」リチャードが言った。その言葉に続く静寂の中、レッカー車が出ていく音が聞こえた。「あと九十日以内に十二万ドルの滞納税を支払わないと、この家がトロント市に差し押さえられることになるらしい」

ウィアード兄妹が父親の財務状況に不審を抱いたのは、これが初めてではなかった。理由のひとつは、ベナールがいつでもすべての支払いを現金で済ませていたことだ——映画もレストランもガソリンも、ベナールはいつも右ポケットから分厚く丸めた札束を取り出し、そこから支払っていたのである。ニコラに食料品代が必要だったり、なにかに金がかかったりするようなことがあると、彼はすぐにこれを取り出してそこから札を抜くのだ。

もしかしたらグレイス・タクシーサービスは、家族たちの想像よりもずっと儲かっているのかもしれなかった。多額の人件費を要する小企業からの収入だけにしては、ウィアード家の暮らしぶりは非常に派手であった。まったく同じ会社を経営していた祖父母よりも、目に見えて裕福だったのである。

だが、やがて——ベナールが死ぬすこし前に——彼の仕事関係者にはどうしても見えないような男たちが、夜遅く玄関に姿を見せるようになった。そして来訪が十度目を超えると、パーマストン・ブールヴァードの家じゅうに聞こえるほど乱暴なノックを響かせるようになったのである。それを聞くと、ベナールは大慌てで玄関口に飛び出した。子供たちは来訪者の姿を見ようとしたが、ほんのちらりとしか見ることができなかった。彼らが家の中に招き入れられることはなかったのである。ベナールは自分が外に出て、男たちを車庫へと連れていくのだ。そこで彼らは、ときには数分、ときには一時間ほど話し込むのだった。

姿を消していた時間の長さに関係なく、家の中に戻ってきたベナールはいつでも決まって同じことをした。リビングルームにやってきて、テレビを乗っ取るのだ。我が子たちが心の底から見逃せないと感じる番組にかじりついている途中だろうと、ベナールは二〇〇一年当時すでに時代遅れだったビデオデッキのスイッチを入れた。そして、すでに何話か録画してある『サニー・デイ・モーテル』のテープをセットするのである。この番組は七〇年代初頭に放送されていた三十分のシチュエーション・コメディーで、運の悪いモーテル経営者を演じるダニー・デイが主役だ。テープには、一本に三話が収録されていた。そして家族が自分の寝室に上がるころには、三、四本目までベナールは観ているのであった。

父親がテレビを観るのは、そうしたときだけだった。マッケイ刑事の来訪から六時間後、ウィアード家の子供たちは聖ジェームズ墓地で、霊柩車の後ろに立っていた。霊柩車は、小高い丘のいただきに停車していた。丘の麓《ふもと》には長方形をした父親の墓穴が、ぽっかりと黒く口を開けていた。太陽は明るく、空は蒼く、リチャードとケントは言い争いを始めていた。

「ケント、聞きなってば」リチャードが言った。「後ろはだめだよ。危ないんだから。僕が後ろじゃなくちゃだめだ」

「いやだね、リッキー。今回ばかりは言うこと聞く気はないからな」

「うるさいぞ、ケント！　黙って話を聞けよ！」

「あんなもの、大して重くないじゃないか！　女の子だってひとりで運べるさ！」

「ケント！　これは大事なことなんだぞ」リチャードが怒鳴った。丘の麓に並べられた四十脚の椅子に腰かけた十二人の人びとは、わざと兄妹たちのほうを見ないようにしていた。ただウィアード家の祖母だけは別だった。あの大声をそのまなざしに込めて、五人のほうを睨みつけていたのだ。

「本当に大事なことなんだよ」リチャードが囁《ささや》くように声を落とした。

「知るもんか！」

「もうやめて」アンジーが言った。ふたりの間に割って入る。「こうしましょう。ケント、あなたは最年少だわ。父さんと過ごした時間はこの中でいちばん短いんだから、後ろから棺を支えてちょうだい」

「投票にしましょう」ルーシーが言った。

「投票で決められるようなことかよ！」リチャードが言った。

「アンジーの案に賛成の人？」

手を挙げなかったのは、リチャードただひとりだった。「お前たち、まったくなにも分かってないよ……」

「リチャード——投票の結果は出たのよ」ルーシーが言った。

「きっと後悔するからな」

「なにを後悔するっていうのさ？」ケントが訊いた。

リチャードには、答えが見つからなかった。前部の取っ手を握りしめ、棺を引っ張る。アバが右側に回った。ルーシーとアンジーは左側だ。四人が前に進んで霊柩車から棺が出てくると、ケントが歩み出て棺の後部を取った。

さて、ここで無関係の事柄がふたつ交錯することになる。まずは、ウィアード家の面々は誰ひとり気付かなかったが、葬儀屋が芝生にちょうど水を撒いたところだったことだ。ふたつ目は、ケントのはいている靴――これは元々父親のものなのだが――の底が、いちじるしく減っていたことである。斜面を六歩ほど下ったところでケントはその靴で濡れた芝生を踏んで、警告の声をあげる間もなく転んでしまった。棺の後部も一緒に地面に落ちる。ルーシーとアンジーの手にはとつぜん、思いがけぬ重みがずっしりとかかることになった。バランスを失ったふたりも、同じように転ぶ。さらにアバまで続いた。そうしてリチャードただひとりが、なんとか棺を支えようと孤軍奮闘することになったのであった。

最初は、なんとか持ちこたえたかに見えた。彼がさっと体の向きを変え、右肩を棺の端に押し込む。棺の脇を左手でがっしりと押さえ、右腕を思いきり底に伸ばす。腕がぴくぴくと震える。指がかぎ爪のように曲がっている。ほんの刹那、棺は重力に逆らって空中で停止したように思えた。しかしやがて逆の端が地面に向けて落ちはじめたかと思うと、棺はリチャードの手を離れてしまったのだった。

棺は傾きながら落ちていき、四十五度の角度で地面に衝突した。蓋が勢いよく開き、参列者の前に、なにも入っていないアクアブルーのサテンの内張りが晒《さら》される。

もし兄妹の誰かひとりでもこの悲劇がいかに他愛ないことかを理解していれば、残りの四人にもそう分かったに違いない。だがその瞬間兄妹たちは誰ひとりとして、突如として自分たちを取り巻いていたその状況と同じような不埒《ふらち》な強さなど持ち合わせていなかった。彼らは呆然としばらくそこに立ち尽くし、やがて散り散りにその場を逃げだした。

リチャードは、全速力で走った。墓地の門を目指して駆けていく。そして、門を抜けてもまだ足を止めずに走り続けた。

アバは靴を脱ぎ捨てた。靴ひもを足に引っかけて靴を引きずりながら、剝き出しになったピンクの爪先を丸めて芝生を踏み、霊柩車の停まっている丘のいただきに向けて歩いていく。

ケントは、アバよりもひと足早かった。もう霊柩車の助手席に腰かけている。

ルーシーは墓地の門を目指すリチャードを追いかけたが、走ろうとはしなかった。のんびりした足取りで歩いていった。そばにいた者には、彼女がハミングする声が聞こえた。それがニュー・オーダーの『テンプテーション』であることは、誰にも分からなかったが。

後にはアンジーただひとりが取り残されたが、彼女はすぐに他の四人のことを許した。歩み出て、棺の蓋を閉める。そして膝を曲げたまま、彼女は呆然としている小さな人ごみを見つめた。祖母だけが、彼女から目をそらしていた。アンジーの視線が、グレイス・タクシーサービスの配車係、ウィンターズ氏の視線とぶつかる。ウィンターズ氏は周囲に座っていた男を四人集めると立ち上がり、棺を取り囲んだ。五人がかりで、軽々と持ち上げる。そして、空っぽの父親の棺を空っぽの墓穴へと運んでいったのだった。

アップリフタ王室墓地に続く門には、鍵がかけられていなかった。墓地は三辺を黒い鉄柵に囲われ、最後の一辺は海に面していた。柵は錆ついておらず、手入れされていた。湿った海風が吹きつけるというのに、苔むした墓石はひとつとして見当たらなかった。中には一八〇〇年代の墓もいくつか見つかったが、一九〇〇年代のものと並んでも遜色がないほどに状態が保たれていた。アバひとりだけが、そんなことは気にも留めずに歩を進めていた。

ランタンを掲げ、彼女が先頭に立って歩く。その後ろには、シャベルと一緒にリチャードが。さらにその後ろにはルーシーが続いた。手にしたバールと一緒だ。いちばん後ろからアンジーがついてきていた。赤ん坊を腹に宿して。海にいちばん近くに立つ墓の下に、アバはランタンを置いた。夫の墓標は巨大な黒石で造られていた。墓碑にはこう刻まれている。

ルティヴン・ヴァイジャ

一九四五年五月二十四日―二〇〇七年十二月八日

ただひとり王妃のみをアップリフタ国よりも愛す

碑文が現在形で書かれているのが、アンジーにはどうしても気になった。だが口には出さない。リチャードの顔を見る。リチャードが彼女にシャベルを差し出す。

「ふざけるのやめて」ルーシーが言った。

「分かったよ、お前の言うとおりだ」リチャードはうなずくと、今度はアバのほうを向いてシャベルを差し出した。

「さらにふざけてどうするのよ！」ルーシーが言った。

「じゃあお前がやってくれよ！」

「リチャード！」

「しかしだな……」リチャードはそう言うと、口をつぐんだ。ガス・ランタンから、ガスの吹き出る音がしていた。リチャードは妹たちに背を向けた。海原を眺める。肩をいからせる。そして、数分間ほどそのままだったかと思うといきなり肩の力を抜いて振り返り、芝生の地面にシャベルを突き立てて掘りはじめたのだった。

　アンジーは耐えられるかぎりその場に立ち続けていた。やがて、濡れた草の上に座り込んだ。掘り進めるリチャードの姿を見る。積み上がった土の山が大きくなるにつれて、彼の姿は彼女のところから見えなくなっていった。そして、もう頭しか見えなくなったころ、シャベルの先がなにか固いものにぶつかった。リチャードが手を伸ばし、ルーシーがバールを渡し、アンジーは自分の両手を見つめた。木の裂ける音を聞きながら、彼女は自分の指についた草の切れ端を数えた。やがて、誰もなにも喋らないのに気付き、彼女は顔を上げた。
アバは墓穴の縁にひざまずいていた。「ああ、神さま……」彼女が静かにそう漏らし、すすり泣きを始める。

墓穴から這い出すリチャードに手を貸す者は誰もいなかった。顔も爪の隙間も、泥で汚れてしまっている。アンジーに向かって歩く彼の手には、まだバールが握りしめられていた。彼が放り投げる。バールはアンジーの足元に落ちた。

「さて、父さんみたいな誰かさんに会いに行くとしよう」リチャードが言った。

墓地の門へと向かって歩き、そこをくぐる。ルーシーは、墓穴の中に土を戻しはじめた。アバは声をたてずに泣き続けていた。アンジーは両手を腹に置いたまま、じっと目をそらさずにいた。リチャードについていこうとも、ルーシーを手伝おうともしないままで。

天井からトラック一台分くらいの大きさがあるコンクリート片が落下してきたせいで、アップリフタ空港出発ターミナルには広範囲にわたってロープが張られ、立ち入り制限されていた。ロープの内側では男がふたり、削岩機を手に作業中であった。ものすごい埃と騒音を立てながら、巨大なコンクリート片を粉々に砕こうとしているのである。

アンジー、ルーシー、リチャード、アバは口元を覆いながらその喧噪を迂回して歩いていった。そして、ようやく向こう側に辿り着こうかというころ、自分たちを待っている男がいるのにアンジーが気付いたのだった。それとも、彼女だけを待っているのだろうか。男は道端に咲くあの紫色の花で作った花束を持っていた。身につけたスーツは仕立てのよいものだったが、すっかりしわくちゃだった。アンジーを除く三人がどんどん進んでいくと、男は彼女目がけて駆け寄ってきた。

「アンジー！」男が大声で呼びかける。そして削岩機の轟音《ごうおん》が鳴り響く中、地面にひざまずいて花束を差し出した。「僕がどんなに心配していたか」

アンジーは、見下ろそうとも立ち止まろうともしなかった。男を迂回し、女王とその家族のために用意された特別チケット窓口にいる兄妹たちのところに向かう。男が隣に並んでも、彼女は彼のことを無視し続けた。

「ねえ！　話を聞いてくれよ！」男が叫んだ。削岩機が止まり、男の大声がコンクリートの天井に反響した。列の先で、リチャードが振り向いた。男を見て、それからアンジーを見る。リチャードはスーツケースを取り落とすと、妹と、妹が無視を決め込んでいる男との間に割って入った。

「こいつに付きまとわれてるのか？」リチャードが訊ねる。

「誰のことを言ってるのかさっぱりだわ」アンジーが答えた。削岩機の男たちが作業を再開してくれるよう祈りながら。

「この男だよ。ここにいるこいつのことだ」

「誰も見えないけど」

「こいつだよ！　花束を持ってるこいつのことだよ！」

「リチャード、あなたたまにしつこいわよ！」

「なんだと？」

「この人誰なの？」ルーシーは、列から抜け出して戻ってくると訊ねた。

「どちら様ですか？」追いかけてきたアバが、問い詰めるように言う。

「僕は彼女の夫だ！」

「夫なんかじゃない！」

「それでも、そのお腹にいる子の父親だってことは否定できないはずだぞ！」男が言った。

周囲に集まった兄妹たちの顔を、眺め回す。「皆さんは、いったいどなたなんです？」


誰のことでもすぐに許してしまう抗《あらが》いがたい衝動のせいで、アンジーにとって愛することはとても難しいことだった。何度も何度も彼女は傷ついてきたのだ。彼女と恋に落ちると、相手はついつい彼女の生まれ持った許しの心にあぐらをかいてしまう。そして最終的に、彼女は自尊心がないと考えるようになり、アンジーに敬意を払わなくなってしまうのだ。

アンジーは、愛し合うことを怖れるようになった。その打開策がポールだった。実のところポールは彼女の夫で、身ごもった子供の父親でもあった。彼女は正真正銘、彼と愛し合っていた。だが彼女にとってポールはまた、心の距離を置いたままにしておける相手でもあった。別の言葉で説明するならば、どんなにぞんざいに扱おうとも決して彼女のもとを去らないでいてくれる相手ということだ。

当時の彼女は、きっとポールは自尊心が低いから自分に対してそうしているのだろうと思い込んでいた。彼が過去の誰よりも、そして未来に現れる誰よりも自分を愛してくれているからなのだとは、考えもしなかったのである。

アンジーは夫の横をすたすたと歩き過ぎるとカウンターに行き、自分の荷物を預けた。兄姉たちもそれに続いた。そしてポールを置き去りにしてセキュリティー・ゲートへと進んでいった。制服姿の係員に、アンジーが搭乗券を差し出す。プラスチックのトレイに鍵と小銭を出す間も、背後を振り向こうとはしなかった。スニーカーを脱ぐ。彼女が金属探知機をくぐっても警報は鳴らなかったが、赤ん坊が勢いよく腹を蹴った。もう一発。赤ん坊は徐々に勢いをつけながら、何発も腹を蹴りだした。

「分かった」アンジーは、自分の腹を見下ろしながら言った。「分かった、分かった、分かった」何度も繰り返す。金属探知機の向こう側に目をやる。リチャードとルーシーは、まだ反対側に残っていた。

「本気?」――アンジーがふたりに呼びかける。両手には自分の靴を持っている。彼女が喋ると、靴ひもがぶらぶらと揺れた。「誰もしてくれないの？」

「するってなにを？」リチャードが大声で言った。

「本気で？」アンジーが続けた。「本気なの？」

「なにがよ？」ルーシーが言った。

「いちいち言わなくちゃ分からない？　私に頼まれないとだめ？」

「アンジー、なにを言っているんだ？」

「まったくもう！」

「なによ？　なにをしろっていうの？」

「連れてきて！　あいつを連れてきてちょうだい！」

「花束男のことかい？」

「夫じゃないって言ってたじゃない？」

「そう。あの人よ。早く行って連れてきて」

「あれは誰なんだい？」

「私の夫よ」アンジーが言った。「私の最愛の人なのよ」

ルーシーもリチャードも、なにも言えなかった。黙ったまま、そろってうなずく。脱いだばかりの靴をはき直す。そして列を離れると、元いたところに歩いて戻っていった。「ポールっていう名前よ。お金持ってなかったらチケットを買ってあげて」アンジーが、ふたりの背中に声をかけた。

ケント・ウィアードは空《から》のビール瓶とワインボトルを危険なほど積み上げたショッピングカートを押して、パーマストン・ブールヴァードの中央を歩いていた。服は汚れきっている。ひげは手入れもされず伸び放題だ。路面のひび割れを踏むたびに、カートは上下に跳ねた。瓶が音をたてる。彼は左手で瓶を押さえながら、右手を使ってカートを進ませていった。しかし彼の意識のほとんどは、独創的な自殺手段を探すことに注がれていたのだった。

独創的で、斬新で、今まで誰も思いつかなかったような手段でなくてはいけない。自分がなれなかった、そしてなりたかったと感じる姿を完全に叶えられるものでなくてはいけない。目下のところ彼がいちばん気に入っているのは、高いビルの下に稼働中のチェーンソーを八丁設置する方法だった。そして、両腕をいっぱいに広げてチェーンソーの真上にスワンダイブするのだ。もうひとつの方法は、ヤング通りとダンダス通りの交差点に立つことだった。それぞれ別の方角から四台のゴミ収集トラックが猛スピードで走ってきて、まったく同時に彼に突っ込むのだ。また、氷の塊《かたまり》の中に自分を閉じ込めて、ネイサン・フィリップス・スクエアに立つヘンリー・ムーアの彫刻の隣に置くことも、彼は空想した。これを行うなら一月だ。四月になって氷が溶ければ、新たな春を迎える最高の皮肉になるだろう。

どのアイデアもケントは気に入っていたが、いくつか問題もあった。稼働中のチェーンソーをどうやって固定し、そのままにしておけばいいのか分からない。ゴミ収集トラック四台と運転手を雇うだけの金もない。それに、市役所の前に大量の水を設置するための技術的知識など、とてもではないが持ち合わせていない。ケントは創造力こそふんだんにあるが、これが資金調達や専門知識の話になると、さっぱりなのであった。なにか、シンプルな方法を探さなくてはいけない。

ケントは考えに耽《ふけ》るあまり、目の前の路上にぽっかりと穴が空いていることに気付かなかった。前輪が穴に落ちる。カートが右に傾いた。空き瓶が音をたてて路面に落ちていくのをケントは見下ろした。ものすごい音だ。ケントは急いでカートを元に戻そうとしたが、力を入れすぎたせいで今度は左に倒してしまった。残った空き瓶が飛び出し、路面で砕け散る。「くそ！」ケントはそう怒鳴ると飛び跳ねた。安全靴の分厚い靴底が、割れた瓶を粉々に砕いていく。「くそ、くそ、くそが！」

一本だけ、無傷の空き瓶が残っていた。ケントはそれを拾い上げた。ひっくり返ったカートの側面に打ちつけ、砕く。そして、そこから半ブロックも離れていない自宅に歩いて戻っていった。車庫の中からほうきを探し出す。ちりとりは見つからなかった。正面玄関に回り、家に入る。

ケントは安全靴を脱ぐと、ちりとりを探し続けた。そして三階を探しているときにふと窓の外を見て、自分の兄姉たちが庭に立っているのに気付いたのである。

これは嫌なことになった。

W

リチャード、ルーシー、アバ、アンジー、そしてポールは、パーマストン・ブールヴァード四六五番の、芝生のはえていない前庭に立ち尽くしていた。家を眺める。目を疑うような光景だった。窓という窓がほとんど、段ボールでふさがれてしまっているのである。玄関口の頭上でかつて番地を表示していたステンドグラスの代わりに、一枚のベニヤ板が適当に釘で打ち付けてある。屋根板はごっそりと剝がれてしまっているし、外壁のレンガも大量になくなってしまっているし、玄関ポーチは見るも危うく左に傾いている。

「まるでずっと空き家だったみたいだ」リチャードが言った。

「まるでずっと家を虐待してたみたい」ルーシーが言った。

「前はこんなじゃなかったのに」アンジーはそう言うと左を向いて腕を伸ばした。ポールが一歩、彼女のそばに寄る。「むしろ美しい家だったわ」

「あっちの家みたいにね」リチャードはそう言うと右手に建つ、よく手入れのされた塗装されたての家を指差した。パーマストン・ブールヴァードに建つ家は、どれもそうなのだ。たった一軒だけを除いては。

「きっとケントのやつ、この辺じゃ鼻つまみ者でしょうね」アバはそう言うと、階段を上って玄関ポーチに上がった。年代物の呼び鈴を回す。呼び鈴は外れて、彼女の手に落ちてきた。

彼女がそれをポーチに落とすと、ベルが静かに鳴った。

「あの子、まだここに住んでると思う？」ルーシーが首をひねった。

「ああ、住んでるとも」リチャードが言った。

「なんで分かるの？」

「他に行くところがあるかい？」

「まさか、こんなとこに住んでるなんて」

「さあ、アバ！　行ってみようじゃないか！」

「入るわよ！」アバが叫んだ。網戸が外れて斜めにぶら下がっていた。アバがそれを引き開ける。玄関のドアは、閉まっていなかった。

「あなたも来てくれる？」アンジーがポールの顔を見た。

「もちろんだよ」ポールが答えた。そしてふたりそろって階段を上ると、玄関口をくぐった。

アバは、網戸が閉じないよう押さえ続けていた。しばらく時間が過ぎる。

「早く！」アバは大声で言った。そしてルーシーとリチャードが階段を上って家に踏み込むと、彼女もその後に続いたのだった。

辺りはなにもかも、分厚く埃に覆われていた。兄妹たちの記憶とは違う大型のソファが置かれており、脚がすべて切られていた。シャンデリアの電球は、ひとつ残らずロウソクに替えられていた。暖炉の上の壁には、黒々としたすすが染みついていた。だが、そんなものより遙かにぞっとするのは、変わっていないことのほうだった。アンジーは、自分が着ていた冬用のコートが玄関ホールのクローゼットにかかったままになっているのを見つけた。その上の棚には、彼女のバスケット・ボールもある。家族の写真は、最後に見たときのまま壁にかけられていた。部屋そのものがまるで、警告する間もなく瞬時のうちに沈没した、幽霊船のような雰囲気を醸し出していたのだった。

四人がまだ廊下に立ち尽くしているところに、階段からケントが降りてきた。髪もひげもぼさぼさに伸びている。裸足《はだし》のままだ。足の爪は黄ばんでいた。まるで山男のような風貌で、染みついた酒の臭いをぷんぷんさせている。ケントは、あと六、七段ほどのところで立ち止まった。目を大きく見開き、手すりを握りしめている。

「ケント?」アバが言った。「私よ。私たちよ!」

「この……くそども!」ケントが怒鳴った。アバたちが後ずさる。ケントは階段に立ち尽くしている。裸足のまま、彼が壁を蹴りつけた。階段に、大きな漆喰《しっくい》の塊が落ちてくる。

「このくそ野郎どもが。どのツラ下げて帰ってきやがった? そのツラか? なんにもなかったみたいな顔しやがって! くそっ! くそ野郎どもが!」

アバまでもが、彼に背を向けて逃げだした。そして、ふたたび土がむき出しの前庭に集まるまで、誰も背後を振り向こうとはしなかった。家の中からはケントがものを破壊する音が聞こえていた。時おりそれに交じり、「くそっ！」というケントの怒号が聞こえた。

「あんなに壊すものがなにかあったか？」

「壊せそうなものなんて、大してないように見えたけど……」

「もしかしたら、壊れたものをまた壊し直しているのかも」アンジーが言った。ポールのほうにさらに身を寄せて肩にもたれかかると、ポールが彼女の体に腕を回した。しばらく、家の中が静かになった。かと思うと二階のいちばん左側の窓から、野球のグローブや漫画本、ワンピースが数着などなど、いろんなものが放り出されてきた。

「私の部屋！」アンジーがそう叫んで指差すと、窓からブリタニカ大百科事典が何冊か飛び出してきた。事典は傾斜のついたポーチの屋根に落ちると、ずるずるとゆっくりそこを滑りだした。アンジーはポールの手を取ると、自分の腹に当てた。今度はボードゲームがひとつ、窓から飛んでくる。おもちゃの札びらが宙に舞い散り、まるで紙吹雪のように彼らの上にはらはらと落ちた。

第２部

三つの恐怖

父親の事故の一報を受けた三時間後、母親は事故についていくつか質問を受けるため警察署に同行した。留守を任されたのはリチャードであった。なぜシャークは子供たちと留《とど》まろうとせず母親と一緒に行ったのだろう？　子供たちには分からなかった。訊ねようとすら思わなかった。みんなショックを受けてどうしたらいいか分からないまま、リビング・ルームに座っていたのである。リチャードは自分の腕時計を見つめた。そして十分が過ぎてから、また腕時計を見た。針は一分しか進んでいなかった。

「なにをどうすればいいのか、僕にはさっぱりだ」リチャードが言った。

ケントひとりだけが床に座っていた。プレゼントされたアメフトのボールを宙に投げ上げてはキャッチしていた。「またレイニータウンを出そう」彼が言った。

「そんなの最低だと思う」アバが言った。

「いや」リチャードが首を横に振った。「それ以外にない」

コテージは一年半前に売却され、レイニータウンはすべて平らに潰され屋根裏部屋に保管されていたのである。リチャードがさっさと立って歩きだした。残りの四人もそれに従った。

レイニータウンをふたたび組み立て直すのに、大して時間はかからなかった。頑丈に作り直す気はなかった。ただかつてと同じように、すべてを元の場所に配置し直すことだけに集中したのだ。

二十分後には、すっかり終わっていた。五人の目の前に、またレイニータウンがそびえていたのである。リチャードが四人のほうを振り向いた。

「提案する」彼が言った。「レイニータウンには墓地がなくちゃいけない」

「場所はあそこしかないわね」ルーシーはそう言うと、グリート・ユア・ミート家畜飼育場を指差した。

「異議なし」アンジーが言った。ケントはもう材料探しのために階下に降りようとしていたが、その前にアバが立ちふさがった。

「私はこんなことするのごめんよ」アバが言った。

ケントは彼女を押しのけるようにして通り過ぎた。そして糊、紙、はさみ、色鉛筆を持って戻ってきた。四人の兄妹たちが、作業に取りかかる。緑の色画用紙を何枚か、芝生代わりに敷きつめる。墓石は、靴の入っていた黒い箱を切って作った。リチャードは白の色鉛筆を取ると、そこに文字を書きはじめた。

「待ってよ」アバが言った。ずっと黙っていたので、他の四人は彼女がいることすらも忘れてしまっていた。「せめてクエスチョン・マークを使うべきだわ」

「それ、私も賛成」アンジーが言った。

リチャードは、ケントとルーシーの顔を見た。ふたりとも、嫌がっている様子はない。アバの口にしたそのアイデアは、その場にほんのかすかな安堵をもたらしてくれたのだった。リチャードが色鉛筆をアバに手渡すと、彼女は太い大文字で書きはじめた。

ベナール・リチャード・ウィアード
一九六〇年一月二十二日―?

アバはその墓石を、レイニータウン墓地に設置した。墓石はたったひとつだけ。他には作らなかった。当時も、その後も、作らなかった。ルーシーが小さな紙の花束を作ると、墓に供えた。兄妹は、しばらく静寂に包まれた。そして、いっせいに大きく息を吐き出した。またリビングに降りて母親の帰りを待つための力が、彼らの中に湧き出していた。

誰も夕食を作らなかった。九時を回ったが、母親は戻ってこなかった。やがて十時になっても、彼女はまだ帰らなかった。零時すこし前になってから、リチャードがテレビをつけた。

「三つの恐怖《トリプル・テラー》の時間だ」彼が言った。

毎月第四金曜日になると、ケーブルテレビの五七チャンネルで『トリプル・テラー』という番組が放送される。深夜零時に始まり、怪物映画を三本連続で放送するのである。いつもならばウィアード家の子供たちは、両親が寝静まるのを待ってから抜き足差し足で階段を降りてきた。そしてテレビのすぐ前に座り、ボリュームをぎりぎりまで絞るのだ。三本ともぜんぶ観る。誰かが居眠りすると、すぐにパンチが飛んで叩き起こされた。映画が白黒ならば、最高だった。空飛ぶ円盤を吊っている糸が見えようものなら、なおさら最高だった。だが兄妹がとにかくいちばん好きなのは、明らかに人間が着ぐるみを着た怪物が登場する映画なのだった。

父親が事故に遭った夜、彼らは三本すべて観た。誰も眠りこけたりしなかった。怪物映画が終わると通販番組が始まり、次に国歌が流れ、そしてテレビ局のテストパターンが流れはじめた。五人はテレビのボリュームを落としたが、消すことはしなかった。そしてみんなそろってソファで眠りについたのだった。

翌朝になって彼らが目を覚ましても、母親と祖母はまだ戻ってきていなかった。

リチャード、ルーシー、アバ、アンジー、そしてポールは前庭に立って頭上を見上げていた。ボードゲームに続いて食器類が。そして次にレコードが飛んできた。次はドレス・シューズだ。五人が歩道へと後退すると、かつてアンジーの寝室だったところの窓からは、なにも飛び出してこなくなった。五人は車寄せの端に立ったまま、ぼろぼろの家をじっと見つめた。

家もケントも、まさかここまで荒れ果ててしまっていたとは。

「今夜どこに泊まればいいの？」アンジーが訊ねた。

「ホテルを取ろうか？」ポールが言った。

「いかにもニューヨーク的発想ね、湯水浪費卿《スペンダロット》」ルーシーが言った。

「ねえ」アンジーがポールに声をかけた。「みんなあなたと家族みたいに接してるじゃない！」

「僕たちがこの家を離れたら、ケントもいなくなるぞ」リチャードが言った。

「そして、二度とあの子に会えなくなる」アバが言った。

「じゃあ、ポールと私だけ行ってもいい？」アンジーが言った。

「それはアンフェアよ」

「同意」

「もし誰か残るなら、全員がこの場に残る」

「でも私、妊婦なのよ！」

「それはもう聞き飽きたわ、アンジー」

「キャンプ用品を持ってきたらどう？」アバが提案した。

「そんなもの、まだここにあると思う？」アンジーが彼女の顔を見た。

「ケントが売っちゃったかもしれないわね」ルーシーが言った。
「それか、人にあげちゃったか」アバが言った。
「ケントが手つかずのままにしてる可能性は高いぞ」リチャードが言った。

九〇年代の半ば、ベナールは家族の結束を強めたいという願いから、衝動的にキャンプ用品を買い求めた。しかし、一度も使われることはなかった。何週間か正面廊下に放置された後、まとめて車庫の屋根裏にしまわれることになったのである。キャンプ用品は、当時とまったく変わらぬ状態のままそこで見つかった。コールマンのコンロがひとつ、大きなクーラーボックスがひとつ、そしてテントが三張りである。ルーシーとアバが最初のひとつを。ポールとアンジーが次のひとつを。そしてリチャードが最後のひとつを使うことになった。

ひと晩を過ごすには完璧な解決策だった。しかしケントが表に出てくる様子が一向になかったせいで、兄妹たちはそれから五日間にわたり、芝生もないパーマストン・ブールヴァードの裏庭で不自由なキャンプ生活を送るはめになった。見張りは二十四時間態勢で行われた。ひとりずつ交代で、正面玄関と家の裏とに見張りに立ったのだ。見張りに立つ当番以外の者は好きなことをしていてよかったので、彼らは裏庭のピクニック・テーブルを囲んで、ワインを飲みトランプに興じた。父親はもう死んでいたし、母親は施設に収容されているし、そのうえときどき末の弟は頭上から物を投げ落としてくるが、それでも兄妹はベナールがいつでも想い描いていたようなキャンプをついに楽しむことができたのだ。

だが子供を身ごもっているアンジーの肉体は、四夜も続けてエアマットレスで寝ると、もう限界だった。そこで、祖母の誕生日まであと四日となった四月十六日、彼女は車庫に陣取ると、ベッドを買ってくるよう言いつけてポールをＩＫＥＡに行かせたのだった。ちょうど三時を回るころ、彼女は午後の陽光があふれる車庫の中に座り、白いＬｅｉｒｖｉｋ《レイルヴィーク》のベッドのフレームを必死に組み立てるポールの姿を見つめていた。

「なんだこりゃ！　わけが分からないぞ！」なんとか組立設計図を理解しようとしながら、ポールが叫んだ。

アンジーはしばらくその様子を見てから仰向けに床に寝転がったが、天井を見つめていると、懐かしい記憶が蘇るばかりだった。まだ彼女と姉たちが十代だったころ、父親はとにかく門限を厳しくした。デートはきっかり午後十一時に、玄関前の階段で終えること。ベナールが頑としてこれを曲げようとしなかったのが、十一時の二十分から四十分前に――これは男のほうが持つテクニックによるのだが――彼女たちが相手と一緒に車庫に忍び込むようになった理由である。そうすればどんなに猛烈に愛し合おうとも、門限に遅れることはない。玄関とは目と鼻の先にある車庫はこうして、十代の彼女たちにとってラブホテル代わりになった。ウィアード家の三人姉妹たちはみな、ここで処女を喪失したのである。

「なんなんだよ！　いったいどうやったら……この！　まったく意味が分からねえ！　見てろよ。くそっ！」ポールが言った。アンジーは、シャツを脱ぐ彼を見つめた。背中が汗で濡れている。彼が口にする罵《のの》り言葉は、どこかザックが前戯の間に並べたてた言葉にも似ていて滑稽だった。彼女は、ポールがベッドを組み立て終わるまで待ち続けた。そして立ち上がると、精一杯の急ぎ足で彼のもとに駆けつけ、一緒にベッドに倒れ込んだ。ベッドは派手に軋《きし》んだが、がっしりとふたりを支えた。

「愛してる」アンジーが言った。身につけた服のボタンをはずしていく。

「赤ちゃんは大丈夫なのかい？」

「この子もあなたを愛してるもの。でも、後ろからしてもらわないとかな」

「まかせとけ」


ふたりは並んでベッドに横たわっていた。微笑み、解放された気持ちで、自分たちの人生を信じながら。「ねえ、君に話したいことがあるんだ」ポールが言った。「先週、電話を受けたんだ。ヘンダーソンさんだったかな？」

「やだ。やめて」

「てことは、君が連絡したんだね？」

「せっかくこんなに素敵な時間を過ごしてるのに」

「なんでも、あの人たちに養子縁組の話をしたそうだね。間違いないのかい？」

「やめて。今は浸らせておいてよ。今だけ。お願い」

「どうやらご夫婦は、だいぶ乗り気だったようだよ。僕がなにも知らないと言ったら、とても驚いていたよ」ポールはそう言うと、眉を上げてみせた。彼が説明を待っているのが、彼女には分かった。彼女が答えるまで、いつまでもじっと待つ気なのだと。

「じゃあ話すわ。あの人たちとコーヒーを飲んだ。それだけ。後はなにもなし。なんにも同意なんかしてないわ。もしそう勘違いされたんだったら、あの人たちが焦りすぎてたからよ」

「待った。つまり僕抜きで会ったのかい……それは……それはやりすぎだろう！」

「ポール、これは私にとって本当に大事なことなのよ。私たちにとって！　あなた本当に心の準備できてるの？」

「ああ！　ああできてるとも！　心の準備は万端だ。君はどうなのさ？」

アンジーはこの質問への答えをなにも思いつかなかった。すくなくとも、声に出したいような答えは。答えようとしない彼女を見て、ポールは愛がないからだと感じた。だが、真実はその正反対だった。彼に対して、そしてまだ生まれぬ娘に対して抱く深い愛が、彼女を怯えさせていたのだ。彼と一緒にこの子を育てれば、自分のことなどあっという間に押し流すほど愛情が膨れあがってしまうのではないかと。彼女の母親が押し流されてしまったのと、ちょうど同じように。

アンジーは瞼《まぶた》を閉じた。目を開くと、ポールがまだじっと彼女の顔を見つめていた。決意を感じる表情だ。彼はすこし左側に首を傾けたが、それでも彼女をじっと見つめ続けた。そのときドアが勢いよく開き、兄姉たちが駆け込んできた。アンジーはどっと安堵した。

「サードを回ってるぞ！」

「馬鹿言わないで。もうとっくにホームインしてるでしょ！」

「八ヶ月半前に……」

「すごく太い」

「またこのことは後で話そう」ポールが言った。兄姉たちを無視して、アンジーを見つめている。

「ねえポール、その碇《いかり》のタトゥーは本気で入れてるの？　ちょっと陳腐なんじゃない？　それとも皮肉のつもり？」

「いやはや、二十分前に踏み込まなくてよかったよ」

「十分でしょ」

「五分！」

「アンジー、本気で言ってるんだよ。後でまたこの話に付き合ってもらうからね」

「ずっと気になってるんだけど、そうやって私を押さえつけないと気が済まないの？」

「はいこれ」アバがそう言って、ふたりが使う間もなく放っておいた白いコットンのシーツを投げてよこした。ポールが自分とアンジーをそれでくるむと、ルーシーとアバ、そしてリチャードがベッドに乗ってきた。

「そっとだよ。ＩＫＥＡのベッドなんだから」ポールが言った。

「みんなどうして来たの？」

「リチャードが、そろそろ頃合いだって」

「そう、頃合いだ」リチャードが言った。

「なんで分かるの?」

「ただ分かるんだ」リチャードが言った。「今なら安全だ。すくなくとも、昔と同じ程度にはね」


ポーチに立った五人は、誰ひとり身動きひとつせず、言葉ひとつ口にしなかった。アバでさえもだ。

「なんで僕は今、嫌な予感がしているんだ?」リチャードがやっと口を開いた。

「きっと大丈夫よ」アバが答えた。

「絶対大丈夫だと思ってるのかい? それとも大丈夫だったらいいなと思ってるのかい?」

「だってたかがケントじゃない!」アバが言った。いかにも女王らしい声だ。彼女がドアを開け、そのまま押さえる。そしてしばらく言葉を止めてから「びくびくするんじゃありません!」と言い放った。

女王の顔がさっと消えて、ウィアード家のアバが残った。ともあれ、影響力が強いのは女王よりもアバなのだ。兄妹たちは彼女の後について、家の中に足を踏み入れた。アンジーは最後に入ると乱暴に網戸を閉めた。十二歳のころから、彼女はそうするのだ。

「おい、その癖やめたらどうなんだ?」リチャードが大きな声で言った。

「大声出さないでよ!」ルーシーが怒鳴った。アバは両手で耳を押さえると、同意するようにうなずいた。

「お前らは家畜小屋で育った家畜どもか!」階段の上から叫び声が聞こえた。父親がしょっちゅう口にしていた言い回しだ。父親によく似た声がそう言うのを聞いて、兄姉たちはすぐみ上がった。

「ごめんなさい」アンジーが言った。

「ずいぶんぐずぐずしてたじゃないか」ケントの声が降りてきた。

「物を投げるのが正式な招待だなんて、まったく知らなかったからね」ルーシーが答えた。

「じゃあこれでどうだい? さっさと上がってこいよ。見せたいものがあるからさ」

「どこにいるの?」

「上だよ!」

「上なの? 上の上なの?」

「上の上の階だよ。靴は脱いでくるんだぞ」

「靴を?」アンジーが訊ねた。床を見つめる。靴をはいていても危なげなのに、ましてや靴下で歩けなど、なんと恐ろしい。「本気で言ってないわよね?」

「靴を脱げってば!」

「分かった、脱げばいいんでしょ」アバが言った。身をかがめて靴ひもをほどきはじめる。残りは全員、身じろぎひとつしなかった。

「いったいあの子、なにがしたいの？」アンジーが囁《ささや》いた。

「予言もなしになにかするような子じゃないわ」アバが言った。

「予言ってあなた何者？　十九世紀人？」ルーシーが訊ねた。「それいったい誰のまねよ？」

「これについては僕もアバに同意するよ」リチャードが言った。「あいつはただ上に来てほしいだけなんだろう。なにはともあれ靴を脱いでしまうべきだと思うよ」

「私は特別に免除してほしいわ」アンジーが言った。

「免除はないよ」リチャードが言った。「でもお座り、僕が脱がしてあげるから」

アンジーは、階段の下から三段目に腰かけた。脚を伸ばしてルーシーの目を見つめる。

「分かる？　優しい兄姉っていうのはこういうものよ」彼女が言った。

全員が靴を脱ぎ終わるとリチャードは手すりに手をかけ、すこしだけ立ち止まった。やや間を置いて、階段を上りはじめる。全員がそれに続いた。二階に到着するとリチャードはズボンで手を拭った。そして今度は手すりに触れることなく三階へと階段を上りはじめた。階段のてっぺんの窓は、段ボールでふさがれていた。どうやら家じゅうの窓が同じようにしてふさがれているようだった。彼らは身を寄せ合うようにして、暗闇の中で立ちすくんだ。

「アンジー、電気をつけてくれ」リチャードが言った。

「いやよ」彼女は答えた。「絶対にやだ」

三階に取り付けられた電気のスイッチは、いつでも厄介だった。階段を上がってすぐではなく、その先に進んだ壁に付いているのだ。つけるためにはまっ暗闇の中を二歩進み、壁の上を手探りしてスイッチを探さなくてはいけない。これをつけるのは、いつもずっとアンジーの役目にされてきた。

「なんで私がつけなくちゃいけないの？」アンジーが訊ねた。

「だって、いつもあなたがつけてたじゃない」ルーシーが言った。

「でも私、妊婦なんですけど」

「私たちのせいじゃないわ」

「あなたの役目でしょ」

「いつの話よ」

「投票ね」ルーシーが提案した。

「投票ったって、なにも見えないわ」

「アンジー、いいからつけてくれよ」

「でもたぶん、電気止まってるわよ」

「こんなのアンフェアだわ」

「真実はアンフェアなものなの」

「私が電気をつけるのと真実と、いったいどう関係あるっていうの？」

「いいからスイッチを探せよ」リチャードが言った。

アンジーは、なにを言っても無駄だと感じた。手すりを摑む。支柱に左足をぴったりとつける。暗闇の中へと、彼女は二歩進み出た。壁に触れると、彼女は手探りしてスイッチを探し当てた。

「こんなところにスイッチをつけるなんて、まったく」アンジーはそう言うと、スイッチをつけた。廊下の電気はつかなかったが、彼女の目の前でいきなり火花が弾けた。ろうそくに火がともり、ケントの顔が浮かび上がる。浮浪者のようなひげのせいでほとんど誰かも分からないうえに、下から照らされた彼の顔はまるで悪霊のようだった。

「なんで腕に電話番号を書いてるんだ?」彼が訊ねた。

「挨拶もなし?　八年振りに会えてよかったとか言えないの?　姉さん妊娠してるじゃないか、とか?」

「何かわけがあるんだろう?」

「シャークに書かれたのよ」

「ほらな?　これですっきりした。それにしてもなんであのばあさん……まあいいか。後で聞くとするよ。あいつら元気なのかい?」ケントはそう言うと、階段の上で寄り添ったまま立ち尽くしている兄姉たちのほうをあごで示した。

「私とだいたい同じってとこね」

「そりゃかわいそうに」

「アバも一緒よ」

「知ってるさ」

「あなたはどうなの？　ええと、元気にしてるの？」

「知らない男がいるな」

「この子の父親よ」

「俺たちのよりもいい父親だといいな」

「もうすでにそうよ」彼女が言った。

「いいかい？」彼はそう言って、アンジーの腹を指差した。アンジーがうなずいた。ケントは彼女にろうそくを手渡すと、その腹に両手を触れた。彼女は他の兄姉たちにも、ずっとそうして欲しかったのだった。

「泣くなよ」

「泣いて……なん……か……」

ケントは、さらにしばらくアンジーの腹に触れ続けた。リチャード、アバ、ルーシー、ポールが彼女の背後に歩み寄っても、まだそうして触れ続けていた。

「子供を作ったのが姉さんでよかったよ」ケントが言った。

「まあ、まだ生まれてはいないけどね」彼女は答えると、木のドア枠をこつこつと叩いた。

ケントは両手を離し、大きく三歩後ずさった。両腕を高く上げている。そして、自分が寝室として使っている部屋のドアを、左足で蹴飛ばした。ドアが勢いよく開く。ちらちらとした黄色い光が漏れ出した。ケントは深く頭を下げると、兄姉たちを中に促した。

その招きに応じたのは、アバただひとりだった。他の四人は、寝室へと消えていく彼女を見送った。そして、彼女が大声で悲鳴をあげるのを聞きつけると、揉み合うようにしながらあわてて駆け込んでいった。

兄姉たちはウィアードの群れとなって、ケントの部屋に走った。アバの悲鳴が歓喜のそれなのか恐怖のそれなのか、誰にも想像がつかなかった。ケントはまるでホームレスのようになり、不法滞在者さながらの暮らしを我が家で送ってきたのである。彼がどんなことをしていたのか、室内になにを作り上げていたのか、見当などつきはしなかった。

最後に飛び込んだのはアンジーだった。思わず身を凍らせると、彼女はやがて泣きだした。

「泣き虫め」ケントが囁いた。

そこにあったのは、ケントが再建したレイニータウンだった。古びた彼の部屋の壁に四方を囲まれて、段ボールの街並みが広がっていたのである。だが、彼は単に家々やビル群を作り上げただけではなかった。透明なテープを使い、すべての段ボールについたすべての破れを補修し尽くしていたのだ。高いビルは、キャンデーの棒を何本も使って補強されていた。

さらにアバの城の内装は、箸《はし》や銀色のダクトテープで仕上げられていたのである。

建物はひとつ残らず塗り直され、ピンク色をしたアバの城までもが、まったく色褪《あ》せない元どおりの姿をしていた。看板の文字は濃く書き直されていたが、ケントの手により元の筆跡がちゃんと残されていた。〈エンドー・ワールド・コインランドリー〉の上に立てられた看板は、ひと目見ただけでアバの字だと分かる。〈ターミナル・バスターミナル〉は、十三歳のリチャードが書いた殴り書きそのままだ。

ケントが付け加えたものもあった。中でも際立つのは、彼が街に電気を引いたことである。どの通りにも小さな街灯が並べられている。日没後に人がいる建物の内部には、灯りがともっている。吸血鬼に料理を提供する唯一のレストラン〈ザ・ステーキ・ハウス〉からは、黄色い灯りが漏れてきている。また、食事を終えた客に伝票ではなく首吊り縄を渡すレストラン〈ハンギング・ガーデン〉にも灯りがともっている。だが〈ユー・ヴァーント・グッディナフ整形外科医院〉と〈カット・ブレーキ中古車店〉、そして〈スティックス&ストーンズ中古楽器店〉は灯りが落とされていた。

「完璧だろう?」ケントが訊ねた。

アンジーは、自分に話しかけられていることにしばらく気付かなかった。それほどまでに細部に見つかる新発見に心を奪われていたのだ。レイニータウン墓地の正門には、黒いパイプクリーナーのモールを曲げて作った自分たちの苗字が取り付けられている。父親の墓には作りたての紙の花束が供えられている。

「ええ。完璧だわ」アンジーが言った。

「本当に」リチャードが言った。

「前のよりいいじゃない」アバが言った。

「ずっといいわ」ルーシーが言った。

「よし」ケントがうなずいた。両手を高く掲げる。まるでかぎ爪のように指を開いたり閉じたりしてみせる。そして彼はまるでぎくしゃくしたゴジラのような大股で、レイニータウンへと向かっていった。

「だめよ！　ケント！　やめて！」アンジーが悲鳴をあげた。

ケントはレイニータウンのいちばん端に足を浮かせたまま動きを止めた。天井を見上げる。

「ギャアアアアス！」ケントが叫んだ。ずっと昔に兄妹そろって観た怪物映画の、できの悪いものまねのような声。しかし彼らは、それ以上に強烈な痛みと悲しみ、そして怒りを湛《たた》えた声など、他に思いつきすらしなかった。自分たちの胸の内を、すべて言い表してくれているのだ。誰ひとりとしてどう表現していいのかずっと分からずにきた胸の内を。ケントは足を踏み出すと給水塔を踏みつけ、まるで煙草でも消すかのようにぐしゃぐしゃに踏みつぶしてしまった。

リチャードはためらわなかった。怒声をあげて両手を振りかざすと、ひと蹴りのもとに〈重傷通り〉をほとんど吹っ飛ばしてしまったのである。アバは脇目も振らずに城に突進すると噛みついて引き倒し、紙の土台を吐き捨てた。〈流血ブールヴァード〉をのしのしとのぼり、次から次へとジャンプしては建物を踏みつぶしていった。ケントは破壊の行進をする足を止め、アンジーのほうを振り向いた。

「ギャアアス？」優しげな声で、彼が訊ねる。

「ギャアアス」彼女は応えた。そして腹を押さえながら前に歩み出ると、ひと蹴りのもとに墓地を破壊してしまった。兄妹は、ひたすら飛びはね、引き裂き、絶叫し続けた。

ものの数分のうちに、レイニータウンはすっかり廃墟と化していたのだった。

第3部

蛇と鮫の理論

ウィアード兄妹——そしてポール——は自動ドアが開くと、万全を期してトロント・ピアソン国際空港に乗り込んだ。前日に丸一日をかけ、荷造りと身支度を整えてある。ケントは散髪と髭剃りを済ませたうえに、みんなに買ってもらった新しい服に身を包んでいた。母親が切ったルーシーとアンジーの髪は、ウールの帽子の中に押し込まれていた。リチャードはプラチナ・カードを使ってオンラインで航空券の手配を済ませており、チェックイン・カウンターではすべてのやり取りを一手に引き受けてくれた。六人はそうして全員がなんのトラブルにも見舞われることなく搭乗券を受け取り、荷物を預けることができたのだった。

一度も警報を鳴らさず、全員無事にセキュリティーを通過する。そして二十三番ゲートのかたわらにある指定の待機エリアで、彼らは二十六分の待ち時間を過ごした。いよいよ、トロント発バンクーバー行き、ＡＣ八〇八便の搭乗開始である。

もっとも問題を起こしそうな者から順に搭乗するのが、彼らの立てた戦略であった。いちばんの不審人物が搭乗を済ませるまで、無事に怪しまれずに済むように祈る。先頭はケントだった。彼が搭乗券を見せる。フライト・アテンダントは彼の免許が失効していることに気付かなかった。前に進むよう、アテンダントが手を振って彼を促した。後ろに並んでいたアンジーは、露骨にほっとした顔をしないよう表情を引き締めた。

　フライト・アテンダントは、ルーシーのかぶっている帽子が心の底から気に入ったと話しかけてきた。そしてアバには敬意を込めて頭を下げ、アップリフタのパスポートをろくに見もしなかった。リチャードのことは媚びるような笑みを浮かべて通した。アンジーの中で、最悪の危機はこれで脱した。彼女は背後にポールだけを残して歩み出ると、搭乗券を差し出した。フライト・アテンダントが彼女の全身を眺め回す。まず彼女は、腕に書かれた電話番号にじっと目を留めた。それから腹部に向けて視線を下げていった。

「診断書はお持ちですか？」アテンダントが訊ねた。噛んでいたガムをぷっくりと膨らます。風船が弾ける。

「搭乗券なら持ってるわ」

「病院からの診断書は？」

「病気じゃないので」

「今何週ですか？」

「三十六週かしら。すごく蹴るのよ」

「すみません」アテンダントが言った。まったくすまなくなどなさそうな顔で。天から授かったわずかばかりの威厳をここぞとばかりにひけらかし、彼女が言葉を続ける。「お乗せするわけにはいきません。三十五週以上の方はお乗せできない規則なので」

「あら、ごめんなさい。ちょっと間違えたわ。まだ三十四週目よ」

「証明できます?」

「はい?」アンジーはアテンダントに訊ね返した。「今週だけで何回か飛行機乗ってるんですけど」

「ご搭乗されるすべてのお客様のご無事と安全を守ることも、私の務めなんです」

「いったいなんの話をしてるの?」

「おい、やめとけよ」ポールがアンジーに耳打ちした。

「すみませんが、規則なんです」アテンダントが言った。

次にアンジーが口にした言葉には、いくつか理由があった。もう何日もよく眠れていなかったこと。全身をホルモンが駆け巡っていたこと。到達不可能と思えたゴールが、文字どおり目と鼻の先に迫っていること……。だがその真実は、この独善的な生きたバービー人形が自分の運命を左右するほど強烈な権力を持っていることが受け入れがたかったからであった。髪の毛は完璧なおだんごにセットされている。高いヒールをはいているのにまったくつらそうな様子も見せず、涼しい顔をして立っている。身につけた白いブラウスはボタンがひとつ余計にはずされている。つんと上げたあごが、この仕事はどこかの金持ちの玉の輿に乗るまでの繋ぎなの、と言っている。そしてブラジャーに持ち上げられたおっぱいの膨らみが、その時がそう遠くない未来に訪れることを告げている。

「あのねえ……」アンジーが言った。

「だからやめとけってば」ポールが繰り返した。

アンジーが止まる。落ち着こうと深呼吸をする。アテンダントがまたガムを膨らませた。風船が破裂する。それと同時にアンジーも破裂した。「四の五のうっさいのよ、このブス！」アンジーは、「ブ」を強調して怒鳴りつけた。

アテンダントは言葉を失った。呆気に取られてなにもできないまま、たっぷり一秒が過ぎた。彼女がアンジーの搭乗券を高々と掲げ、まっぷたつに破る。そして今度はそれをさらに四つに破いた。彼女の手から、破れた搭乗券がはらはらと舞い落ちる。アンジーは、四角形をした白い紙切れが床に落ちていくのを見つめていた。ふたり目がけて突進してくるケントの姿が目の端に見えたのは、そのときだった。

彼が近づくこともできないうちに、ふたりの警備員がケントにタックルを決めた。顔面がカーペットに叩きつけられる。唇が裂ける。清潔な白いシャツの襟に鮮血が飛び散る。背の高いほうの警備員がケントの腰の窪みに膝を食い込ませる。もうひとりが彼の腕を背中にひねり上げる。ケントは、ぴくりとも抵抗しようとしなかった。

「その子を放して！」アバが悲鳴をあげた。

「そいつは間違ったことなんてしてないだろう！」リチャードが怒鳴った。

「早く！　早く解放して！」ルーシーが叫んだ。

警備員は巨大な右手でケントの後頭部を押さえつけた。だが、ケントはそれでもやすやすと顔を上げてアンジーを視界に捉えた。シャツの生地に、両腕の筋肉がもっこりと浮かび上がる。彼はふたりがかりの警備員を引きずりおこしながら、立ち上がりだした。

「ケント、やめて」アンジーが言った。「悔しいと思うけど、これ以上事態を悪くしないでほしいの」ケントがアンジーを見つめる。「お願いだから」

ケントはうなずくと、ふたたび腕の力を抜いてカーペットにうつぶせになった。警備員たちは困惑したが、すぐにケントの両手を背中に回して押さえつけた。

アンジーが、アテンダントに向き直った。「ごめんなさい。すぐに出てくわ。ひとり残らず」彼女は言った。

ケントを取り押さえ、警備員たちはさも満足げであった。ふたりがうなずいて同意を示すと、アテンダントはなにか言いたそうな顔をしつつも渋々彼らに従った。アンジーがルーシーとアバの肩に触れる。そして次にリチャードの手を取った。ケントを残して立ち去る兄妹の後ろを、ポールが歩いていく。

彼らはそれから三時間もの間、トロント・ピアソン国際空港前の歩道に立ち尽くしていた。何機もの飛行機が頭上を飛んでいった。アンジーは、飛行機雲が交差し、溶けるように消えていく様子を眺めていた。正午を回ったところで、彼女は家族たちに視線を戻した。アバは膝で手を重ねて歩道に座り込んでいた。ルーシーは目の周りを赤くしていた。ポールはなにか指示されるのを待っているかのように、何歩か後ろでじっとしていた。リチャードは右側の離れたところでひとり、煙草をくわえ、ジッポーを手にして立っていた。どちらにも火はついていない。アンジーは彼らの姿を見て、まるでルネサンス風に描かれた一枚の絵画みたいだと感じた。やがて、彼らのところにケントが歩いてきた。

誰の目にも留まらないほど自然に、ルーシーとリチャードの間に彼が収まる。絵画はこれで仕上がりだ。彼を連れてきた警備員ふたりは、背景の中に消えた。ケントがリチャードの手からライターを取った。ジーンズで擦って火をつける。その火を煙草の先に差し出す。リチャードは煙を吐き出したところで、ようやく異変に気が付いた。

「お前か、びっくりしたぞ！」彼が叫ぶ。

「ええと、二日か？　二日とすこしか？」ケントが訊ねた。ジッポーの蓋を閉めてリチャードに返す。「シャークが二十日まで死なないんだとしたら、交代で運転しながら車でぶっ飛ばせば間に合うな」

「確かにそうかも」アンジーが言った。

「レンタカー借りましょう！」ルーシーが言った。ケントのアイデアにすっかり感銘を受け、いきなり彼が現れた驚きなど消し飛んでしまっていた。

「バンじゃなきゃ無理だろう！」

「なんでそんな疑うような目で俺を見るんだよ？」

「八年間も歯を磨いてないからじゃない？」

「さっき磨くの見てただろ！」

「その前は？」

「ケントにそんなこと言わないで」アンジーが言った。「この子が出してくれたアイデアのおかげで命拾いするかもしれないのよ」

「地図アプリで見たら、五十一時間と五十四分で着くみたいだ」リチャードが、スマートフォンを見ながら言った。「つまり、間に合うってことだな」

「レンタカー屋さんどこ？」

「中にあるわ」アンジーが言った。

だがさっきの警備員が、まだドアの横に立っていた。アンジーが手を挙げる。彼らの前にタクシーが停車する。トランクが開くと、彼女は自分のトランクをそこにしまい込んだ。

「このタクシーは駄目。横が凹んでるもの」ルーシーが言った。

「選んでる場合だと思う？」アンジーが言った。

「凹《へこ》みは、自分たちの置かれた現状を反映しているにすぎないよ」リチャードが言った。

「残りの荷物はどうするの？」アバが訊ねた。

「そんなに物質的なものに執着しちゃだめだよ」ケントが言った。

「ケントは黙ってて」ルーシーが言った。

「ものを買えないほど貧乏だからって、それで聖者になれるわけじゃないわよ」アバが言った。

「置いてったものは、向こうでまた買い直せばいいじゃない」アンジーが言った。

「俺、助手席《ショットガン》な！」ケントが言ったが、誰も彼に突っかかろうとはしなかった。

ディスカウント・カー&トラック・レンタルという店でフォードのエコノラインを一台借りると、六人は西に向けて出発した。グレーの内装で、運転席の後ろにベンチシートが二列ついている。アンジーとポールが中央の列に、そしてルーシーとアバがその後列に座った。リチャードが運転し、ケントは助手席《ショットガン》に陣取った。出発して二十分後、まだ燃料計の針は「F」を指しており、食事と給油以外には車を止めないことで全員が合意していたが、アンジーは小便がしたくてたまらなくなってきた。

「おしっこしたい」彼女が言った。「もれそう」

バンはスピードを緩めない。リチャードもケントも、ひたすら前方の路面を見続けている。

「ごめん。本当にごめん。でも、おしっこしないと死んじゃう」

リチャードはそれでもアクセルペダルを踏み続けた。助手席のケントが振り向き、「我慢できないの?」と訊ねた。

「私、妊娠八ヶ月半なのよ!」

「だからわざわざバンを借りたんじゃないか」

「だからって、今にももれそうなのは治まらないわよ」

「六歳のころから、あなたそうじゃない!」アバがいちばん後ろから怒鳴った。

「車に乗ると、すぐにもれそうって言いだすんだから!」ルーシーが言った。「もれそうなのは頭の中でだけでしょ!」

「頭じゃなくて子宮の中よ! 膀胱の上の!」

「投票だ」ケントが大声で言った。

「投票したっておしっこもれそうなのは変わらないわ」

「止まっていい人?」リチャードが叫んだ。ルームミラー越しに車内を見回す。手を挙げたのは、アンジーとポールだけだった。

「反対の人は?」リチャードが訊ねた。弟妹たちが手を挙げた。

「反対票多数だな」

「私がパンツにおもらししたら、車の中におしっこの臭いが充満するわよ」

「もらしちゃだめよ」

「我慢して!」

「馬鹿なこと考えるな!」

「……臭いわよ、妊婦のおしっこ!」

「今止まるというのは、民主主義に対する否定だぞ。それでいいのか?」

「アンジーは共産党員よ!」

「**今すぐにこのバンを止めやがれ!**」ポールが怒鳴った。六人姉妹と一緒に育ったポールの発声術は、見上げたものだった。シャークほどの威力はないにせよ、このポール版の大声は、強烈な説得力を持っていた。「今すぐだ」彼が声を落とし、繰り返す。

「分かった、分かったよ」リチャードが言った。「どこに止めればいい?」

「ここだ!」

「ここ?」

「ここでいい」

バンはスピードを緩めた。リチャードは白のホンダ・シビックが右側を追い越していくのを待ち、未舗装の路肩に車を止めた。アンジーはスライド・ドアを開けると飛び出した。道端に降り立つ。茂みも木陰も見えない。草は近ごろ刈り取られたばかりだ。乗用車や十八輪トラックが何台も、背後から迫ってくる。

「もう!」アンジーが言った。振り返ると、ポールがバンから降りてくるところだ。カーテン代わりにしようと、コートを脱いで両肩の部分を摑んでいる。選択肢も時間もろくにないのを悟ると、アンジーはしゃがみ込んだ。ふたりとも、しばらく黙っていた。

「ずいぶん溜めてたんだなあ」やがてポールが言った。

「変なこと考えるのやめて」

「愛してるよ」

「もう、ポール。タイミング考えてよ」

「僕たちはきっと最高の両親になれる」

「やめてよポール。なれるはずないし」

「ごめん。僕はただ……」

「トイレットペーパー探してきて」

「オーケー」

「早く！　急いで！」
「オーケー」ポールが繰り返した。彼女の肩にコートをかけてやる。アンジーは道端にしゃがんだままだ。コートがずり落ちないように、両襟を握りしめている。ポールがまたバンに乗り込むのを見届けると、彼女は生地に顔を押しつけて大きく深呼吸をした。

思いがけずこの世の人ではなくなってしまうまでの年月、ベナール・ウィアードはものに恵まれた人生を送ってはいたが、神聖視していたものはたったひとつだけだった。それが一九四七年式マセラティA6ピニンファリーナ・ベルリネッタである。彼の他にこの車を運転したのは、娘たちだけであった。その度に車には新たな傷がついた。

最初に運転したのはルーシーだ。何日もかけて彼女はキーを貸してほしいと父親に頼む勇気と、アンガス・キーファーをデートに誘う勇気を掻き集めたのである。両方に「イエス」の答えをもらい、彼女は驚いた。ルーシーのほうはアンガスのもとから無事に戻ってきたが、父親の車は右のドアにかすかなくぼみをつけて帰ってきた。ほとんど目に見えないようなこの刻印をベナールはひと目で見つけると、その後彼女がマセラティを運転することを一切禁じてしまったのだった。

アバは十六歳の誕生日を迎えた六日後に父親のベッドサイドに置かれたテーブルからこっそりキーを持ち出し、田舎にドライブに出かけた。彼女が帰宅したとき、車は右のバックミラーを失っていた。いったいなぜそんなことになったのか、彼女は決して話さなかった。

アンジーは、ウィアード姉妹の中で最後にマセラティを運転した。彼女がキーを見つけたのは、父親がはいていたネイビー・ブルーのズボンの右ポケットの中である。同じポケットから、彼女はチェリー・レッドの口紅も見つけた。母親ならば、下品だといって使わない色だ。確固たる不倫の証拠があるわけでもなかったが、アンジーにはそうなのだと分かった。ただ分かったのだった。

彼女は口紅はそのままにしてキーを持ち出した。そして車庫からバックで出ようとしたところで、ものすごい勢いで電柱に激突したのだった。左のテールランプが粉々に砕け散った。

そうした事故のせいで、息子たちはマセラティを運転する機会をただの一度ももらえなかった。だが十代の兄妹たちにとってみればそれよりも無慈悲だったのは、姉妹が車につけた傷をベナールが決して修復しないことであった。ドアの凹みも直さない。バックミラーも割れたテールランプも直さない。三つすべてを彼が残したままにしたのは、自分は気まぐれに威光を振りかざしているのではないのだという見せしめにするためだった。断じて異議など受けつけない、守りの壁として残したのである。

兄妹たちは父親のことを、とんだクズ野郎だとしか思わなかった。もちろんアンジーだけは、彼をすぐに許してしまったが。


さて、アンジーができるだけ考えないようにしようと精一杯がんばっていることがある。それは、父親と最後に話をしたのが自分だということだ。二〇〇一年十一月二十二日、午後十一時すこし前のことだった。彼女とザックは大急ぎで車庫から駆け出してきた。玄関ポーチに到着したのは午後十時五十七分。だが、玄関は閉まっていた。ポーチの電気は消え、父親の姿は見当たらなかった。

アンジーはザックの頰に軽くキスをすると、さよならを言った。家の中に入る。アバとルーシーが、母親と一緒に劇を見に出かけているのは知っていた。リチャードは恋人のところに行っている。ケントはきっと上にいて、彼女が知りたいとも思わないようななにかをしているところだろう。家はひっそりと静まり返っていた。もしそうでなければ、車庫の扉が引き開けられる物音が聞こえることは決してなかっただろう。

アンジーは取り乱した。ザックと一緒にそこにいたのを父親に見られたのではないかと思うと、不安で胸がいっぱいになった。そして、いてもたってもいられなくなるほどその不安が膨れ上がってしまったのだった。彼女は外に出て車庫に向かうと、ステーション・ワゴンの運転席側のドアにかかったロックを開けている父親の姿を見つけた。

「どこに行くの？」彼女が訊ねた。

「どこって……」父親が、視線を落として答えた。「まあ、仕事みたいなもんだよ」

「ワゴンで行くの？」彼女がさらに訊ねた。

ベナールは、このステーション・ワゴンを心底嫌っていた。乗っているところを見られるのも嫌だった。家族全員そろって出かける用事があるときには、しぶしぶ助手席に座ることもあった。しかし、後ろからマセラティに乗ってついていくことのほうがずっと多かった。

「おや。こいつは。本当だ」彼が言った。ばつが悪そうに短く笑う。ステーション・ワゴンから離れてマセラティのロックをはずすと、運転席のドアを開けてアンジーのほうを見た。

「いいかい」彼が言った。言葉を止める。そして一本ずつ指先で順ぐりにキーを弾きながら「お前は僕にとって、かけがえのない子だよ」と言った。

父親がこんなことを彼女に言ったのは、これが初めてだった。そしてまた、彼女にかけた最後の言葉になった。

トロントを離れて十時間――サンダー・ベイを出て七時間、ウィニペグを出て十七時間

――アンジーはその一時間で初めての対向車に気付くと、車のライトを下に向けてすれ違った。バックミラーの中で、その車のテールランプが消えていくのを見送る。彼女はまたハイビームに戻すと、もし呪福さえなければ自分の人生はどんなだったろうかと想像しようとしてみたが、見えるのはただ、ヘッドライトに照らされた地平だけであった。

アンジーはどうしてもひとりの時間が――せめてできるかぎりそれに近いものが――ほしくなり、自分から夜中の運転を申し出た。いずれにしろ夜中になっても、赤ん坊が寝かせてなどくれないのだ。だが、ひとりきりでハンドルを握るというわけにはいかなかった。ラジオがどの曲も入らなくなってからずっとおしゃべりしっぱなしだったアバとルーシーが、そのまま話し続けていたからだ。

「でも……女王になると具体的に、どんなことをしなくちゃいけなくなるの？」ルーシーが訊ねた。

「いろいろと公務があるわけよ。式典とか、そんな感じの」アバが答えた。

「議会には出席するの？　法を成立させるのに署名したりとかは？」

「しないわ。それは国王の仕事だから」

「なるほど。それはそうね。でも逝去してからは？　二〇〇七年に亡くなったはずよね？」

「ええ、そのとおりよ」

「その後、誰が仕事を受け継いだの？」

「いったいなにを聞き出そうとしてるの？」アバが訊ねた。ルーシーはすぐには答えなかった。長い沈黙の中、三人に車の音が聞こえてきた。背後から急速に近づいてくる。隣に並ぶ。数秒ほど真横につけてから、車はスピードを上げた。ろくに車も走っていないような状況だからただでさえ目立つのに、それが赤いマセラティであればなおさらだ。

「父さんの車はどうしたの？」アバが訊ねた。

「知らない。本当に知らない」アンジーが答えた。

「車庫にはなかったわよね」ルーシーが言った。

「なかった。あったらキャンプ道具を取りに行ったときに気付いたはずよ」

「ベッドを組み立てたときにもね」

「でも、車寄せにもなかったわよ」

「ケントが売っちゃったんじゃ？」アバが言った。

そんな売買をケントが手配して交渉する可能性は限りなく低いと思い、彼女たちは彼を起こすまでもないと考えた。売っていたとしても、まず認めないだろう。それにケントはまだ、兄姉たちが満場一致でハンドルを握らせないほうに投票するほどすさまじく不機嫌なのだ。マセラティは前方にぐんぐんと疾走していく。アンジーはアクセルを踏み込んだ。

「左のテールランプがない」アバが言った。

「私もそう思った」

「左だった？　右だった？」

「確かに左だったわ」アンジーが言った。

「適当に言ってない?」

「絶対よ」

「サイドミラーは?」

「暗すぎて見えなかった」

「じゃあもっと近づいて」アバが言った。

速度計の針は時速百二十キロを指していた。アンジーは床も抜けよとばかりにアクセルを踏み込んだ。エンジンが甲高い悲鳴をあげはじめる。片目のテールランプは、さらに遠ざかっていく。

「アンジー、びびってないでもっと踏んで!」

「追いつくのよ!」

「やってるし!」アンジーは言った。テールランプはみるみる小さくなっていく。アンジーはどんどん加速していく。エンジンの悲鳴がますますうるさく、高くなる。やがて、テールランプはすっかり見えなくなってしまった。

「どこ行った?」

「分からない! 分からないわよ!」

「分岐だ!」ルーシーが前を指差して悲鳴をあげた。「分岐がある!」

アンジーは右に急ハンドルを切った。必死に速度を落とそうとする。時速九十キロで出口ランプに突入すると、バンの車体が傾きだした。アンジーが急ブレーキを踏む。バンが停止する。兄妹の体が前方に飛び出しかけ、また背中をシートに打ちつけられる。そのせいで、眠っていた全員が目を覚ました。

誰も、なにも言わなかった。バンの隣に一時停止の標識が立っていた。標識のてっぺんで赤いランプが点滅していた。バンの車内が赤く照らし出された。そしてまた闇に沈んだ。そしてまた照らし出された。

「あそこだわ」アンジーがそう言って、右を指差した。片方だけのテールランプがぐんぐん小さくなっていく。彼らは、すっかり見えなくなるまでそのランプを眺め続けた。助手席のポールが、アンジーのほうを振り向いた。彼の顔が赤く染まり、見えなくなり、また赤く染まった。

「大丈夫か?」ポールが訊ねた。

「ここはどこなんだ?」リチャードが訊ねた。

「なにが起きやがった?」

「幽霊を追いかけてたのよ」ルーシーが言った。アバとアンジーは黙ったまま、その言葉にただうなずくことしかできなかった。

マセラティを追いかけたあと、ようやくオンタリオとマニトバの州境を越え、またしてもカナダ草原地帯に戻ってくると、午後四時半、金色《ゴールデン》の輝きを失った太陽がまだ沈みきる《サンセット》前に、ゴールデン・サンセット養護院の前に車を止めた。中列の座席から、アンジーがルームミラーを覗き込んだ。ルーシーはもう彼女を見つめていた。

「こんなことしてる時間、ないと思うけど」アンジーが静かに言う。

「そろそろよ。そろそろだわ《アバウト・タイム》」ルーシーが答えた。そして、アンジーが目をそらすのを待ってから自分も視線をはずした。運転席のドアが開く。そして叩きつけるように閉められると、車内の全員が目を覚ました。

「ここどこ?」ケントが訊ねた。「なんで止まってんの?」

「どうやらここは……」リチャードは窓から外を見ると、パンフレットで見覚えのある建物に目を留めた。「ウィニペグで四番目に上等な養護施設のようだな」

兄妹がそろってバンを降りる。続いて降りようとしたポールを、アンジーが押し留めた。

「ここで待っててほしいの」彼女が言う。

「なんで？　嫌だよ。君のお母さんに僕も会いたい」

「それはだめ」

「だめじゃない！」

「会わせたくないのよ」彼女は言った。その言葉に彼が傷ついたのが、アンジーには分かった。「お願いだから」

「理由を教えて」

アンジーは後ろを振り向いた。兄妹たちはもう建物の中だ。上手い言い訳を思いつく時間もなく、彼女は真実を彼に告げた。「私が母さんみたいになるんじゃないかって、あなたに思ってほしくないの。特に、今自分が母親になろうとしてるこのタイミングではね」

「心配しないで。そんなこと思ったりしないよ」

「あなたの心配してるんじゃないのよ」彼女が言った。「あなたが心配しはじめるんじゃないかって、私が心配なの」

ポールは複雑な彼女の言葉をなんとか理解するとうなずいた。それを見た彼女は、またすこしだけ彼への愛を深めた。そのことは、口に出さずにおいた。

「まあ、すぐに実現するさ」ポールが言った。「僕たちの赤ちゃんに会わせなくちゃだからね」

「約束する」アンジーは言った。そして腹を押さえると駐車場の向こう目がけて走りだした。

兄妹は、玄関を入ったところで彼女を待っていた。ルーシーが先頭に立ち、柱時計の前を通って黄色い廊下を案内していく。身を寄せ合うようにしてエレベーターに乗り込む。やがてドアが開くと、段ボールで手作りした看板が姿を現した。

「かんべんしてくれよ」

「入るのはいいけど、私は切られたばっかりだからね」アンジーが言った。

「全員入るのよ」ルーシーが言った。

「俺は入らないぞ」

「みんな入るの」

「無理強いしないでよ」

「入ったって、俺たちのことなんて誰だか分からないんだろ！」

「ルーシーの言うとおりだ」リチャードが言った。「みんなで入るぞ」そう言って管理人用の物置部屋のドアに歩み寄り、すこしだけ立ち止まってから中に足を踏み入れた。

「ご予約は？」母親の声がリチャードを迎えた。室内の暗がりに、まだ目が慣れない。

「してないんだけど、いいかな？」彼が訊ねた。

「ええ、日曜なのに暇なのよ」彼女が答えた。実は月曜だったのだが、リチャードは訂正しなかった。瞳孔が拡大していくにつれて、目の前にいる母親の姿がまるで写真を現像するように浮き上がってきた。彼よりも穏やかに歳を取っている。彼女が流し台の前に椅子を持ってくると、リチャードはそれに腰かけた。温かい湯を流しながら、彼女が髪を洗ってくれた。

「白髪がちらほらあるわね」母親が言った。

「ちらほらどころか」

「家庭をお持ち？」

「なぜそんなことを？」

「そう見えたから。でも指輪はしてないわね」

「最近離婚したばかりなんだ」リチャードは答えた。指輪はズボンの前ポケットに入っている。彼はかつて指輪をはめていた場所を親指でこすった。

「それは残念ねえ」

「そうするしかなかったんだ」

「あなたくらいの世代の人は、みんなそう言うわね。そのとおりなのかもしれない。そうするしかないのかもしれない。それとも、あなたが奥さんのことを十分に愛していなかったのかもしれない」ニコラが言った。蛇口《じゃぐち》を閉める。そしてリチャードを立ち上がらせると、椅子を鏡の前に動かした。ピンクのビーチ・タオルが彼の首に巻きつけられる。彼女ははさみを手に取り、リチャードの髪を切りはじめた。

「どんなふうに切ってほしいかは訊かないのかい？」

「悲しいの？」ニコラが訊ねた。リチャードは椅子の上で振り向いた。はさみの動きが止まる。

「ああ。悲しいよ。だいたいいつでも悲しいんだ」

「それを思い悩んでいるの？」

「昔はまったく気にならなかったんだけどね。でも、今は悩むんだ。すごく悩む」

「それは世界があなたを失望させるからよ」ニコラが言った。はさみを下ろし、棚から電動バリカンを取り出す。「世界はいつだってあなたの期待を裏切り続けるの。こうであって欲しいと願う希望を裏切るの。そこからあなたの悲しみが生まれるのよ」

ニコラはバリカンの設定を強く上げてからスイッチを入れた。小さな室内に、電動音がうるさく響く。彼女がリチャードの頭にくまなくバリカンを走らせる。そして電源を切った。ビーチ・タオルをはずす。切った髪の毛が、彼の頭の周囲にはらはらと舞った。

「ほら、見て！」ニコラが言った。

リチャードは鏡に目をやった。これは本当に自分なのだろうか。彼は声をあげて笑った。目の周りの肌に皺《しわ》が寄った。深々としたその皺を彼が目にするのは、実に久しぶりのことだった。

「きっと変化を受け入れることができる人だと思ったのよ」ニコラが言った。

「おっしゃるとおり」リチャードはそう言うと、光沢を放つ自分の坊主頭をなでた。椅子から立ち上がる。服についていた髪の毛が落ちていった。「お礼はどうすれば？」彼は訊ねた。

「要らないわ。真心でしたことだから」

「抱きしめてもいいかい？」

「断る理由はないわね」ニコラは答えた。彼女が両腕を広げると、リチャードはぎゅっとその体を抱きしめた。

「ご予約は？」ニコラがルーシーに訊ねた。

「ええ、とりあえずはね」

ニコラがうなずいた。ルーシーは言葉を待たずに流し台の前の椅子に腰を下ろした。母親が彼女の髪を洗う。

「あなたの前に来た紳士はお知り合い？」

「ええ、知り合いよ。それも、すごく近い知り合い」

「あら、たくさんいる彼氏の中のひとりかしら？」

「まさか、そんなんじゃないわ。兄なの」

「なるほど」ニコラがうなずいた。シャンプーを洗い流す。ルーシーが立ち上がる。ニコラは椅子を移動させると、ルーシーの首にビーチ・タオルを巻きつけ、はさみを取り出した。だが、散髪に取りかかろうとはしなかった。「でも、他の男の人たちもいたんでしょう？兄弟ではない男の人たちのことよ」

「ええ、いたわ」

「愛してたの？」

「ううん。そういうんじゃない。あなたと父さんみたいな感じじゃなかった」

「自分が男の人たちになにを与えようとしているのか、一度でも考えてみたことはある？」

「そんなこと、ぜんぜん考えたことない」

「もしなにかに没頭したいと思っているなら、もっといいものがたくさんある。どうしてもおすすめしたいものがね」

「楽しいと思えるものなんて大してないでしょう？」

「まあ、それは真実ね」ニコラは言った。ふたりが微笑んだ。まったく同じ笑みを浮かべたことに、どちらも気付かないままで。「自分が何者か知りたくて、男たちと関わったの？」

「かもしれない……」

「じゃあ、他の人たちはみんなそれを知ってると思ってる？　自分が何者なのかを？」

「思ってる」

「なるほど、じゃあそれはあなたの間違い」ニコラが言った。ルーシーの前髪を切り落とす。さらに後ろ髪も、何度かに分けてかなりの長さを切った。「私に言えるのは、人は自分のことなんて死ぬまで謎のままということね」

ルーシーは下唇をぎゅっと噛んだ。ニコラがはさみをあげた。それを閉じ、しまう。そしてバリカンを取り出すと、電源を入れた。


アバの怒りを、単に長い赤毛を失うことへの恐怖のせいだとするのは、おそらく正しくない。彼女は両手を固く握りしめながら、どかどかと管理人用の物置部屋に踏み込んだ。「もうやめて、母さん！　もうやめてよ！」

「今朝は千客万来だこと。でも大丈夫、切ってあげるわ」

「やめてったら！　母さん！」

「素晴らしい髪をお持ちね」

「私たちのとこに戻ってきて」

「よくそんなに伸ばしたものねえ」

「これが最後のチャンスかもしれないのよ」

「こんなの滅多にお目にかかれないわ。この長さ。そうは思わない？」

「母さんが必要なのよ。私たちみんな」

「これは美人にしか似合わないわね」ニコラが言った。そして手を伸ばすと、アバの髪を指ですいた。「そうでもないかしら？　さあ、ちょっと洗っちゃいましょう」

アバの握り拳が開いた。流し台の前で椅子に腰かける。山羊の乳で作ったシャンプーの香りとお湯の温もりに包まれると、彼女の胸に安堵が込み上げた。ニコラがその首にタオルを巻きつける。そして、アバにはさみを手渡した。

「最初のはさみは自分で入れたらどう？」ニコラが促した。

アバははさみを見つめた。しばらくじっと見つめ続けた。それから長い髪をひと束引っ張ると、根元近くにはさみをあてがった。束ねた髪を持ったまま、母親にはさみを返す。そしてニコラがバリカンの電源を切るまで、そのまま髪を持ち続けていたのだった。

アンジーは髪を濡らし、鏡の前に腰かけた。もう首にはビーチ・タオルが巻かれている。

ニコラが娘の肩に両手を載せた。ぐっと強く、下に押す。鏡越しに、ニコラがアンジーの目を覗いた。「あなたは本当に強い子だわ」

「ありがとう」

「褒めてるわけじゃない。これは弱点なんだもの。そんなにも強いせいであなたは我慢を強いられるのだし、それに……」彼女が言った。そして肩から手をどけるとはさみを取り出して散髪にかかった。アンジーはうつむいた。たった今母親が口にした言葉を胸で反芻《はんすう》する。そして心をその考えにすっかり囚われているところに、とつぜん煩わしい電動バリカンの音が響き渡ったのだった。

「やめて！　待って！」彼女が悲鳴をあげる。だが、ニコラがすでに髪を刈りはじめているのを見て、アンジーはされるがままに身を任せたのだった。

ケントはさっさと部屋に入って乱暴にドアを閉め、ずかずかと母親に近寄った。

「あれをどこにやった？」

「なにをどこにですって？」

「バリカンだよ。あのくそバリカンをどこにやったか訊いてるんだよ」

ニコラが人差し指を伸ばした。棚を指差す。その指以外は、ぴくりとも動かさなかった。

ケントは足音も荒く棚に歩み寄るとバリカンを摑み出し、つまみを最強に合わせた。そしてろくに注意もせず、ものすごい勢いで自分の頭を刈りはじめた。髪の毛がばさばさと落ちていく。彼はバリカンの電源を切ると、元あった場所に戻した。片手で頭をなでる。すべすべで、さっぱりしている。やがて、その手にねっとりと濡れた感触が伝わった。ケントが鏡を覗くと、頭の両側にところどころついた小さな傷口から、血が細い筋になって流れ出しているのが見えた。

「そこに座って」母親の声が聞こえた。

ケントは首を横に振った。

「いいから手当てをさせなさい！」ニコラが、今度は大きな声で言った。彼女が椅子を指差し、ケントがそこに腰かける。母親に傷口を消毒され、絆創膏を貼られながら、彼はうめき声をもらして身をよじった。だが言葉に出して反抗したり、椅子から逃げ出したりしようとはしなかった。

エレベーターに集まっても、兄妹は誰ひとり口を開かなかった。一階まで上がる。陰鬱な廊下を歩く。入居者たちの視線には、誰も応じなかった。そして、互いに目くばせを交わすことすらもしないまま、ふたたびバンに乗り込んだのだった。

誰ひとりものを言おうとしない中、ポールが自ら運転席に着いた。アンジーが助手席に収まる。そして平坦な大草原をたっぷり一時間ほど走ってからルームミラーの角度を調節した。後ろの兄姉たちを見る。全員が視線を床に向け、ときおり手を伸ばしては自分の頭をなでていた。髪の毛がなくなると、彼らの造形が目を瞠《みは》るほどよく似ているのがよく分かった。鼻は幅広く、額《ひたい》は高く、目じりには皺が刻まれている。彼らはひとり残らず紛れもなくアンジーの家族であった。祖母の手で自分の腕に電話番号を書かれたあのとき以来初めて、アンジーはきっとなにもかも大丈夫だと感じた。


　次にアンジーが目を覚ますと、ダッシュボードの時計には八時二十分と表示されていた。小さく「PM」という文字が光るのを見て、わずかに心が沈む。ポールのほうに目を向けると、彼が手を伸ばして助手席のバイザーを下げ、ルームミラーを軽く叩いた。彼女が覗き込むと、ミラーには中列に座る兄姉の姿が映っていた。ベンチシートの幅が許すかぎり離れて座っている。リチャードが口を開きかけた。身のこなしが、極めて重大なことを言うぞと告げている。だが、開きかけた口を彼がまた閉ざした。続いて、ケントもまったく同じ動きをしてみせた。そしてアンジーが見つめていたそれからの二分間、ふたりはまったく同じことを六回も繰り返したのである。

「あの人たち、どのくらいああしてるの?」アンジーが小声で訊ねた。

「二十分くらいかな?　三十分かも」ポールが答えた。「やばいのかい?　僕にはやばく見えるけど」

「噴火するか収まるか。神のみぞ知る、よ」

バンはどこまでも進んでいく。大草原はどこまでも平らだ。ふと、リチャードがカメラを取り出してレンズをケントに向けた。

「もし俺の写真を撮ったら、そいつをぶっ壊してやるからな」

「落ち着けよ」

「あんたもぼろぼろにしてやる」ケントが言った。ゆっくりと兄のほうに首を向ける。リチャードは、カメラを膝に下ろした。指はシャッターに載せたままだ。

「なにか写真が嫌な理由でもあるのか?」リチャードが訊ねた。

「いくつかな」

「なんと、そいつを拝聴したいもんだ」

「くそくらえ」

「いやだね。僕は真面目に言ってるんだ。教えてくれ。時間は腐るほどある」

「そいつを置けよ」

「置くってなにをだ?」

「そいつを床に置けよ」ケントが命令した。バンは数キロほど走っていった。リチャードは首にかけていたストラップをはずすと、両足の間にカメラを置いた。「そいつは人の思い出の場所を撮るという事実が嫌だ」ケントが言った。そして、そこにまだ残っているのを確かめるように自分のあごひげに手を触れた。「そいつが人の歴史を記録する普遍的なツールになってるのが嫌だ。他の方法、特に日記や手記、手紙、それに肖像画でさえも、今や価値を失ってしまったじゃないか。今じゃあ写真を使うのがあまりに普遍的になってる……」

「その言葉、好きなんだな……」

「……あまりに普遍的になっちまったもんだから、今やなにかできごとや事件があったりしても、写真がないと証拠として認めてもらえないくらいだ。それだけじゃない。人ができごとで感じたものはカメラが写したもののせいで永遠に固められ、支配されてしまう。写真がなけりゃ、なかったことになっちまう。写真の中に自分が写ってないなら、そこにいなかったのも同じことだ」

「たわごとを。お前は……」

「最後まで言わせてくれよ」

「ご自由に」

「この資料依存症《ドキュメンティア》は今やすっかり肥大して、資料はもう現実を記録するよりも、作り出すほどになっている。今じゃ記憶がどれもこれも自分の外にある画像の中に記録されて、できごとはこの写真のとおりに起こったんだと歪んだ偏見を生み出している。俺たちはもう、観察者の国家に……観察者の種になっちまってるんだ。人生でいちばん重要なできごとの傍観者になる運命を負わされちまってるんだ。この偏見が今じゃあすっかりなんの疑問も持たれずに崇拝され、農奴制やカトリック教会なんかよりも強力な社会統制の道具になってるのさ」

「そこにカトリック主義を持ち込むかね、お前は」

「まだ終わってないぞ」

「すまん」

「人類文明の歴史を通して、記憶はずっと一時的な、うつろいやすいものだった。自分に失恋の痛手を負わせた少女もいずれ、十年前に一緒に過ごした少女でしかなくなる。さらに時間が経てばすっかり疎遠になった女に変わったりも、なんとあわや結婚直前まで漕ぎつけた女に変わったりもする。しかしこの写真画像の治世では、過去にはもうなんの柔軟性もありゃしない。人が身を置く現状に応じて、都合よく変化したりなんてしないんだ。

　今の俺たちはもうひとり残らず、自分自身の人生を撮影する撮影家なのさ。主役じゃない。監督でもない。脚本家ですらありゃしない！」

「うむ、実に興味深い話だが――」

「だが今話したような理由はどれひとつ取っても、俺があんたの写真だけではなく、あんたが普段している写真の扱いかたを心底嫌だと思うちゃんとした説明にはなってない」

「そうかい」リチャードが言った。車内は、おりしも雲間から漏れてきた夕陽のせいでピンクとオレンジに染め上げられていた。アンジーは不安になりはじめた。リチャードが両足の間からカメラを拾い上げようとするのを見て、その不安がいっそう高まる。

「俺があんたの写真を嫌だと思うのは、あんたが写真を盾代わりに使ってるからさ」ケントが言葉を続けた。「ちょうど今やろうとしてるみたいにな、リチャード。そいつを持ったりしたらポールに摑みかかって、この車を側溝に落としちまうぞ。絶対にだ」

「なんだと？」ポールが大声を出した。

「大丈夫」アンジーは声をかけたものの、本当に大丈夫なのか自信はなかった。リチャードが体の動きを止めた。カメラを取ろうとしていたのかどうかは、誰にも分からなかった。やがて、彼はカメラをはさんでいた両足を緩めると、シートの背に寄りかかった。

「ありがとう」ケントが言った。「あんたのカメラは、光や色は取り込んでもすべての感情を遮断する半透明の膜みたいなもんだ。純粋な感情が沸き起こる瞬間に出くわすたびに、あんたはその糞《くそ》カメラに手を伸ばす。そいつは携帯用の繭《まゆ》なんだ。なあ、兄さんよ。俺は父さんの葬式以来、あんたが真に心揺さぶる、まっすぐな、温かな瞬間を味わったことがないんじゃないかって疑ってるよ」

「私もこの子に賛成」アバが言った。リチャードは後ろの座席を振り向いた。そして、アバとルーシーがじっくりと耳をかたむけていたのに気付いたのだった。

「あなた、確かにそうだわ」ルーシーが言った。

「異議なし」アバが言った。

「最後にカメラを持たずに旅をして、どのくらい経つ？」アンジーが助手席から訊ねた。

「車を止めろ！」リチャードが叫んだ。

「意固地になっちゃだめ。私たち、助けようとしてるのよ」

「大人しく聞いてくれない？」

「バンを止めろ！　本気だぞ。止めるんだ。今すぐに。ポール、さっさと止めてくれ！」

「リチャード、じたばたしないで。怖がっちゃだめ」

「真実はアンフェアなものなの」

「右の前輪がバーストするんだよ！」リチャードが叫んだ。そして言い終わるやいなや、本当に前輪が破裂した。


ポールは必死にバンをコントロールしようとした。車体が反対車線に飛び出す。対向車がいたら衝突してしまうところだ。しかしポールは急ハンドルを切ったりはしなかった。ブレーキを踏もうともしなかった。バンのスピードが落ちるに任せて路肩を走らせたのだった。車が止まっても数秒ほどの間は誰ひとり動こうとはしなかったが、やがて全員がいっせいに車を降りた。最後に右の前輪のところへ行ったのはアンジーだった。ルーシーは手こそ触れようとはしなかったが、かがみ込んでタイヤをじっと観察していた。

「リチャード、あなたの予言って薄気味悪いわね」ルーシーが言った。

「ほんとに」

「心底ぞっとしたぜ」

「ホッケーの練習に行ったら脚を折るぞと言ってケントを止めたときのこと、憶えてる？」

「で、行ったら本当に俺が脚を折ったんだ！」

「言うことを聞かないからだろう」

「あんたのせいで俺がびくびくしたからかもしれない。じゃなきゃ、あんたが黙ってさえいりゃあ、あんなことにならなかったのかもしれない」

「おなかすいた」

「私も」

「あそこのお店、開いてると思う?」

「トラック・ストップだからな。まず開いてるさ」

「ひと休みしたいわ」

「大賛成」

「行こう、行こう」

「タイヤは誰が交換するんだ?」リチャードが訊ねた。

リチャードを残し、全員が舗装道路から歩き去っていった。自動車道とトラック・ストップを隔てて広がる小さな草地を歩きだす。誰ひとり、振り返ろうともしなかった。

「俺かよ!」リチャードが声を荒らげた。兄妹たちの中では、自分の予言のせいでタイヤがバーストしたことになっているのが分かるのだ。それに、バンのリヤハッチを開けてジャッキを見つけ出しながら、自分でもどこかで同じように思ったのだ。破裂したタイヤの横にかがみ込む。どこにどうジャッキを入れたらいいのか調べてみる。弟妹たちのほうを振り向く。

完璧な光景が見えた。全員が縦一列になって、低木や投げ捨てられたごみの合間を進んでいく。はっきりと、トラック・ストップに向かっていた。十八輪トラックが二台止まっているお陰で、どこからどこまでがトラック・ストップなのかが分かった。なにもかもが、紫とオレンジのライトに照らされていた。

　リチャードはバンの中に駆け込むとカメラを手に取った。ピントを合わせる。右に三歩動いて、かがみ、またピントを合わせる。シャッターボタンの上で指が止まる。

　リチャードはカメラを下ろした。野原を歩いていく弟妹たちの姿を見つめる。彼らがトラック・ストップに入ってしまうのを見届けてから、首にかけたストラップをはずした。カメラを地面に置く。そして置いたままでタイヤ交換を済ませた。みんなが食料を買い込み戻ってきて、アバがバンを発車させても、カメラはずっと置きっぱなしだった。


「なんてこった、まただぜ」ケントが言った。

　シートの中で体を起こし、自分たちを追い越していくマセラティを食い入るように見つめる。マセラティはすぐに、二台分ほども先行した。片方だけのテールランプが暗闇に光る。車体がぐんぐんと遠ざかり、ケントは兄をじっと見た。

「お前どうかしてるぞ」リチャードが言った。ハンドルから右手を離し、すっかり髪の刈られた頭をさすり、またハンドルを握る。バンのスピードを上げようとはしなかった。

「なんでいつも俺を信じてくれないんだよ？」ケントが言った。ダッシュボードを殴りつける。衝撃音が鳴り響いたが、アンジーが目を覚ましたのはそれに続く苦痛のうめき声のせいだった。彼女の目にも、同じ景色が映った。自分の肩を抱くポールの腕をほどきながら、ベンチシートの中で身を乗り出した。運転席と助手席の間から顔を出す。

「逃がさないで」アンジーが言う。「逃がしちゃだめよ」

「寝言を言ってるのか？」リチャードが訊ねた。

「ルーシーとアバと一緒に、前にも見たのよ」

「マニトバを走ってるときにね。出口ランプで脱輪しかけたとき！」

「オンタリオよ。まだオンタリオだったわ。でも間違いない」

「お前らまでどうかしちまったのか？」リチャードが訊ねた。

「おい、逃げられちまうぞ……」

リチャードは自動車道の前方に視線を向けた。片目のテールランプはもう見えなくなりかけている。彼は自分の頭を平手ではたいた。さらに三発叩く。「こんなこと、断じて馬鹿げてるが……」リチャードが言って、アクセルを踏み込む。エンジン音がまた高まり、加速する車体が揺れはじめる。その両方で、車内の全員が目を覚ました。

「なにがあったの？」

「どうしたの、このスピード？」

「リチャード、速度を落として！」

リチャードはさらにスピードを上げた。片目のテールランプとバンの距離が詰まる。やがてヘッドライトの中に、赤いスポーツカーが姿を見せた。

「マセラティだ」リチャードが言った。

「ほらな？」

「右のテールランプが切れてる」

「右だったか？　左じゃなかったか？　思い出せない」

「左よ」アンジーが言った。

「間違いないか？」

「間違いないわ。黙って！」

「今度はどうした？」リチャードが訊ねた。

「ハイビームにしてちょうだい」ルーシーが言った。

「もっと近づけ！」ケントが言った。

「逃がしちゃだめよ」アバが言った。

「今度こそね」アンジーが言った。

リチャードがハイビームに切り替えた。クラクションを鳴らす。だがマセラティはスピードを落とさなかった。止まろうとする様子も見せないのだ。リチャードは、スポーツカーとの車間距離をさらに詰めた。そして、バンパー同士の距離が数センチにまで詰まると、左車線に飛び出した。マセラティにバンを横付けする。スピードをぴったりとそろえる。ポールを除く車内の誰もが、助手席側の窓に詰めかけた。

全員で窓ガラスに顔を押しつける。目の周りを両手で覆う。バンはマセラティの隣を爆走する。

「どうなんだ？　どうなんだ？」リチャードが訊いた。

アンジーは車酔いに襲われると窓の外から視線をそらした。リチャードはルームミラー越しに、彼女と視線を合わせた。

「暗すぎるわ」彼女が言った。「はっきり見えない」

リチャードが路面に視線を戻す。ぎりぎりと歯を食いしばって目を細める。バンのスピードが上がりはじめる。アンジーはシートに座り直すとシートベルトを締めた。

「どうしたんだ？」ポールが彼女に訊ねた。

「シートベルトして」

「どうしたんだって訊いてるんだよ！」

「さっさと締めなさい！」

「分かった、分かったよ」ポールが答えた。彼女の言葉に従う。バンが車一台分マセラティの前に出る。さらに二台分、三台分、四台分。しかし五台分が開くのを待たずに、リチャードがハンドルを切りかけた。

「まだよ、リチャード」アンジーが叫んだ。「まだ近すぎる！」

リチャードは答えなかった。右に向けて急ハンドルを切る。乱暴にブレーキを踏む。アバとルーシーが床に投げ出された。ふたりの上にケントが倒れ込む。前後のタイヤが軋《きし》むのが、アンジーに聞こえた。タイヤがスリップするほどの勢いでバンが止まるのを感じる。彼女はぎゅっと目をつぶった。そして衝撃が収まるのを感じ、また瞼《まぶた》を開いた。

車内は静まり返っていた。誰も、身動きひとつしなかった。だが、やがていっせいに全員が車外に飛び出した。

バンは西に向かう車線を四十五度の角度でふさいでいた。ヘッドライトはつきっぱなしだ。その光に、もうもうと舞い上がる土埃が浮かび上がっていた。兄妹とポールは道路の中央線に集まり、マセラティをじっと見つめた。二台の車の距離は、六センチと離れていない。辺りにはまだ、焦げたゴムの臭いが漂っていた。誰もマセラティに近づこうとはしなかった。マセラティのエンジンは、まだ動いていた。ドライバーは運転席から動かない。兄妹のところからは、顔が見えなかった。ウィアード兄妹はしばらく誰も口を開かなかった——だが、とつぜんいっせいに叫びはじめた。

「車を降りろ！」

「さあ早く！」

「その糞車から降りやがれ！」

「顔を見せなさいよ！」

「早く！　今すぐ！」

運転席のドアが開きはじめた。シルエットになった片足が地面を踏む。運転手はドアに掴まりながら降りてくると、そこに立ち尽くした。

「見えないわよ！」

「ライトを消しなさい！」

「早く消して！」

「顔を見せるのよ！」

「さあ！」アンジーが叫んだ。「さっさとして！」

ドライバーは急いで車内に手を伸ばした。ヘッドライトを消す。兄妹の目の前に、ひどく背の低い怯えた様子の男が現れた。

「なんの用だよ？」男が訊ねた。声が震えている。男は両手を上げた。

ケントが最初にその場を立ち去った。ルーシーとリチャードが彼に続く。アンジーとポールだけが後に残った。ふたりは中央線をまたいで立っていた。ポールが両手をアンジーの肩にかけた。彼女の体をバンのほうに向ける。中ほどまでバンに向かったところで、彼女が立ち止まった。振り向けばそのドライバーは、まだ両手を上げたままだった。

「左のテールランプが切れてるわよ」彼女が言った。

その後、ロッキー山脈を抜けてブリティッシュ・コロンビア州へと入る、カナダでもっとも麗しい眺望の中を車はひた走ったが、ひとりも口をきく者はいなかった。誰もが会話をすることも、自分の考えを語ることも、明るい気持ちを抱くこともないまま、旅は続いていた。そして全員が、まるで景色を見張っていなくてはならないとでもいうかのように、自分の隣にある四角い窓の外を見つめ続けていたのだった。やがて、カムループスの郊外を離れたバンは、一枚の道路標識を通り過ぎた。そこにはこう書いてあった。

バンクーバーまで三百五十二キロ

「今何時？」ルーシーが、ハンドルを握ったまま訊ねた。彼女の声が、沈黙が流れていたことなど誰にも気付かせないかのように、完璧にそれを打ち破った。

「時計には七時四十一分って出てるわね」アンジーがダッシュボードを指差して言った。

「それは三つ前のタイム・ゾーンの話でしょう！」

「てことは……四時四十一分？」

「四時四十二分ね」

「てことは、時速百二十キロで走り続けると……」

「百四十キロにしよう」

「速度規制なんて負け犬の言い訳だぜ！」

「いいか、ケント？　そこだよ。だから誰もお前に運転させたくないんだ」

「渋滞があったらどうするの？」

「バンクーバーは渋滞とは無縁さ」

「なんの話をしてるの？」

「標識があったのよ。だいたいあと三百五十キロくらいだって」

「今はあと三百五十一キロだな」

「時間どのくらいかかる？」

「ぎりぎりってとこ」

「超ぎりぎりだ」

「もしかしたら間に合わないかも」

「でも間に合うわ」アバが言った。「飛ばせばね！」

「賛成」ルーシーが言った。彼女がバンのスピードを上げる。止まりたくはなかったが、燃料計の針はすでにEの下を指していた。次に見つけたガソリンスタンドに、しぶしぶ車を止める。ルーシーは運転席から飛び降りて給油を始めた。リチャード、アバ、ケントの三人は店内に食料を調達しに行った。ポールがシートベルトをはずしてドアを開けたが、アンジーは彼の手を取って握りしめた。強く。

「トイレに行きたいんだよ」彼が言った。

「ちょっとだけだから」

「もれるよ」

「大事なことなの」アンジーはそう言うとふたりの手を見つめ、それから彼の顔に視線を上げた。

「後でじゃだめなのかい？」

「聞いて、私たちには理論があるの……」

「私たちって？」

「私たちよ。家族のこと」

「どんな理論？」

「蛇と鮫の理論っていうんだけど。ケントが作ったのよ。本当はけっこう複雑な理論なんだけど、要点をかいつまんで言うとしたら、この世界で悪事を働く人にはふたつのタイプがあるっていうことなの……」

「それが蛇と鮫ってわけかい？」

「そのとおり。鮫というのは生まれついての悪人のこと。ただ悪事を働きながら世界を渡り歩く。でも、そういうものなの。それがその人たちの性分なんだから。でも蛇は違う。この人たちは自分では悪事を働かず、他の人たちに働かせるのよ」

「なんで僕にその話を?」

「私たちは小さな子供だったころから、いったいどっちのほうが悪いのかを議論してるんだけど、どうしてもはっきりとした答えに辿《たど》り着けないのよ。生まれついての悪だから鮫のほうが悪いのか。それとも、腐敗をまねき、人びとの中に悪をもたらす蛇のほうが悪いのか。だけどある意味、蛇はなにに対しても罪を負ってはいないのよ。せいぜい、人がもともと望んでいたとおりにするよう、その気にさせるくらいなんだから」

「トイレに行かせてくれよ」

「分かってる」

「すぐ戻るから」

「うん、分かってる」アンジーが答えた。握りしめていた彼の両手を放す。

駐車場を中ほどまで歩いたところで、ポールは足を止めた。背後を振り返る。アンジーが手を振った。彼女が大きな笑みを浮かべる。ポールが男性用トイレのドアの中に姿を消すまで、アンジーは見送った。

ビニール包装されたサンドイッチをいくつも持って、アバ、ケント、リチャードがバンに戻ってきた。ルーシーがガソリン代を払っている間に、アンジーが運転席に乗り込む。彼女がエンジンをかけた。ルーシーがシートベルトを締め終わるのを待ってからギアを入れ、バンを自動車道に出す。ガソリンスタンドを出発して十七分が過ぎるまで、助手席が空っぽであることに誰ひとり気付かなかった。

「ポールはどこ？」ルーシーが訊ねた。

「ウィアード家の人じゃないし」アンジーは言った。

「みたいなものよ」ルーシーが答えた。「だって、そうでしょう」

アンジーは、ルーシーの顔が見えるようにミラーを調節した。しばらくの間、ふたりは見つめ合った。やがてルーシーがうなずいてうつむくと、アンジーは誰にも自分の顔が見えないようにミラーを傾けた。


助手席を空けたまま、アンジーはできる限りバンを飛ばした。ダッシュボードの時計は、あえて見ない。しかしようやく目をやると、青いデジタルの数字は午後八時三十七分を告げていた。長い長いため息が口からもれる。彼女はスピードを落とし、バンを止めた。

タイヤの下で砂利が音を立て、バンが路肩に停止する。アンジーはエンジンをかけたまま、ギアをパーキングに入れた。「この時計、合ってるの？」彼女が訊ねる。

「あいにくね」リチャードがうなずいた。「三時間進んではいるが、ああ、ちゃんと合ってるとも」

「で、バンクーバーまであとどのくらいあるの？」ケントが訊ねた。

「今のスピードでかい？」アバが訊ねた。

「それとも、もっと飛ばしたら？」

「だいたい二時間半ってとこ」ルーシーは答えた。「このくらい飛ばしてね。私たちには、それで限界」

「残り時間はどのくらい？」

「二時間二分」

「二時間一分」

「分かった」アンジーがうなずいた。エンジンを切り、キーを抜く。

「間に合うって！」アバが叫んだ。

「間に合う希望を抱いてるだけでしょ！」アンジーが叫び返した。「非現実的なこと言わないで。あなた、呪いのせいでそう言ってるだけよ！」

一台の十八輪トラックが通り過ぎた。バンの車体がかすかに震えた。アンジーが車から降りる。路肩に立つ。なにか黒い鳥が一羽、遙か頭上を飛んでいた。鳥が宙でぴたりと止まると両翼を畳み、ものすごい速度でとつぜん急降下を始めた。アンジーには、やってみるだけの価値があるのだと分かっていた。助手席のドアを開けてシートに着くと、ケントのほうを見つめながら鍵束を揺らしてみせる。

「やめてよ」ルーシーが言った。

「死ぬくらいなら呪われてたほうがましだ」リチャードが言った。

「本気で？」アバが彼の顔を見た。

「こんなの最悪よ」

「じゃあ、もっといい考え、誰かあるの？」

「どうした？」ケントはようやく自分が議論の的になっていることに気付いて訊ねた。

「ケント」アンジーがそう言って、鍵束をケントに投げた。惜しいところで受け取りそこねると、ケントはかがみ込んでそれを床から拾い上げた。アンジーは、彼が体を起こすのを待ってから訊ねた。「どうするか、あなたが決めて」

「やるやる！　もちろんやるぜ！　どんとこい！」ケントが叫んだ。座席の合間を這《は》うようにして、運転席に辿り着く。シートとミラーを自分に合わせる。アンジーはシートベルトを締めた。ケントが自動車道に車を出すと、全員が手近なものにしがみついた。ケントは、まるで自分がまだ高校のチームでパスの機会をつけ狙う補欠のクオーターバックででもあるかのように、車を飛ばした。空きそうな隙間を車列に見つけると、そこに向けてハンドルを切っていく。アンジーは縮み上がった。なにせ周囲に見えるのはピックアップ・トラックやミニバンばかりなのだ。

「ケント……」

「ちょっと落ち着け」

「ケント！」

「大丈夫、心配するなって。大丈夫だから」

　何度も何度も他の車に前後のバンパーをかすらせかけているうちに、アンジーはどうにかなりそうになってきた。シートベルトは腹の上と下、どちらにかけるべきだったろう？　どちらも間違っているように思えた。ポールなら知っているはずなのに。

「きゃあ、ケント！」アンジーが叫んだ。「危ない。今のはほんとに危なかった」

「心配すんなって」ケントはそう言うと、ぱっと彼女の顔を見た。そのまなざしには自信があふれていた。彼女が知る、かつての弟の顔だ。「ちょっとだけ目をつぶってたらどうだ？」彼が言った。アンジーは、言われたとおりに目を閉じた。バンが右に左にスリップする。車体は揺れ続けたが、彼女はそれが怖くなくなっていった。やがて、自分たちがまるでボートに、小さな救命ボートのようなものに乗っているような気持ちになった。揺れる車体がまるで揺りかごのように彼女を落ち着かせ、眠りに誘《いざな》っていった。

周囲が静まっている違和感に、アンジーは目覚めた。瞼を開くと、まず停止信号が目に飛び込んできた。赤い光。そして彼女は、自分たちが市街地の交差点で止まっているのに気がついた。

「もうバンクーバーなの？　着いたの？」アンジーが訊ねた。

「もう近いわ！」アバが言った。

「そんなに近くない」ルーシーが言った。

「じゅうぶん近いだろ」ケントが言った。

信号が青に変わった。ケントがアクセルペダルを踏み込み、全員の体がシートの背に押しつけられた。「あと八分」アバが言った。ルーシーが病院の建つ方角を指差した。ケントがタクシーの行く手をふさぐ。飛ばしているミキサー車の前で左にハンドルを切る。点滅する横断歩道の信号を無視する。黄色信号を突っきる。そしてついにバンは、バンクーバー総合病院のまん前に到着したのだった。

「どこに止めればいいんだ？」彼が怒鳴った。

「六分」アバが言った。

「あそこに止めろ……」リチャードが言った。

「あれ、障害者用のパーキングロットよ」

「レッカー移動されちゃう！」

「大丈夫、大丈夫だ」ケントはそう言うと、意外なほどにそっと車をそこに入れた。すべてのドアがいっせいに開く。全員が一目散に病院へと走っていく。

「五分」

「急げ！　急げ！」

リチャードも、ルーシーも、アバも、そしてケントも背後を振り返らずに、入り口の自動ドアを目指した。アンジーを駐車場のただ中に置き去りにしたまま、四人が中に駆け込んでいく。彼女は即座に兄妹たちを許しながら走りだした。ロビーに到着しても、兄妹たちの姿はどこにも見当たらない。エレベーターの上昇ボタンを押す。ドアはすぐに開いた。中は静まり返っていた。エレベーターが二階で止まった。誰も乗ってこない。ドアが閉まる。そして次にドアが開くと、アンジーは四階で降りた。

右手のドアに「十二番階段」と表示されていた。その向こうから、雪崩《なだれ》のように駆け上がってくるいくつもの足音が聞こえた。ドアが勢いよく開き、彼らがどっと駆け込んでくる。

「あと一分！」アバが叫んだ。

「アンジー！」

「こっちよ」アンジーが言った。エレベーターの横に車椅子がひとつ置かれていた。リチャードがそれにアンジーを座らせる。そして車椅子を押しながら、兄妹たちと共に廊下を走っていった。

「あと三十秒」

「どっちに行けばいい？」

「右に曲がって。すぐそこよ」

アンジーは、車椅子の肘掛けにしがみついた。高齢者や面会者の中を駆け抜けていく。一行はとにかく全速力で走り続けた。

「もっと急いで！」

「あっちよ！」

「あと二十秒！」

四－二〇六号室のドアが見えてきた。リチャードは肩で息をしている。アンジーとルーシーは滝のような汗を顔に流している。彼らは足を止めずに走り続けた。さらにスピードを上げる。

「五……四……三……」

ケントは一歩先行していた。開いたドアに向けて、彼が手を伸ばす。

「二……一……！」アバがそう言うと、兄妹は二秒遅れでドアをくぐって祖母の病室へとなだれ込んだ。

「**遅刻だよ！**」シャークの声が響いた。

それが彼女が口にした最後の言葉になった。白目を剝《む》き、体の力がぐったりと抜ける。室内の灯りが薄暗くなった。テレビの受信が途切れた。彼女は仰向けに、ベッドの上に崩れ落ちた。機械が高い警告音を発しだした。シャークの胸は大きく膨らんだまま、しぼもうとしなかった。やがて、そこから赤い光の矢がゆっくりと立ちのぼりはじめた。矢は天井に向けて伸びていった。そして、彼女の心臓の上に浮いたまま、ひとりでにぐるぐるととぐろを巻いた。まるで蛇の頭のようなその先端が左右に動いて様子を探るのを見て、リチャードが前に歩み出た。

「僕だよ」彼が口を開く。そして、背後にいる弟と妹たちのほうを振り向いた。「もしこれでだめなら、お前たちは走って逃げるんだ」

リチャードは、すでに自分に向かってきている光の矢に向き直った。矢が胸に命中する。彼はうめき声をもらして膝から崩れ落ちた。そして、心臓を両手で押さえると床に倒れてしまったのだった。

ケント、ルーシー、アバの三人は、廊下に向けて駆けだした。だが、アバは間に合わなかった。リチャードの背中まで突き抜けた光の矢が、彼女の踵《かかと》を捕らえたのだ。彼女の脚に光が巻きつく。そして、腹まですっかりぐるぐる巻きにしてしまった。顔を光に覆われ、彼女は床に倒れ込んだ。

光の矢が廊下に飛び出した。ルーシーが左に曲がる。だが、矢はやすやすと彼女に追いついた。まっすぐにルーシーの体を貫く。そして中でくるりと向きを変えると、もう一度彼女を貫いた。光の矢は、あたかもボタンをシャツに縫いつけるかのごとく、ルーシーを六回も貫いたのだった。彼女が前のめりにくずおれる。体を支えようと両手を伸ばすこともできずに。

ケントは右に曲がっていた。振り向けば、矢が自分に向かってくるところだ。みるみる近づいてきているのが分かる。彼は廊下の端で立ち止まった。振り向き、真正面から矢を睨《にら》む。

「こっちに来るんじゃねえ！」ケントが怒鳴った。光の矢が、彼の喉を貫いた。ケントは両手の指を開いたまま、爪先で踏ん張った。そして、まだ磨いたばかりの床に倒れた。

光の矢が向きを変える。ゆっくりと宙を漂っていく。アンジーが廊下に出てきた。彼女の正面に矢が止まる。矢は、錆《さ》びたような赤やルビーの赤まで、あらゆる赤みを帯びて輝いている。アンジーが両手を上げ、手のひらを広げてみせた。

「赤ちゃんにはなにもしないで」アンジーが言った。矢が彼女に突き刺さった。

第 4 部

愛のモーテル

W

ポーレットは靴をはかずに両手に持っていた。アンジーは深々と息を吸い込んだ。ふたりは玄関ホールを挟んで両端に立っていた。ポーレットが手首をひねり、小さなピンクのスニーカーの爪先をまっすぐに自分の母親に向けた。アンジーは、九時までに保育園に到着するつもりでいた。だが、今はもう十時になるところだ。ポーレットの右手から靴が落ちた。中古カーペットの上でバウンドする。アンジーは、娘と目の高さが同じになるようかがみ込んだ。

「さあ、いい子ね。もうお靴をはきはきする時間よ」

「やだ」

「だめよ。はきなさい」

「やだってば！」

「ポーレット・アニー・ウィアード＝ウォーターフィールド！　早くお靴をはきなさい！」

「やだよ！」

「さあ！」アンジーが怒鳴った。そして、すぐに怒鳴ったことを後悔した。

「だけ……ど……ママ……新しいお靴買ってくれるって……言ったもん！」

「買ってあげる。約束する。明日ね。今日はもう遅刻してるのよ。とにかく、保育園に行かなくっちゃ」

「ママと……一緒に……いた……い……のおおお」

「もう、困らせないで。さあ、お靴をはきはきしましょ。ね？」

「やだ！」ポーレットが叫んだ。もう片方の靴も投げ出す。カーペットに靴が落ちる。ふたつの靴底に埋め込まれた電球が光りだした。

「分かった」アンジーが言った。「じゃあ、私がはかせてあげる」

立ち上がりながら、靴を片方床から拾い上げる。ポーレットを膝に乗せて座り込み、小さな足を小さな靴に押し込もうとがんばる。だがポーレットは脚を爪先までぴんと伸ばし、どうしても靴をはかせることができないように抗《あらが》った。

「新しい靴がいい！　新しい靴がいい！　新しい靴がいい！」ポーレットが叫ぶ。

「もういい！」アンジーも叫んだ。靴を放り出す。娘がしたのとまったく同じように。靴がカーペットに落ちる。色つきの電球が、またぴかぴかと光を放った。

アンジーにとって、母親を務めるのはあらゆる意味で大変なことだった。いちばんきついのは、夜泣きでも、睡眠不足でも、子供がしょっちゅう風邪をひくことでもなく、そしてどうしても落ちてくれない九キロの体重でもなかった。来る日も来る日も、アンジー自身が持つ最悪の性質を娘があれこれと再現してみせることである。これが、アンジーには許すことができなかった。

アンジーからの恩寵を受けることができずにいるのは、ポーレットだけではなかった。この朝もアンジーは、テーブルの上にシリアルのボウルを置きっぱなしにしたポールのことが許せなかった。彼が娘の健康手帳を紛失したのもまだ許せずにいた。一家がアパートの地階にしか住めないほど彼の稼ぎが悪いのも許せなかった。それに、自分の兄姉たちがなにもせず眠り続けているのも許せなかった――意識不明と言い換えてもいいが、とにかく彼らはずっとそんなありさまなのである。彼女は、もはや愛しているかも分からない男と一緒に暮らさざるをえなくした、彼らのことが許せなかった。そして、特に気に入っているわけでもない街で娘を育てなくてはならなくしたことも。アンジーは、兄姉たちが自分から人生を奪い去り、なにもかも自分に押しつけたことが許せなかった。

アンジーが最後に誰かのなにかを許してから、かれこれ三年が経とうとしていた。

「ママ……新しい……靴を……買うって……言った……もん！」

「泣き虫にならないの」アンジーが言った。

「でも……約束し……たもん」ポーレットが洟《はな》をすすりながら言った。「ママ、約束したもん」

「憶えてるわよ。買いに行く。本当よ」

アンジーが呼吸を整えようとしていると、電話のベルが鳴り響いた。

「やれやれ、助かった」アンジーはつぶやいた。

受話器はキッチンで見つかった。充電器からはずれている。そんなことをしたポールを、彼女は許せなかった。ディスプレイには、バンクーバー総合病院と表示されている。「もしもし？」アンジーは電話に出た。耳をすます。受話器を強く握りしめる。「ええ、できるだけ急いでそちらに伺います」そう答え、慌てて玄関ホールに戻る。ポーレットは、ひとりで鼻歌を唄《うた》っているところだった。両足とも靴をはいている。だがアンジーには、最初に頼んだときにそうしてくれなかったことが許せなかった。


ルーシーは瞼《まぶた》を開けた。病院の天井を床と思い込み、思わず両手を伸ばしてぎゅっと目を閉じ、顔を横に背ける。たっぷり一秒が過ぎてから、自分が落下しないことに気付いた。また瞼を開く。まだ伸ばしたままの両腕を見て、肘の内側に点滴の針がテープで留められているのに気がついた。

体を起こすと肩まで伸びた髪が顔に落ちてきたが、彼女はろくろく気にも留めなかった。両耳の裏に押し込むように髪の毛をかける。肘の内側に貼られた透明のプラスチック・テープを指でつまむ。肌からそれを剝《は》がす。腕から針を引き抜く。それから、彼女は視線を上げた。病室には、他に三床のベッドが置かれていた。右側にはアバがいた。リチャードとケントが部屋の向こう側に寝ている。三人とも眠っているようだし、彼女はとりあえずひどい喉の渇きをなんとかしようと思い立った。

ベッドから這《は》い出ると、あらゆる筋肉が痛んだ。脚が強ばっている。彼女は小刻みな足取りで病室を歩いていった。どうか洗面所でありますようにと思いながらドアに手をかけると、鍵がかかっていた。あらん限りの力を込めて、しかし弱々しくノックする。

「もしもし？」ルーシーが言った。声帯からは、ほとんど声ともつかぬ音がもれるだけだった。返事はない。彼女はふらふらと病室を出た。廊下には誰も見当たらなかった。突き当たりまで行き、右に曲がる。すると、ひとりの清掃スタッフが見えた。

「飲み物が欲しいんです」ルーシーが言った。

「失礼？」清掃スタッフが答えた。彼が一歩彼女に近づく。

「水が飲みたいのよ！」

「そこを曲がると、すぐ左に給湯室があるよ」

ルーシーは、必死の足取りでそちらに急いだ。清掃スタッフが後をついてきた。彼女は断りもせずに戸棚を開けるとコーヒー・マグを取り出し、水道の蛇口《じゃぐち》をひねった。水が冷たくなるまでなど、とても待てない。マグに水を注ぐ。あっという間に飲み干す。あごを水が伝う。彼女はまたマグを水で満たすと、それも飲み干した。また水を注ぐ。そして五杯目を飲み干してからようやく、自分が方向を訊かなければそこに辿《たど》り着けなかったことに思い至ったのだった。

リチャードはベッドの上に体を起こし、腕に刺さった針に目をやった。針を留めたテープに人差し指を滑らせる。針から背の高いスチール製の点滴スタンドへと続く透明なチューブを視線で追う。そして今度は針に向けて、チューブを逆になぞる。肩まで伸びた髪が顔にかかった。彼は無造作にそれを目の前から払った。肘の内側を見つめる。そこに刺さった針をじっと見る。そのまま、しばらく彼は眺め続けた。果たしてこの針は、抜いてしまっても大丈夫なのだろうか？

そう思うと、今まで出したことのないような大きな笑い声があふれてきた。

アバは目を覚ますと、その瞬間に、自分が驚くほど身軽になっているのを感じた。室内を見回し、真向かいに置かれたベッドにリチャードがいるのを見てほんのすこしだけ驚く。彼はなにも言わなかったが、彼女がなにか言葉を口にするのを待っているかのように、身を乗り出していた。

アバはじっと黙っていた。兄を失望させませんようにと、希望を抱く。しかしこの希望はほとんど即座に消し飛んでしまった。そんなことは、アバにとって初めてだった。そして彼女は気付いたのだった。今や自分が感じなくなったあの信じがたいほどの重荷とは、それまでずっと降ろすことができずに来た無数の希望の寄せ集めだったのだと。

「希望は不安の双子、か」アバは、細く弱々しい声で言った。「どちらも役立たずね」


ケントが目を開いた。病室のまん中で唄い踊るアバとリチャードの姿が見えた。ドアを解錠する音が聞こえ、続いてひとりのナースが洗面所から飛び出してきた。それと同時に清掃スタッフをひとり後ろに従えたルーシーが、スキップで病室に入ってきた。さっきのナースが医師を探しに廊下へと飛び出していった。ルーシーが、アバとリチャードの輪に加わる。ケントはベッドに留《とど》まっていた。自分の両手を見下ろす。両手は堅く握られていた。彼は、しばらくそれをじっと見つめていた。やがてケントは拳を解くとシーツの上にぺたりと手のひらを広げ、清掃スタッフの大きな顔に視線を上げた。

「来てくれてありがとう」ケントが言った。

「大丈夫ですか?」

「俺たちの世話は、さぞかし大変だったろう。兄妹を代表して、手を尽くしてくれたスタッフに礼を言うよ」

「それはどうも」

「すごくいい気分なんだ。そりゃあ、体はぎくしゃくするけどね。でも全体としちゃあ、なんていうか、どう言葉にすりゃあいいんだ?」ケントは言葉を止めた。目から髪を払うと、透明なプラスチック・テープを剝がしにかかった。

「そのままにしておいてください……」

「だいじょぶだって。ご心配ありがとうな。でも俺はついに自分を見つけたんだ、どう言葉にすりゃあいい？　たぶん生まれて初めて、誰かに認めてもらえなくても自分は自分だと思えたんだ」ケントが言った。テープを剝がし、腕に刺さった針を抜く。ベッドから抜け出した彼は小刻みな足取りで、踊っている兄姉たちに向かっていった。ルーシーとリチャードが取り合っていた手を離し、ケントを輪に加える。

「シャークめ、本当にやってくれたぞ！」

「自由なのね！」

「みんな自由だ！」

「ざまあみろ、全員自由だぜ！」

「ざまあみろ、全員自由だぜ」四人は唄い出した。しわがれた、調子っぱずれの声で。「ざまあみろ、全員自由だぜ！」


アンジーは病室を訪れ、兄姉たちがひどいダンスを踊ったりひどい歌を唄ったりするのをやめようとしないのを見て、許せない気持ちになった。身につけた緑色のガウンは背中側がすっかりはだけており、そのため、彼らが踊り回るとむき出しになった尻が、最低ひとつは彼女の目の前で揺れるのだった。アンジーはその輪には加わらず、ドアの横に突っ立っていた。しばらく時間が過ぎた。

「アンジー！」ようやくリチャードが大声で言った。

「ちょっと！　なんでまだ腕にあの電話番号が残ってるのよ！」

「そこにいたのか！」

「ええ」アンジーが言った。ケントのベッドに腰かける。「ここにいるわよ」

四人が握っていた手を離した。小さな歩幅で歩いてくる。アンジーはベッドに座り続けていた。四人が彼女に歩み寄るよりも先に、医師が病室にやってきた。白衣姿の医師は険しい顔で、ひとりひとりを診察した。ペンライトで瞳を覗き込み、聴診器を胸に当てる。そして、筋肉と脳に残る恒久的損傷について話をした。四人は、それを次々に笑い飛ばした。

「でも元気なんだもん！」ルーシーが言った。

「元気どころじゃないぞ！　最高だ！」リチャードが言った。

「過去最高の気分だよ」ケントが言った。「過去最高！」

「ほら、このとおり」アバがそう言って、くるりと回ってみせた。見守っていた兄妹たちまで回転する。

「なるほど。お元気だと認めざるをえませんな」医師はうなずいて、ペンライトをポケットに戻した。クリップボードになにか書きとめる。そして廊下に右足を踏み出したとき、リチャードが呼び止めた。

「どのくらい眠っていたのか聞いてなかったな」リチャードが言った。

医師は右の爪先で床を三度鳴らすと、病室を振り向いた。「二年半以上です」そう言って、クリップボードに留めた紙をぱらぱらとめくる。「皆さんが昏睡していた期間は……二年と、八ヶ月と、二十七日間ですね、正確に言うと」

リチャード、アバ、ルーシー、ケントの四人は、医師を見つめた。次に互いに顔を見合わせる。そして四人で大笑いを始めた。いっせいに、声をそろえて笑いはじめたのだった。

六十分後、ウィアード家の五人兄妹は祖母の墓標の前に立っていた。

「こんなに字を刻まなくても」リチャードが言った。

「ほとんど読めないじゃない」アバが言った。

「本人の名前すら刻んでない」ルーシーが言った。

「生没の日付もだ！」ケントが言った。

「なんか意味があるんだろうか？」

「意味なんかないわよ」アバが言った。「ばかばかしいだけ。人生みたいにね」

「馬鹿なこと言わないで！　これは、人生にはどうしようもないことだって起こるんだと受け入れる勇気を持ちなさいって意味よ。そこには意味があるんだって！」アンジーが言った。

兄妹たちは、そこにあの大声を聞いた気がした。アンジーを見つめ、それから互いに顔を見合わせる。

「シャークがなに考えてたのか、よく分かってるみたいね」ルーシーが言った。

「みたいだな」リチャードが言った。

「ところで赤ちゃんはどこだ？」ケントが訊ねた。

「やっとなの！　二時間もかかって、ようやく訊いてくれるの！」

「いいから、それどこにいるのよ？」アバは訊ねた。

「それじゃなくて女の子よ。ポーレット。保育園にいるわ。ポールが迎えに行ってくれてるところ」

「あなたたちなら、うまくいくと信じてたわ！」

「期待しないで。あんまりうまくいってないんだから」

「アンジー」リチャードが言った。「どうやら、なんだか気分がよくないみたいだね」

「あと怒ってる」

「ちょっと悲しそう」

「まるでシャークが乗り移ったような話しぶりだ」

「あのあとどうなったか聞かせてくれよ」

「あのあとどうなったか？」アンジーが反復した。何歩か後ずさる。

「あの光の矢が僕たちを射貫いて、それから……？」

「私にも刺さった」

「中に残ったの？　それとも突き抜けたの？」

「中に残ったの」アンジーはうなずいた。「そして、私の中で消えた」

「そういうことか」リチャードが言った。アンジーはさらに一歩下がった。兄姉たちが彼女のほうに足を踏み出した。そして視線を交わし合ってから、彼女に飛びかかった。アンジーは不意を突かれて背中から倒れた。アバが彼女の両足を押さえる。リチャードが右腕を、ケントが左腕を押さえつけた。ルーシーは彼女のかたわらにかがみ込み、鼻先が付くほど顔を近づけた。

「妹を返しなさい！」ルーシーが大声で叫んだ。

「返せ！　あいつを返してくれ！」

「あんたは自分の人生を生きたでしょ！　逝《い》くって決めたんでしょ！」

「その体から出ろよ、この超常ばばあ！」

「やめて！　やめて！　や・め・て！」アンジーが怒鳴った。「私はシャークなんかじゃないったら！」

「証拠は？」ルーシーが語気を強めた。誰ひとり、手を緩めようとはしない。

「ルーシー、あなたがトイレに流したコンドーム、いつも逆流してきてたわよ。ケント、いつだったかあんたがうんちをもらしたパンツを裏庭に埋めるのを手伝ったことがあったわね。それからリチャード……」

「分かった、分かった。もう十分だ」リチャードが遮った。

「待って。リチャードがなにしたのか知りたい」

「私も」

「リチャードがどうした？」

「おいおい、そんなことより大事な話があるだろ？」リチャードが訊ねた。

「確かにそのとおり」アンジーが答えた。

「教えて」

「すごい話よ」

「いいから言うんだ」

「オーケー」アンジーが言った。兄姉が手を離し、彼女が立ち上がる。彼女はコートについた草を払った。ようやくすっかりそれが落ちても、彼女はもうすこしコートをはたき続けてから、兄姉たちの顔を見た。「あの矢は、私の中に入ってきてからなにか言ったの」

「僕のときもそうだったぞ」リチャードが囁いた。

「私もよ」ルーシーが言った。

「俺もだ」ケントが言った。

「私も」アバがうなずいた。「話しかけてきた」

「お前たち、なにを言われた？」リチャードが訊ねた。

「悪いことよ。じゃなかった？」

「そのとおり」アンジーは答えた。

「じゃあ、さっさと片づけちまおう！」ケントが叫んだ。

「あの人、父さんがどこにいるか知ってるって言ってた」

「死体の在処《ありか》っていうことかい？」リチャードが訊ねた。

「違う」

「というのは……」

「そういうこと」

「生きてるの？」

「死んだふりしてたの？」

「そうよ」アンジーは言った。自分の足を見つめ、踵《かかと》を打ち鳴らす。

「で、どこにいるの？」アバが訊ねた。

「シドニーに家を買ったんだって」

「オーストラリアの？」

「ノバスコシア州のよ。サンプソン・アヴェニュー九八番」

「会いに行ってみた？」

「元気にしてるの？」

「なにか言ってた？」

「まだ行ってない」

「なんで？」

「行けばいいのに！」

「なんだか」アンジーはそう言うと、大きく息をついてから先を続けた。「家族としてそうすべきなんじゃないかっていう気がしたのよ」

「言いたいことは分かる」リチャードが言った。

「分かったよ」ケントが言った。

「私もそう思うわ」ルーシーが言った。

「父さんは、まだそこにいるの？」アバが訊ねた。

「さあ、死んじゃったからシャークの記憶は二年半そこら前で終わってるのよ」アンジーは答えた。「でもその当時は、そこに住んでたって断言できるわ」

「なんてこった」ケントが言った。それ以上、誰もなにも言わなかった。スピードを出して往来する、自動車の音が聞こえていた。

「もうお墓参りは済んだ？」アンジーは訊ねた。

兄妹は、祖母の墓標から一歩下がった。もう一度碑文を読み返す。そしてリチャード、ルーシー、アバ、アンジー、ケントは縦に一列になり、墓地を歩いて出ていった。自分たちが生まれた順に並んでいることに、誰ひとり気付かないままで。

その夜、ウィアード兄妹は五人そろってひとつ屋根の下に眠り、ポールとアンジーは同じベッドに入った。どちらもこの二年と八ヶ月二十七日間、ずっとなかったことであった。

アンジーとポールはめいっぱい距離を取るようにして、マットの両端で体を横向きにして寝転がった。アンジーは、どうしても眠りに落ちることができなかった。「みんな、私にも一緒に来てほしいみたい」彼女が言った。ポールは長い間黙りこくっていたが、やがて返事をよこした。

「だろうね」彼が言う。

「朝になったら出発だそうよ」

「君も行くべきだと思うよ」

「それはどうも」

「なんだよ?」

「とても心強い言葉だわ」

「だって、そうするべきじゃないか」

「私が行っても大丈夫と思うの？」

「無理なのかい？」

「声大きいわよ」

「行けない理由があるの？」

「ポーレットを置いてけるとでも思ってるの？」

「アンジー」ポールが言った。体を起こす。電気をつけようとはしなかった。「そのまま帰って来られなくなるわけじゃないんだし……」

「本気で？」

「帰れないのかい？」

「そういう計画じゃないけど」

「ポーレットと僕のことなら大丈夫だよ」

「分かってる」アンジーは答えると、ごろりと仰向けになった。

「そのことじゃあないなら、いったいなにが引っかかるんだい？」ポールが訊ねた。彼女の手を取ろうとして、自分の手を伸ばす。その手が、彼女の胸に触れた。彼は、そのまま載せておくことにした。

「行ったら、自分が変わっちゃうから」彼女は返事をした。

「どうして？」

「どっちにしてもよ」

「お父さんに会っても会わなくてもってこと?」

「そう」

「そして、いずれにしろそのせいで君はここから離れなくちゃいけなくなると思ってるんだね? ポーレットじゃなく、僕からってことだよ?」

「あなたはそれが不安じゃないの?」

「そうだなあ」ポールはそう言って、先ほどの手をどかした。「僕は、ふたりの間のことがどうだろうと、行くだけの価値があると思っているよ」


翌朝アンジーがベッドのまん中で目を覚ますと、ひとりきりだった。洗面所に入る。顔を洗う。腕をこする。だが電話番号はくっきりと残ったまま消えなかった。彼女はなにをすべきか頭を悩ませ、気持ちが定まらないままキッチンに向かった。そこにはもう、ウィアードの兄姉たちが窮屈そうに集まっていた。

ケントとリチャードがパンケーキを焼いている。ポールはコーヒーを注いでいる。ポーレットはテーブルでルーシーとアバに挟まれて座りながら、スプーンを使ってチェリオを飛ばす方法を教えてもらっているところだ。アンジーはその場に立ち尽くし、その二年半ずっと遠ざかっていたものが込み上げてくるのを感じていた——涙である。

「みん……な……で過ご……せて……ほん……と……嬉し……い……」

「アンジー!」

「おはよう！」

「よく眠れた？」

「パンケーキ食べる？」

「めちゃくちゃ美味しいわよ」

「よし、お茶を淹《い》れてあげよう」

「見て見て」ポーレットはそう言うと、母親に向けてチェリオを飛ばしてみせた。チェリオは彼女の胸に命中すると床に落ち、テーブルの下に転がっていった。

「まずまずね！」

「次はもっと高いとこを狙うのよ」

「泣いて……る……のを……からかわ……な……い……の……？」

フォークの動きが止まる。ジュースの注がれたグラスが宙で止まる。パンケーキが冷めていく。兄姉たちは顔を見合わせると、それからまたアンジーのほうを向いた。誰もからかっていないことに、そして、からかう気にもならないことに、気付いたのだった。


空港まで車で向かう四十分の間、ポールとアンジーはポーレットとだけ話をした。兄姉たちは後ろからタクシーでついてきているはずだったが、アンジーには見えなかった。ポールは国内線ターミナルの駐車場に車を入れた。アンジーはトヨタの後部ドアを開けると、シートの上で飛び跳ねている娘の横にかがみ込んだ。「帰ったらなにくれるの？」娘が訊ねた。

「なんのお話？」アンジーが訊ねた。ポーレットのあごについたチェリオを取ってやる。

「パパが、だからママはお出かけするんだって言ったの。あたしのプレゼントを買いにいくんだって！」

「なに買ってくるか言ったら、サプライズにならないでしょう？」

「教えてよう！」

「そうねえ」アンジーが言った。ポーレットがはいているスニーカーの爪先を握る。「新しい靴はどうでしょう！」

「ぴかぴか光るやつがいい！」

「その靴も光るじゃない」

「そうだけど！」ポーレットが言った。助手席の背を蹴飛ばすと、靴についた電球がぴかぴかと瞬《またた》きだした。

「七日したら戻ってくるわ。もっと早いかも」アンジーが言った。ポーレットのおでこにキスをしてやる。そっとドアを閉める。歩道では、彼女のスーツケースを手にポールが待っていた。

「君は行くべきだ。覚悟を決めて行ってくるべきだ」彼が言った。

「あなたも、いい旅を」

「アンジー、僕は本気で言ってるんだよ。きっと僕たちにとって最後のチャンスがそこにあるはずだ。なんなのかは分からないけど、君はそいつを見つけなくちゃ」

「見つけたものが、あなたの気に入らないかも」

「そうだね」ポールが言った。彼女にキスをしようと顔を寄せる。アンジーは顔を背けた。彼は、頬にキスをしようとはしなかった。

ふたりを乗せた車が走り去っていくのをアンジーは見つめ続けた。トヨタが視界から消え去らないうちに、兄姉を乗せたタクシーが到着した。ぴかぴかの、埃ひとつついていないタクシーだった。兄姉たちは、最初にやって来た三台を見送っていたのだった。

「タクシーどうだった？」アンジーは訊ねた。トヨタが左折して見えなくなった。彼女は兄のほうを向いた。

「まあね」リチャードが言った。助手席のドアを閉める。「運転手がメイン・ターミナルに行っちまってな。そこからこの国内線ターミナルまで回らなくちゃいけなかったよ」

「それは興味深いわね」

「僕もそう思う」

「やめてよ！」

「意味なんてないじゃない、そんなの！」

「また俺たちが雁首そろえて糞《くそ》空港にいるってだけの話だろ！」

「あなたたち、もう三年近くも空港なんて来てなかったじゃない」アンジーが言った。スーツケースを手に取る。全員が、自分のスーツケースの持ち手を握る。五人は自動ドアを通ってバンクーバー国際空港に足を踏み入れると、警報にも喧嘩にも、どんなトラブルにも見舞われることなくノバスコシア州ハリファックス行きのAC二〇八便に搭乗したのだった。


北米の端から端まで——オタワでの途中降機《ストップオーバー》を含めて十一時間の旅だ——の空路を終えたウィアード兄妹は、止まったまま動かない荷物引き渡しコンベアーの前に立っていた。全員がファーストクラスに乗ってきた。払ったのはリチャードだ。アンジーにとっては足元の広さも、娯楽システムも、姉たちが飲み干していくスコッチの量も、なにもかもが驚きだった。アバもルーシーも、もう自分の体重を支えられないようなありさまだった。荷物を待ちながら、ルーシーはリチャードに寄りかかり、アバはアンジーにしがみついていた。

「やばいな、もう深夜二時半だぞ」リチャードが言った。「僕はちょっと、レンタカー屋がまだ開いてるか確かめてくる」

「俺も行くよ」ケントが言った。

アンジーが止めるのも待たず、リチャードはアンジーの肩にルーシーを預けた。立ち去っていく兄弟の姿を見送る。ルーシーはアンジーの首に腕を回すと、前のめりに体重をかけてきた。

「妹ちゃん、お元気?」ルーシーが言った。

「元気よ」アンジーは答えた。

「あなたじゃないわ。もうひとりのほう。こんにちは——もうひとりの妹ちゃん」

長い沈黙が流れた。そして、ルーシーとアンジーがアバの返事を諦めたころに、返事が返ってきた。「元気」彼女が言った。ルーシーの顔が見えるよう身を乗り出す。ふたりの姉は今や文字どおり、アンジーにぶら下がっているありさまだった。

「あなた、私のことでなにか隠してるでしょ?」アバは訊ねた。

「ルーシー、無視して」

「隠してるかもね」

「ルーシー。ほんとに無視して。今ここでそんなこと話してる暇ないの」

「私のことで、よくないことで、すごく大事なこと。そうでしょ?」

「ええ、そうよ」

「今こんなことしてる場合?」

「めちゃくちゃきついことよ、私が知ってるのは」ルーシーが続けた。さらに身を乗り出す。アバも負けじと乗り出した。アンジーはふたりが倒れないように、一歩足を踏み出した。

「隠しごとっていうのは、あなたが知らなくて、でも嫌な予感がしてることよ。黙ってるせいでどうにかなりそう。ほんと最悪」

「じゃあ教えてよ」

「ふたりとも……」アンジーは言った。そのとき、コンベアーのてっぺんについている黄色いランプが光りだした。コンベアーが回りはじめる。

「アバはねえ……」ルーシーはそう言うと足をすべらせ、アンジーのうなじを摑んだ。なんとか体をまっすぐに立たせる。黒い長方形のスーツケースが、三人の前に回ってきた。

「ほら！　ルーシー！　あれあなたのじゃない？　あっちのは？」

「アバはアップリフタの女王なんかじゃない！」ルーシーが言った。アンジーの背後から手を伸ばし、そっとアバの頰に触れる。「あなたは、どっかの国の女王様なんかじゃないの」

「じゃあ誰が女王なの？」

「アップリフタに女王なんていないわ。最初っから、ずっと共和国なのよ。何年？　知らないけど。とにかくずっと」

「じゃあお城は？　夫はどうなの？」

「この話はホテルまで延期。後でのほうがいい。そう思うでしょ？」

「いろんな話を総合すると、あなたのことを愛してやまない絶世の美男子は、自分だけじゃなく世界じゅうにまであなたを女王様だと思わせたかったのよ。自分の想い描くままの女王様なんだとね！　富と権力にはものすごく恵まれた人よ。でも王様じゃない」ルーシーが言った。そして背筋を伸ばすと、妹に寄りかかるのをやめてすっくと立った。高々と両腕を掲げる。

「アップリフタに王はいない！」ルーシーが叫んだ。

何人かの人びとが振り返り、彼女のほうを見た。ルーシーは手を挙げたままだ。コンベアーに載って次々と荷物が流れてくる。人びとが受け取ろうと押し寄せてくる。周囲はすっかり人だかりになっていた。ルーシーは、両腕を挙げたままアバを見つめた。だがアバはなにも言わず、視線を床に落とした。

「なるほど、シャークの言葉の意味がそれで分かったわ」アバが言った。

「教えて！　あの人になんて言われたの？」ルーシーが訊ねた。

「そっちが先に教えて！」

「私は『迷うのは見つけてもらうただひとつの道』って言われた」

「だいぶ詩的ね」

「私も思った。でもすごく救われたのよ。さあ、あなたはなんて？」

「私には『希望があなたを捕らえていた――だけどもう自由』だって」

「うん、希望に囚われていたわね」ルーシーが囁いた。

「おかげで、本当に許可された気持ち」

「そうよ、許可されたのよ！　待って。許可って、何の許可？」

「これからは、無理やり希望を持とうとしなくてもいいんだって」

「そう、もういいの！」

「偽物だって分かってた。でも本当でありますようにって希望を抱いてた。私の希望が、目の前から真実を隠していたのね」

「今は、好きなだけ真実が見られるわね！」

「父さんが許せないような人だったとしても、私のせいなんかじゃないわ！」

「そう、あなたのせいなんかじゃない！」

「アップリフタに王はいない！」アバが叫び、両腕を高々と上げた。

「アップリフタに王はいない！」ルーシーが繰り返した。頭上の腕を降ろさないまま、拳を振り回す。周囲にいる人びとは、それを見上げずに、荷物引き渡しコンベアーへと押し寄せた。ルーシーとアバは互いに向き合うと両腕を降ろし、しかと抱きしめ合った。

「私たちの荷物が無くなっていたとしても、当然私の責任なんかじゃないわ」アバが言った。そして無論、荷物は紛失していた。

W

ハリファックスからシドニーまで車を運転して四時間半もかかったのは、兄妹たちにとって驚きだった。そしてようやく到着すると、思わず顔をしかめたくなるようなその光景に、また驚かされた。中古車屋の隣に、ぼろぼろになった製鉄所が建っていた。高い建物はほとんど見当たらない。家々はどれもこれもペンキが剝げ落ちている。通りを歩く人びとは誰も、歯と希望を失っていた。ウィアードの兄妹たちは、いったい父親はなぜこんな街をわざわざ選んだのだろうと首をひねりながら、レンタカーの窓から外を眺めた。

「まるで、ここには都市計画法がないみたい」アバが言った。

「ルーシー？　どっちに行けばいい？」リチャードが訊ねた。

ルーシーは、ぽかんとした顔で彼を見つめた。

「悪い、ついいつもの癖でな」リチャードはそう言うとコンビニエンス・ストアに車を入れて道を訊ねた。

市に入る境界線をまたいでから十六分後、一行はサンプソン・アヴェニュー九八番の前にバンを止めた。アンジーが家を見つめる。気分が落ち込む。海原を見下ろす断崖に立つ大邸宅ならよかった。なのに目の前の家は、車二台分の車庫がついた乱平面造りの一軒家だったのである。

「先に電話をかけたほうがいいかな？」リチャードは言った。イグニッションからキーを抜く。

「もしもし？　元気？　どうしてる？　私たちよ！」アバが言った。「あなたが捨てた子供たち。憶えてる？　ちょうどこの辺を通りかかったものだから……」

「立ち寄ってみてもいいか声をかけてみたって感じ？」

「コーヒーとケーキでもご馳走になりにね！」

「あと説明もね！」

「それと、できればちょっとした償《つぐな》いもどう？」

「そんなものがあればだけどね」ケントがそう言って笑いはじめた。彼のそんな様子を見るのは、みんな本当に久しぶりだった。最初にそれに感染したのはルーシーだった。すぐに全員が半狂乱のようになった。ようやく全員の笑いが収まる。そして誰かがまた笑いだす。すると残りがまたそれに続く。アンジーは、もらしてしまうのではないかとびくびくした。そのとき、サンプソン・アヴェニュー九八番の玄関が開きはじめるのが、彼女に見えたのだった。

「ちょっと、やだ」彼女が言った。指をさす。全員がぴたりと笑うのをやめる。

彼は、もさもさと白髪を生やしていた。目じりに刻まれた皺《しわ》は深かった。聡明そうであると同時に、やや悲しげだった。男は、こんな父親が欲しいと兄妹が願うままの姿をしていたが、明らかに父親ではなかった。なにはともあれ、彼らは車を降りることにした。

「どうも」リチャードが声をかけた。

「どうも」男が応えた。「うちになにかご用かな？」

「ええ、あるというか、ないというか」リチャードが答えた。地面に視線を落とす。そして、父親とは違う男の顔を改めて見つめた。「僕はリチャードと言います。ウィアードという名にお心当たりは？　実は人を探してるんです。人というのはですね……」

「……ベナール・ウィアードです」アバが言った。リチャードを遮ったわけではない。リチャードが、二度と喋らないのではないかと思うほど、黙りこくってしまったからである。

「ご家族かね？」

「ええ、そうです」

「そういえば、家族がいると言っていたなあ。東部のほうに。トリニダードから来たんじゃないかね？」

「いえ、トロントから」アバが言った。

「どっちもTから始まって三音節《シラブル》ね」アンジーが言った。

アバは黙ったまま眉を上げて、黙っているようアンジーに合図した。それから、また白髪の男のほうに顔を向けた。「今、どこにいるかご存じないですか？」アバが訊ねた。

「申し訳ないけど、遅すぎたね」

「遅すぎたというのは、なにに？」

「悪いが、会いそこねたよ」

「どこに行ったか分かりませんか？」

「残念だが、ベナールは死んでしまったんだ。そうだなあ、ほとんど二年になるだろうか」

兄妹にとっては、意表を突く言葉であった。全員が固まる。サンプソン・アヴェニュー九八番の男も固まっていた。しばらくしても、誰ひとり、動こうとも喋ろうともしなかった。

やがて、ウィアード兄妹がいっせいに口を開いた。

「死んだって、どうして？」

「私たちのこと、なにか言ってませんでしたか？」

「どんな人になってたんです？」

「他に子供は？」

「幸せに暮らしてましたか？」

「すまん」質問の嵐が収まると、男は言った。「この家は、わしの息子が遺品処分で買ったものなんだ。その人のことは、よく知らないんだよ」

「そうですか」アンジーが言った。「私たちもよく知らないんです」

兄妹は、自分のトヨタへと歩く男の背中を見送った。車に乗り込み車寄せから走り出す姿を見守った。二十分後、トヨタはまた兄妹のところに戻ってきた。男が降りてくる。そして、彼らには見向きもせずに家に向かって歩きだした。

「ちょっとすいません」ルーシーがその背中に叫んだ。「じゃあお墓の場所はご存じじゃありませんか？」

W

父親の葬儀から九十一日後の二〇〇二年八月十六日、ウィアード家の五人兄妹は全員自宅にいて、そろって玄関の呼び鈴を聞いた。リチャードが玄関に出た。ルーシー、アバ、アンジー、ケントがそれについていった。戸口には配達人が立っていた。誰も彼に話しかけようとはしなかった。五人とも、もう配達人にはうんざりしていたのだ。手渡しの荷物が届くたびに決まってその中からは、彼らの自宅がトロント市役所による差押えにまた一歩近づいたことを知らせる、弁護士からの通告書が出てくるのである。だが、今回の配達人が持ってきた封筒には、それまでのものとは違う点がいくつかあった。白ではなく茶封筒である。分厚くなくて薄手である。なにより兄妹が目を瞠《みは》ったのは、見るからに父親のものだと分かる、ごちゃごちゃとしただらしない筆跡で書かれた住所だった。

「この中に、どなたかウィアードさんのご家族は？」配達人が言った。

「あなたも奇妙《ウィアード》ですがね」リチャードは答えた。

「誰に雇われたの？」ルーシーが訊ねた。

「失礼？」

「誰に封筒を預かってきたの？　誰にお金を貰ってるの？」

「ヘンゲロ法律事務所です」配達人は、クリップボードに書かれた名前を読み上げた。「弁護士事務所ですね」

「その名前なら、嫌になるほど知ってる」リチャードが答えた。

ヘンゲロ法律事務所は、グレイス・タクシーが抱えるすべての法的問題を引き受けていた。ベナールの遺言の執行者でもあった。リチャードはうなずいた。配達人に歩み寄り、受け取りの署名をする。配達人は歩いてトラックに戻ると、そのまま走り去っていった。リチャードは指先に封筒を載せるとフリスビーを投げるように手首をひねり、ポーチの横の茂みに向けてそれを飛ばした。

それ以降、夜は通常どおりに――すくなくとも、このところの通常どおりに――過ぎた。リチャードがクラフト・ディナーのパスタを三箱分作り、それをみんなで食べた。テレビをつけ、チャンネルを変えることも、特に見入ることもせず、ただ眺めながら過ごした。日付が変わる直前になって、アバとルーシーは毛布を外に運び出した。その夜は、ふたりがマセラティの中で眠る番だったのだ。

彼らは、レッカー車が置いていったまま、父親の車を車寄せに放置していた。車は洗濯室やキッチンと同じように、ちゃんと役割を持つ別室として使われていた。彼らにとってマセラティは、悲嘆に浸る場所になっていたのだ。

最低でも一日に一回、彼らはそれぞれ車に歩いていくと助手席に腰かけた。泣く者もいた。叫ぶ者もいた。父親に向けて、延々と一方的に彼らは話し続けた。ダッシュボードを殴りつけた。毎晩誰もが車内で眠りたがったが、いかんせんふたり分しか座席がないので、兄妹は交代で眠ることにしていたのだった。

ルーシーとアバは玄関のドアを閉め、車のほうに歩いていった。アンジーは、あの封書のことで頭がいっぱいだった。彼女はリチャードを見つめた。リチャードは自分の両手を見つめた。彼が立ち上がると、アンジーとケントはその後について外に出た。三人で茂みを探す。だが、封書はどこを探しても見当たらなかった。「ここにあるわよ」ルーシーが言って、運転席の窓からにゅっと手を突き出した。そこには、薄い茶封筒があった。

アンジー、リチャード、ケントの三人が自分たちの上に乗るようにして車内に無理やり乗り込んできても、ルーシーとアバは文句ひとつ言わなかった。そのまましばらくそうしてから、アンジーがルーシーが持つ封筒を引き抜いた。五分後、今度はケントがアンジーの手から封筒を取った。開封する。中から出てきた一枚の紙切れをケントが開き、声に出して読みあげた。

「最愛なる妻と子供たちへ」ケントが言った。「車庫の常に、屋根裏に飛び飛びに、箱が言葉を、ひとつ拾え、ある父より」

「ちょっと待て、ケント！　僕に見せろ」

「俺のせいじゃない！　そう書いてあるんだ」

「本当に？」

「俺だって文字くらい読めるんだぞ！」

リチャードはケントの手から手紙を奪い取った。リチャードは小刻みに手を震わせながら目を通すと、紙をぐしゃぐしゃに丸めてしまった。

「待って、やめて！」アバが叫んだ。

「まったくちんぷんかんぷんだ。意味が分からない。父さんの死と同じくらい、ぜんぜん意味が分からん」

「ケントの読んだとおりだったのね」

「たぶんまた、父さんのくだらない暗号よ。私に見せて」アバが言った。リチャードは丸めた手紙を投げてよこした。手紙はアバの額《ひたい》に当たった。ルーシーの腕を使い、彼女がそれを伸ばす。

「ほらね」アバはそう言ってリチャードに手紙を渡すと、ひとつ置きに言葉を指差していった。

「常に……飛び飛びに……言葉を……拾え……」リチャードが声に出してそれを読み上げる。

「暗号だわ」ルーシーが言った。

「あんまり上手くないな」リチャードはうなずいた。

「侮辱にすら近いわ」アバが言った。

「おい、さっさと説明しろよ。じゃないと、さもないと……」

「落ち着けよ、ケンタッキー。そう熱くなるな。いいか、最初の言葉を飛ばして、ひとつ置きに単語を読み上げていってみろ」リチャードがそう言って、ケントに紙を渡した。

「常に……飛び飛びに……単語を……拾え……父より」

「じゃあ今度は、最初の言葉からひとつ置きに読んでみろ」

「車庫の屋根裏に箱がひとつある」

「そんな箱、探しに行かないほうに私は投票するわ」ルーシーは言った。「探したりしないほうが、父さんの思い出のためだもの」

「よくもまあ、こんなくだらないことを思いつくな」ケントが言った。

「私も同感」アンジーも同調した。

誰ひとり、動こうとはしなかった。そして、しばらくするといっせいに車から降りて車庫に向かって駆けだした。かつてはいつもマセラティが止められていた場所で立ち止まり、天井に取りつけられた長方形の跳ね上げ戸を見上げる。

「車庫に屋根裏部屋があることすら知らなかったぜ」ケントが言った。

「あんたまだ童貞なの?」ルーシーが言った。

「ケントにそんな口をきかないで」

「童貞なのか?」

「ねえ、童貞なの?」

「もうやめましょう」アバが言った。リチャードはジーンズの前ポケットからジッポーを取り出した。アンジーに手渡す。

「なんで私が?」

「だって、うちではお前の役目だろう」リチャードは言った。残りの面々もうなずく。アンジーは両手を腰に当てた。それからジッポーを受け取ると、壁に取りつけられた二×四《ツー・バイ・フォー》インチ材の梯子《はしご》を上りはじめた。跳ね上げ戸を押し上げる。屋根裏に頭を突っ込む。ジッポーに火をつける。

「なにか見えるか？」リチャードが訊ねた。

「キャンプ用品と……」

「他には？」

「クリスマスの飾りと……」

「それから？」

「待って」アンジーが答えた。片足がいちばん上の二×四《ツー・バイ・フォー》インチ材にかかる。「レイニータウン・ファーストナショナル銀行って書いた箱がある」

「でもレイニータウンは家の中だぞ」ケントが言った。「それに、銀行なんて作ったことないだろ」

「本当にそう書いてあるの？」

「間違いないわ」

「そいつを持って降りてきてくれ」

　アンジーは箱のてっぺん辺りを摑んで自分のほうに引き寄せたが、想像していたよりもずっと重みがあった。思わずひっくり返す。倒れた箱の中から、百ドル札の束がいくつもこぼれ出した。跳ね上げ戸から落ちた札束が、車庫の地面へと落ちていく。

「なんと」

「おい、なんだこりゃあ」

「すごい」

ね上げ戸から落としたのだった。

「信じられない」

「それで半分ぐらいよ」アンジーが言った。そして、両腕で抱えるようにしてまた札束を跳ね上げ戸から落としたのだった。

兄妹はそれを家の中に運び込むと、ダイニング・テーブルに積み上げた。札束の山をじっと見つめる。誰も手を伸ばして触ろうとはしなかった。「ここまでくると、もはや金にすら見えないな」リチャードが言った。「同じ言葉を何度も繰り返すうちに意味が分からなくなってくのに似てる」

「このお金、どこから持ってきたんだろう?」アバが訊ねた。

「計画的なタイプにはまったく思えなかったけど」ルーシーが言った。

「あのチンピラみたいな連中の金じゃないか?」ケントが訊ねた。

「チンピラ?」

「ほら、親父がいつも車庫に連れ込んで話してた、なんだか怪しい連中だよ」

「こいつはそれにしても、金額がでかすぎる」リチャードが言った。「合法的に手に入れたとは考えにくいな」

「それも現金で」

「百ドル札の束で」

「もしこれがなにもかも親父の計画だったとしたら?」ケントは訊ねた。「また、くだらないパズルってわけさ」

「そんなこと考えるのやめましょ」アバが言った。兄妹は、頭からその考えを必死に追い払おうとした。しかし、必死に頑張ってみても、簡単には忘れることなどできなかった。

金を見つけたのは、真夜中すこし前のこと。三時になるとリチャードは、それをふたつの山に分けた。最初の山は追徴税を支払うのに十分な金額にした。そしてふたつ目の山を、彼は五等分しはじめた。

「六つにして」ルーシーが声をかけた。

「六つ？」

「ひとつは母さんの分」ルーシーは続けた。「母さんの面倒だって見なくちゃいけないんだから」

リチャードは山を六つに分け終えるとあくびをした。ケントとルーシーは、もう半ば眠りこけていた。アンジーはおやすみを告げた。階段の上でちらりと振り向いてみると、兄姉たちも彼女についてこようとしているのが見えた。だが、後に続いて上ってくる彼らのことを、彼女は大して気にもとめなかった。そしてその後八年間、ちゃんと見ようとしなかった自分をアンジーは後悔し続けたのだった。

翌朝、アバと彼女の金が忽然と消えてしまっていた。

バークハウス記念墓地には木が一本もなく、墓石は身を寄せ合うように近くに立っていた。兄妹が二三－B列二六番を探している間に、空が灰色にかげりはじめた。やがて雪が落ちてきた。墓地の奥に進んでいく彼らの足の下で、雪がぎゅうぎゅうと音をたてた。他には、なんの物音も聞こえなかった。

墓石の列は七五－A列で終わっていた。そして今度は一－B列が現れて、地面に埋め込まれて並ぶ板状の墓碑が見えた。兄妹は、二三－Bへと歩いていった。そして二十六枚の墓碑を数えると、父親の墓碑を半円形に取り囲んだ。リチャードがかがみ込み、積もった雪を払う。

「こいつは……また長い碑文が彫ってあるぞ」彼が言った。

そこには名前も日付も刻まれてはいなかった。子供たちのことも、愛する妻のことも刻まれてはいなかった。墓碑には、こうとだけ彫られていた。

貝殻のごとき洞窟にとこしえの宿を求め、営み捨てたり。我は今、ひそかに眠る。生きる歓びを……懐かしみ。

リチャードは頭を下げると、胸の前で両手を合わせた。アンジーとルーシーがすすり泣きをはじめる。ケントがふたりの肩を抱いた。

「やられた！」アンジーが叫んだ。

「どうした？」リチャードが訊ねた。

「また父さんにやられたわ！」アンジーが答えた。

「やられたって、なにをだい？」ケントが訊ねた。

「ああ、本当だ！」アバが叫んだ。

「あのときと同じじゃない」ルーシーが言った。

「なぜ父さんはこんなことを……？」リチャードが首をひねった。

「おいおい！　誰か俺にもなにがどうなってるのか教えてくれよ……」

「言葉を飛び飛びに読んでみて、ケント」アンジーが言った。その顔は蒼白だ。彼女はかがみ込むと、両膝の間に頭をがっくりと垂れた。

「ごとき……とこしえの……求め……捨てたり……今……眠る……歓びを……」

「違う違う」アンジーは、かがんだまま立ち上がらずに言った。声がくぐもって響く。「そっちは読んでも意味ない」

「あの手紙を思い出して」アバが、口早に言った。「お金を見つけたときの手紙」

「だからふたつ目の言葉から読んでみたんだけど」

「ひとつ目から読んでみて。『貝殻の』から」

「くそっ！」

「分かったでしょ」

「貝殻の洞窟ってのは、なんだ？」

「シェル・コーブのことだ」

「なぜこんなことをするのかしら？」

「なんの必要が？」

「くそっ！」

「誰か、シェル・コーブってなんのことだか分かる？」

「最北端よ」アンジーがそう言って立ち上がった。顔面はまだ蒼白なままだ。「ケープ・ブレトン島の最北端。ミート・コーブの近く。今日はもう無理だわ。明日いちばんにそこを目指して出発しましょう」

壁全体を覆い尽くす南国のビーチが描かれた壁画など、アンジーはもう一秒たりとも見ていられなかった。ごろりと体を横に向かせ、ベッドサイドに置かれたクロック・ラジオのデジタル数字をじっと見つめる。ノックの音が聞こえたとき、数字は一時二十三分を表示していた。アンジーは体を起こした。うっかり、ビーチの壁画に目がいってしまう。またノックが聞こえた。シドニー・モーター・コート・モーテルで兄妹が借りた、ふた部屋をつなぐドアから聞こえてくる。

「起きてる？」ルーシーが訊ねた。彼女はアンジーの隣のベッドで眠っていた――というより、眠りに落ちかけていた。その隣のアバは、まったく寝つけずにいた。

「ううん、うとうとしかけてたところ」アンジーが答えた。

「じゃあドアに出てよ！」アバが言った。「おねがい」

アンジーはベッドから這い出した。ドアの鍵を開ける。ケントとリチャードが部屋に入ってきた。すっかり身支度を調えている。

「あんな部屋にいたらおかしくなっちまうよ」ケントが言った。アンジーのベッドの端に腰を下ろす。「ぎらんぎらんした偽物の夕焼けのせいで」

「ありゃあ部屋じゃない。待合所だ」リチャードはそう言って、壁画を眺めた。「悪趣味このうえないけどな」

「私たちも眠れないの」アンジーが言った。

「もう出かけちゃったほうがいいかな？」ルーシーが訊ねた。

「出かけない理由があるか?」ケントが訊ねた。

「私もそう思う」アバはうなずいた。

「よし、決まりだ」リチャードが言った。「行こう」

スーツケースはなかった。見つかる前にハリファックス空港を出てきてしまったせいで、荷造りするものもない。レンタカーへと歩いていく。激しい雪が降っていた。リチャードがエンジンをかけた。アンジーが暖房を入れた。ケントは雪用のブラシを見つけ出し、屋根とヘッドライト、そして前後のウインドウから雪を払い落とした。それから後部座席の、アバとルーシーの隣に乗り込んだ。ブーツにも両肩にも雪が積もり、髪の毛も凍りついていた。

「まったくひどい雪だぜ」彼が言った。

「まあ大丈夫だ」リチャードはそう言うと、バックで車を駐車場から出した。

「でもまじで、やばい雪だぜ」

「運転には問題ない」リチャードがそう言うと、兄妹全員がそれぞれ別の理由でうなずいた。


三時間のはずの道のりを走ること六時間、車からはひたすら雪しか見えなかった。路面も見えない。路肩も見えない。まっ白い景色がとつぜん散らばって無限の雪片になり、フロントガラスに叩き付けてくるばかりである。

「まるで自殺志願者の大軍だな」リチャードが言った。

「誰のこと?」

「この雪さ」リチャードが言った。「次々と窓にぶつかってくる。いったいどれだけ降ってるのか、気が遠くなるよ」

リチャードは、ハンドルを握る手を緩めた。またぎゅっと握る。今度は運転席の背もたれにもたれかかると、また前に身を乗り出した。車はもうカボット・トレイルに入っており、そのままひた走ればシェル・コーブに着くはずだった。だが、天候はますます悪化してきていた。今は最高で時速二十キロ。十キロにまで落とさなくてはいけないこともしょっちゅうだった。車を進ませ続けているのは、止まってしまうよりもそのほうがすこしは安全に思えたからだった。誰も口をきかなかった。ワイパーの音がうるさかった。リチャードが咳払いをした。アンジーは、彼がそんなことをするのを聞いたことがなかった。

「アンジー」リチャードが言った。「謝らせてほしいんだ」

「やめてよ」彼女は答えた。

「いや、僕は本気で言ってるんだよ。聞いてほしいんだ。すまない」

「だから、やめてよ」

「心底本気なんだってば……」

「ちゃんと道路を見て」

「話を聞いてくれてるのかい?」

「聞くって約束したら、ちゃんと道路を見ててくれる?」

「ああ」

「じゃあリチャード、なにを謝りたいの？」

「すべてさ。なにもかも。アンジー……」

「道路、を、見て」

「アンジー、僕たちは例の呪いについて誰もちゃんと知らなかったけど、なんとなく分かってはいただろう？」

「そうね」

「つまりお前のことも、許しの力だかのことも、みんな分かってたんだ。自分たちがなにをしてもお前は必ず許してくれるんだってね」

「悪かったって思ってるのは分かってるわ」

「お前にあれこれとひどいことをさせたのも、許してもらえるって分かってたからだ。なにもかも。雑用をさせたことだけじゃない。僕のしたことをごまかすために、お前に嘘をつかせたこともそうさ。他の、口に出すのも忌まわしいようなこともぜんぶそうだ。僕はお前を利用してしまった。心から謝るよ」リチャードは言った。そして道路から目を離さずにハンドルから右手を離した。ふたりの間に手を伸ばす。アンジーの腕を摑む。

「気にしないでいいから」

「本当か？」リチャードが訊ねた。雪は、相変わらずウインドウを叩き続けていた。リチャードは、彼女の肩に手を載せたままにしていた。シートベルトが外れる音がいくつも聞こえ、他の兄姉たちもアンジーの背後に集まってきた。みんな彼女の肩に手を置き、そっと力を込める。「許してくれるの？」

「私は？」

「俺もかい？」

「みんなを許してくれるの？」

「ああもう、みんな。私がどれだけ許したいか、みんな知らないんだわ。本当に、本当に、許したいの」アンジーが言った。

「でも許せない？」

「許すことができないの」彼女は大したことではないかのように答えた。二年半味わってきたどん底の苦しみなど、なんでもなかったとでも言いたげな、短い言葉だった。

「気付いたの。私の呪福のこと」アンジーが言った。「あれは呪いというよりも祝福だったのかもしれないって」

「アンジー、そんなひどい」アバが言った。

「ずっとずっと、誰のことも許すことができずにいるっていうの？」ルーシーが訊ねた。

「あれからずっとかい？」リチャードが訊ねた。

「くそっ」ケントが言った。それ以上誰もなにも言わなかった。言う暇もなかった。というのは、丘を下っていた車が路面に張った氷を踏んで、コントロールを失いスピンしてしまったからだ。

眠りとは違う、それでいて眠りに酷似したなにかの奥深くでアンジーは、エンジンがまだ止まらずにいる音を聞いた気がした。瞼を開けようとするが、鍵でもかかったように開かない。彼女は耳をそばだてた。風の音とワイパーの音が聞こえた。やがてあらゆる音の向こう側に、かすかにエンジンのうなりが聞こえた。思わず感動が込み上げる。あんな事故があっても止まらないとは、きっと素晴らしいエンジンに違いない。だが、彼女はふと、これは悪いことなのかもしれないと考えた。

車が横転してから後ろ向きに滑っていきなり止まったのを、彼女はほとんどはっきりと憶えていた。雪だまりに突っ込んだのだろうか？　アンジーは、あるテレビ映画を思い出した。夫婦が自動車事故に遭い、排気管に泥が詰まったせいで一酸化炭素中毒により死んでしまうのだ。泥が雪でも同じはずなのは、アンジーにも分かる。そこで目を開けようとしたのだが、瞼はがっしりと固まったように開かなかった。しばらく待つ。また瞼に力を入れる。今度は両目が開き、イグニッションからぶら下がっている鍵の束が視界に入った。しかし、どうしても手の届かないその距離にくじけ、また瞼を閉じてしまったのだった。

ようやくはっきりと目を覚ました彼女は、重力が助手席のドアに向かって働いているのに気付き、困惑した。だがそんなことを気にするよりも、遙か彼方にぶら下がる鍵が問題だ。彼女は、シートベルトにぐったりともたれかかる兄の姿を見つめた。とても見ていられない。彼女が床に——といっても助手席の窓に——視線を落とすと、そこにリチャードの携帯電話が転がっているのが見えた。やった！　彼女はそれを耳に当てると「助けて！」と声に出し、それから電話番号を入力しなくてはいけなかったことを思い出してくじけそうになった。続けて番号を入れろと言われても、いったいどんな番号を入れればいいのかと思ってうなだれる。そのとき、腕に並んだ十個の数字が目に飛び込んできたのだった。やった！　彼女はゆっくりと注意深く、必死に力を振り絞りながら、マジックで腕に書かれた数字をひとつずつ押していった。呼び出し音が鳴りはじめる。そして三回鳴ったところで、音が止まった。

——もしもし？

——もしもし。

——どちらさま？

——どちらさまでもいいの。私たちが誰だか分からなくても構わない。私は、許すことができないの。でも、それで電話してるんじゃないんです。電話してるのは祖母が死ぬ前に私の腕にこの番号を書いたからで、今私たち、シェル・コーブに向かう道路で事故に遭って死にかけているんです。どの道かは分からないの。ケープ・ブレトン！　一酸化炭素！　あとどのくらいで着くのかも分からない。最後に見た地名はキャップスティックよ！　リップステイックと韻を踏んでるわね！　でも、すぐに見つけてもらわないと、本当に死んでしまいそうよ。冗談抜きでね！

そう言うと笑いが込み上げてきたが、彼女には自分が声をあげて笑っているのか、心の中で笑っているのかも分からなかった。また瞼が閉じる。そして、今度はどんなにがんばっても開けることができなかった。


アンジーが目を覚ましたベッドのすぐ足元では、カーペットの上に数センチも雪が積もっていた。部屋にただひとつだけある窓は開いていた。大きな雪片がいくつも、彼女の頭上をゆっくりと舞っている。あらゆる方向から雪片が乱れ飛んできてはベッドの足元に落ちて積もっていくのだ。この様子を眺めていると、心が安らいだ。吐く息が白かったが、寒さは感じない。部屋は見渡すかぎり、すべてまっさらな雪に覆われてしまっていた。アンジーはその様子をひととおり見回すと、自分は死んだのだろうかと思った。

体を起こしても、その疑念は微塵《みじん》も軽くならなかった。ハドソンベイのブランケットが七枚、彼女にかかっていた。正面の壁には、ガラス箱にしまわれたスクーナー船の金属模型が飾られていた。室内には、八〇年代に大量生産された家具がたくさん置かれていた。ウィアード家のために作られた死後の世界があるとするならば、きっとこんな感じだったことだろう。

窓の外に目をやったアンジーは、疑念を確信に変えた。駐車場の端に看板が立っているのが見えた。吹きすさぶ雪の向こうにあるその看板には、「L　OVE　MOTEL」と赤いネオンの文字が光っていた。アンジーにはなぜ「L」と「O」の間にスペースが空いているのか理解できなかった。だが彼女は納得した。自分が地上で犯した罪や味わった苦難を思えば、このように地味で面白みもなく、居心地よくも儚《はかな》いラブモーテルのようなものこそ、永遠の見返りとしてぴったりであるように思えたのだった。

隣の部屋とつながっているドアが開いていた。アンジーは幾重にも毛布に身をくるまれたまま、えっちらおっちらと雪山を回り込んだ。ドアをくぐる。隣の部屋の中央にも、同じような雪山ができていた。ベッドがふたつ置かれている。ドアに近いほうにはケントが、もう片方にはリチャードがいた。ふたりとも目を覚ましていた。彼女の姿を見ても、ふたりはまったく驚いた様子を見せなかった。

「俺たち死んだのか？」ケントが言った。

「だと思う」アンジーが答えた。

「死んじゃいないさ」リチャードが言った。

「なんで分かるんだ？」

「感じが普通だからだ」

「でも、死人にとっては死んでるのが普通の感じでしょう?」アンジーが言った。

「いいとこ突くな」リチャードが認めた。

「地獄と天国、どっちかな」ケントが訊ねた。

「どっちもだったりして?」

「どっちでもないよ」リチャードが言ったが、彼の声は自己弁護するかのような響きを帯びていた。「ただの悪趣味なモーテルさ」

「ラブモーテルでしょう?」

「正確には、L　OVE　MOTELだな」

「意味あるの?」

「神様は信じるのに、神様がスペルミスをすると思ってるのかい?」

「いいとこ突くわね」アンジーが認めた。「でも、この雪はどうなの?　私の部屋にも山ができてるわよ」

「僕にも分からない。確かに奇妙だと僕も思う」

「すごく落ち着くわ」

「そうだな」

「あっちにはなにがあると思う?」ケントが訊ねた。さらに隣へと続くドアに向けてあごをしゃくる。このドアも、やはり開いていた。

「私たちがいるわよ」アバが大声で答えた。

アンジーが先頭に立った。自分の足にそれぞれ三枚ずつウールの靴下がはかされていることに、彼女は気がついた。リチャードもケントも、ウールの靴下を三足はいている。三人は、そろって隣の部屋に足を踏み入れた。ここにも同じく、雪山があり、ベッドがふたつ置かれていた。片方にルーシーが、もう片方にアバが寝ている。

「私も死んだと思う」アバが言った。

「なにアホなこと言ってるのよ」ルーシーは言った。

「投票だ」ケントが言った。「くたばったと思う奴は？」

アンジーが手を上げた。ケントとアバもだ。そのとき、部屋のドアが開いた。全員がいっせいに振り向き、見つめる。雪と風が部屋に吹き込んできて、それから父親が入ってきた。アンジーとケント、そしてアバは手を降ろした。リチャードとルーシーが、さっと手を挙げた。

兄妹は、まじまじと父親を見つめた。アンジーは他の兄姉と同様、父親の出現にろくろくショックを受けていない自分に呆然としていた。薄くなった髪も、丸まった肩も、両目の下の大きな丸いくまも、単に興ざめというだけではなかった。そこには、神秘性をそぐようなものがあったのだ。戸口に立ち尽くす父親は、だんだん人間に見えていった。

「僕たちは……死んだのか？」リチャードは、やっと口を開いた。

「ほとんどな。ああ、そうとも、ほとんど死んでた」父親がうなずいた。

「助けてくれたの？」

「どうやって私たちを見つけたの？」

「王立カナダ騎馬警察《RCMP》から電話があってな」父親が言った。「バンクーバーからだ。なんでも病院から頭のいかれた老婆が電話をかけてきて、シェル・コーブ付近の雪嵐の中から頭のいかれた女が電話をしてきたんだと言うじゃないか。たぶん俺がいちばん近くにいたんだろうよ。タイヤにチェーンを巻いてる奴の中では、ってことだけどな。行くもんかと思ったんだがな」

「ここの名前は？」アンジーが訊ねた。

「名前？」

「L　OVE　MOTELよ。なんで私たちをラブモーテルなんかに？」

「まったく。知りたいのはそんなことか？　俺が買ったときは、『SHELL COVE MOTEL』だったんだよ。だがいつだったかSが焼けちまったんだが、そのままじゃあどうも見た目が悪い。そこでHとEと最初のLとCを取っ払っちまったのさ」

「ＬＯＶＥ　ＭＯＴＥＬ」

「Ｌ　ＯＶＥ　ＭＯＴＥＬ」

「そういうことだ。客はハリファックスからずっと上ってくる。断崖の景色は素晴らしいんだ。だから、誰も名前なんて気にしやしない」

「この雪は？」リチャードが訊ねた。

「ただの吹雪だ」

「なんで部屋の中にまで？」

「換気だよ」彼が言った。その声に混じる苛立ちが、兄妹たちに懐かしい思いを抱かせた。

「お前たちみんな、一酸化炭素中毒で死にかけてたんだぞ。だからとにかく大量に、新鮮な空気が必要だった。お前たちの体をできるだけ温かくくるんでやったんだが、際どいところだった。目を覚ましたのにも気付かなかったよ。一瞬、全員幽霊になっちまったのかと思ったね！」

　父親は、洋服ダンスについた鏡を指差した。兄妹たちがそちらを振り向く。髪の毛にも服にも雪が積もっている。一酸化炭素中毒のせいで肌は血の気を失っている。まさしく幽霊のような姿だった。また父親のほうに向き直る。父親は、子供たちに歩み寄ろうともせずに立っていた。子供たちも、彼に近づこうとはしなかった。

「なんでお前たち、もっと怒らないんだ？」父親が訊ねた。

「死んじゃってるからかも」ルーシーが言った。

「頭にきてるだけなら話は早いんだがな。さあ！　怒れ！　俺に怒りを向けろ！」

「ここのとこ、あれこれと啓示を受けてるの、私たち」アバが言った。

「親父に会ったからって、最近じゃあそれがありえないようなことなのかどうかも、俺にはもうよく分からないよ」

「とにかく、生きた父さんに会えて驚いてるだけなの」ルーシーが言った。

「まあ、あわや会い損ねるところだったけどな」父親は、子供たちの顔を眺め回した。

「でも会った」リチャードが言った。「見つけたんだ。僕たちも父さんも、お互いに」

「待って」アンジーはそう言うと、一歩後退した。「どういう意味？」

「お前ら、誰も今日が何日か分からないのか？」ベナールが訊ねた。

「何年なのかも俺はよく……」

「一月二十二日じゃないか？」父親が言った。その声は、またしても苛立ちを帯びていた。子供たちが肩をすくめる。「今日は俺の誕生日なんだよ！　今日で五十三歳になったんだ！」

「やめて、父さん」アンジーは言った。「お願いだから、言わないで」

「言わないでって、なにを？」ルーシーが訊ねた。

「アンジー、聞くんだ」父親は言葉を続けた。「今から言うのは、とても深刻なことだからな」

「お願いよ。やめて」

「なにを言ってほしくないの？」

「そいつは、今年が何年かってことじゃない。俺が末期の膵臓癌《すいぞうがん》だってことさ。痛みが消えない」

「最低でも百歳までは生きたいって思わないの？」

「もう十分闘った。俺は一月二十二日の午後七時十七分に生まれた。そして一月二十二日の午後七時十七分に死ぬ。一秒後でも一瞬前でもなくな……」

「もう、カウントダウンが大好きになりそう」

「アンジー！」

「……今から三時間とすこしだ。こいつは偶然なんかじゃないって俺は信じるよ。神聖で不思議ななにかが、こうしてお前たちをここに導いたんだってね」

「偶然など存在しないのだと知らないかぎり……」

「やめなさい、アンジー！」

「黙ってろ！」

「俺が犯した人生最大の過ちは、お前たちを放り出してしまったことだ。当時は、そうするしかないと思ってた。それくらいしか解決の道はないんだとね。勘違いだったと分かったときには、もう後戻りはできなかった」

「やめて、父さん。今さら許せなんて言わないで」

「今から三時間と二十分かそこらで、俺は死ぬ。安らかに粛々《しゅくしゅく》と逝くことができるよう、お前たちにたったひとつだけ最後の頼みごとがある。俺を許してくれることだ。それだけだ」

ベナールが咳き込んだ。その咳が発作を引き起こした。彼はポケットからプラスチックのボトルを取り出した。蓋を回して開ける。手のひらに黄色い錠剤を出しながら、彼がまた咳き込んだ。錠剤が宙に舞った。それが床に落ちるのも待たずに、アンジーは部屋から飛び出していた。

靴下のまま飛び出したアンジーには、ろくに行き場もなかった。吹雪は相変わらず凄まじく、駐車場も雪に埋もれてしまっていたのだ。しかしホテルの屋根がせり出し、建物の脇を雪から細く守っていた。他に行くところもなく、アンジーはこの細道を駆けていった。

ホテルの端まで辿り着くとアンジーは、今度は横手に折れて走った。足はもうかじかんでいる。建物の裏手に出ると、半分雪に埋もれるようにして止まっている、一九四七年式のマルーンのマセラティが見えた。

車は、運転席側のドアをホテルの壁に寄せて止められていた。鼻先が彼女のほうを向いている。相変わらずぼろぼろだった。バスケットボール大の穴が、フロントガラスに開いている。折り畳んだ段ボール箱が、助手席の窓に粘着テープで留めてある。アンジーは簡単にそれを剝がすと、頭から車の中に這いずり込んだ。

風の音は止んだが、開けっ放しの窓からは雪が吹き込んでくる。彼女は助手席から運転席に移動した。自分の白い吐息を見つめる。助手席にはどんどん雪が積もっていった。いったいどれくらい時間が過ぎたかも分からなくなったころ、リチャードがやってきた。彼が助手席の窓から手を差し込んだ。彼女はそちらを見ようとしなかった。

「驚いたな。きっとここまでレッカーしてきたんだろうね」リチャードが言った。「入ってもいいかい？」

「ご自由に。あなたの棺桶だもの」

「笑えるね」

リチャードは毛布を何枚か押し込んでから、車によじ登るようにして足から入ってきた。アンジーは両手をハンドルにかけた。フロントガラスの穴からじっと前を見つめ続けている。「ほら」リチャードが、毛布を一枚差し出した。「このまま凍死したって、言いたいことは伝わらんぞ」

アンジーの歯はがちがちと音をたてていた。毛布を受け取る。リチャードは、さらに何枚か彼女にかけてやった。

「時間はあとどれくらい？」アンジーが訊ねた。

「お前が出てってから、だいたい一時間だ」

「きっと、もうみんな、あの人を許しちゃったんでしょう？」

「気付いたときにはもうお前がいなくなってたんだ。悪い」

「父さん、本当に死んじゃうと思う？」

「具合は悪そうだ」リチャードが言った。「僕は、本当に逝ってしまうと思っているよ」

「許せそうにない」

「そうだろうとも、お前はつらい立場なんだから」リチャードが言った。そして人差し指を伸ばし、ダッシュボードに積もった雪の筋を払った。「アンジー、僕はずっと未来に囚われてこの人生を生きてきた。その僕に言えるのは、過去に囚われ続けるのも、同じくらい危険だということだよ」

「それで？」

「父さんにされたことを忘れても、お前には害がない。たとえ傷ついたとしても、やがて癒える。ときには、あえて自分を傷つけることも大事だよ。今目を向けるべきなのは、父さんがそこにいて、病気で、衰弱していて、死んでしまうということだ。お前が頭に入れておくべきなのは、それだけなんだよ」

アンジーはこくりとうなずいた。リチャードのほうを見ようとはしなかった。彼はしばらくそのまま座っていたが、やがて彼女の足を毛布でくるむと窓から這い出していった。アンジーは車の中で座っていた。時間の感覚もない。そしてフロントガラスの穴から外を見つめたまま、アバが助手席の窓から這い込んできても顔を向けようとはしなかった。

「大丈夫？」彼女が言った。

「アバ」

「これ飲んでくれたらすぐに出てくわ」アバが言った。アンジーが横を向くと、アバがサーモスのポットを持った手を差し伸べているのが見えた。チェック模様が入った金属の、古めかしいポットである。アバはマグの形をしたふたを回して開けるとそれを逆さまにし、ポットの中栓をはずすと、どうやらチキンスープと思しき中身を注いだ。アンジーに差し出す。アンジーは毛布の中から手を引き抜いてマグを受け取った。その温もりが心地よく感じられ、彼女は両手でくるむようにして持った。

「戻る前に、ひとつだけ言っていい？」

「やだって言っても言うつもりなんでしょう？」

「うん」

「じゃあどうぞ」

「言いたいのは、希望のこと。今、私にははっきり分かるの。希望は崇高なものでも神聖なものでもないって。希望っていうのは、人が自分のために持つものなのよ。だから私たちは、簡単にそれに囚われてしまうんだわ」彼女が言った。

「それで？」

「もしかして、許すことも同じなんじゃないかしら？　きっとあなたが思うよりも簡単なことなんだと思う」アバが言った。そして両手を伸ばしてアンジーの両手にかぶせると、マグを持ち上げて妹の口元に運んだ。アンジーはすこしだけスープをすすった。そして最初のひと口が喉をとおると、今度は自分から飲みはじめた。

「私たちにとって人生の大半、父さんは幽霊と同じだった」アバは言葉を続けた。「これは、父さんから自由になる最後のチャンスなの。だから父さんへの怒りにまかせて、自分を粗末にするようなことをしてはだめ」

アンジーはスープを飲み干した。アバがまた注いだ。そしてシートに置いておいた中栓をしめて、窓から這い出していった。

「あと時間はどのくらい?」アンジーが訊ねた。

「一時間ちょっとかな」アバが答えた。腰をかがめ、助手席の窓から車内を覗き込む。「本当にここに座ってるつもり? 唇がちょっと青くなってる。どうせ簡単に許せないんだから、温かい部屋の中にいたって同じよ」

アンジーは首を横に振った。去って行くアバの足音に耳をそばだてる。次はいったい誰がくるのだろうと、彼女はいぶかった。やがてケントが車に入り込んでくるころには、ダッシュボードに雪が積もっていた。シートに腰かけて座席の下に手を伸ばすと、両脚の間からサーモスを拾い上げる。

「これちょっと飲んでいい?」彼が訊ねた。

「どうぞ」アンジーは言った。ケントが栓を開けた。アンジーが差し出したマグに、スープを注ぐ。

「で、なにを言いにきたの?」

「強さのことさ！」

「それだけ？」

「肉体的な強さなんてつまらないものだよ。心の強さこそ本物なんだ。だから弱さに負けるな――親父を許してやれよ！」

「ケント、めちゃくちゃ陳腐なこと言うのね」

「ああ、そうだな。でも今は、俺の話はどうでもいい。次にルーシーが来るはずだから、まだ終わりじゃないぞ。とりあえず、ひとつだけいいか？」

「もちろん」

「俺がシャークになんて言われたか知りたいか？」

「うん」

「シャークは『弱き者だけが、腰抜けだと思われるのを怖れる』ってさ」

「私に当てはまるかしら」

「当てはまるかもしれないし、当てはまらないかもな。言いたかっただけだ。もうひとついいか？」

「どうぞ」

「姉さんを愛してるよ。心の底からね」ケントが言った。アンジーは顔を横に向け、彼を見つめた。ケントはあごを上げると、サーモスに残ったスープを最後まで飲み干した。

「私もよ」アンジーは言った。

「分かってる」彼が答えた。「親父は本当に死んじまうよ。あと二十五分だ」

ケントが窓から這い出していった。アンジーは待った。長い時間待ち続けた。二十五分よりも経ったのではないかと思うくらい、彼女は待った。やがて、雪を踏みしめるルーシーの足音が聞こえた。助手席に乗り込んでくる。彼女はアンジーの顔を見ようとはせず、まっすぐに前を見つめたまま話を始めた。

「愛の中では誰もが道を見失う。迷子になってしまう。それは愛が、人間の力など及ばない、圧倒的なものだから。これは、いいことなのよ。自分よりも大きなものの中で道に迷うということには、人の美しさがあるもの。

よくないのは、あなたが今、迷いに負けてしまっていること。その迷いが、誰にもできないような痛みをあなたに与えるの」彼女は相変わらずダッシュボードを見つめていたが、そっと左手を伸ばしてアンジーの手を取った。「でも、忘れないで。愛情は人が思いどおりにできるものじゃない。ときにはどんなに消えてほしくても、消えてくれないこともある。ほんとにひどく傷つけられても、愛さずにはいられない。それが、許すということよ。どんなにひどい仕打ちを、本当にひどい仕打ちを受けても、それでも愛していると受け入れることなの。誰かを許せないというのは、その誰かに対する愛情がないのだと言っているのと同じ。だから、急いで自分の心に訊いてみて。あなたの中に、父さんへの愛情がすこしでもあるのかを。もしあるとしたら、許さずにいるのは嘘をつくのと同じよ。永遠に、絶対に、取り返しのつかない嘘を」

ルーシーがアンジーの手を放した。妹の返事を待とうとはしなかった。彼女が車から這い出していき、アンジーは座ったままひとり取り残された。

窓からは、さらに雪が吹き込んできた。助手席にみるみる積もっていく。アンジーは相変わらず白い息を吐いていた。フロントガラスに開いたバスケットボール大の穴から外を見つめていた。なにかひらめきが訪れるのを待ったが、感じるのはただ、両手がどんどん冷えていく感覚ばかりだった。

彼女は、もうしばらくそうして座っていた。それから毛布を押しのけると、助手席の窓から這い出した。兄姉たちは、みな同じ道を通って雪の中をやってきた。彼女も、その同じ道を辿ってホテルへと引き返していった。中に入ると、ドアに付けられたベルが鳴った。誰も出迎えにはこなかった。カウンターを回り込む。キッチンの椅子に腰かけると、彼女はすっかり雪まみれになった靴下を三枚とも脱いだ。爪先は白くなってしわしわにふやけており、触ると痛んだ。

「アンジー?」リチャードの声がした。

「ここよ」アンジーが応えた。立ち上がる。足がちくちくとしびれている。

「こっちに来て！」アバが大声を出した。

「急いで！」ルーシーが言った。

「四分だ。四分しかねえぞ！」

「分かった！　分かったわ！」アンジーは返した。足を引きずるようにして、声のしたほうに向かう。そして父親の寝室の前までくると、どんな奇妙な光景に出くわしてもいいよう心の準備を固めた。だが、いざ踏み込んでみても、灯りが薄暗く落ちてもいなければ、家具が宙を飛び回ったりもしてはいなかった。ただ病んでぼろぼろになった男がひとり、我が子たちに囲まれてベッドに身を横たえているだけであった。アンジーは兄姉ひとりひとりに手を触れられながらベッドに歩み寄り、端に腰かけた。

「怖い」父親が言った。彼が両手を上げ、アンジーがそれを握った。

「怖がらないで」

「そんな慰めは言わなくてもいいいんだよ。俺は許されないことをした」

「大丈夫よ。本当に。嘘じゃないわ、父さん」アンジーは言った。顔を上げて兄姉たちを眺めると、また父親に視線を戻した。彼の目を覗き込む。本当は、ただそう言うだけのつもりだった。だがこの瞬間、はっきりと彼女には分かったのだった。人を自分の兄妹に、母親に、そして父親にするのは、互いを許し合える力なのだと。世代を経て受け継がれていくものは血でも歴史でもなく、許す意志なのだと。

「父さんを許すわ」アンジーが言った。ベナール・ウィアードはこくりとうなずいた。その後も、彼の瞼が閉じることはなかった。

W

姿は見えないが、除雪車の音が聞こえてきた。アンジーは父親のキッチン・テーブルに置かれた、木の椅子に腰かけていた。座り心地のよくない椅子だった。彼女は数時間、そこを動かなかった。ウィアード兄妹で起きているのは彼女だけだった。除雪車のたてる音が大きくなってきた。その通り過ぎざまに、アンジーは立ち上がった。音で窓が振動していた。道路は急な下り坂になっているせいで、まるでそのまま崖の向こうに消えていくように見えた。アンジーが振り返ると、兄姉が背後に立っていた。彼らもまた、除雪車を眺めていた。

「なにをすべきなのか、私分かった」アンジーが言った。

「私もよ」ルーシーがうなずいた。

「でも合法?」アバが訊ねた。

「そんなこと、誰が気にする?」リチャードが言った。

「それ以上に親父が望むことなんて、他にないと俺は思うぞ」ケントが言った。

「私もそう思う」

「父さんと私たち、どちらのためにも」

「まさに」

兄妹は父親の服を何枚も重ね着すると表に出た。シャベルが二本しかなかったので、交代で作業に当たることに決めた。凍てついた地面にシャベルを突き立てる。兄妹はホテルの裏手から雪かきをすると続いて駐車場を済ませ、さらに道路を越えて崖っぷちまで進んでいった。終えるころにはすっかり疲労と空腹に襲われていた。休憩も食事もせずにいたのだった。

彼らはホテルの中に戻ると、父親の寝室に向かった。

「服を着せるべき?」ルーシーが訊ねた。

「もう着てるじゃん」

「そうじゃなくて、スーツとかのことよ」

「そんなもん、父さんが持ってるのかな?」

「父さんがスーツ着てるとこなんて、誰か見たことあった?」

「その格好をしてるとこしか、私は知らないわよ」

「今のままにしておきましょう」アンジーが言った。「このままの姿で、父さんを記憶に留めるの」

ケントは、投票をしようとは言いださなかった。彼が父親の右足を取る。アバが左足を持った。リチャードとルーシーは、両肩の下に手を入れた。アンジーが前に走り出た。椅子や鉢植の台をいくつもどかし、通り道を拓く。彼らは父親をベッドから持ち上げると、リビング・ルームを抜け、カウンターを回り込み、ホテルの外へと運び出した。雪を踏んでブーツがすべる。重さで腕が痺《しび》れる。彼らは、ぼろぼろのマセラティのところまで、ずっと父親を運んでいった。

助手席の窓から乗り込むことなど、ケントには朝飯前だった。だが父親の遺体を載せるのは、まさにその正反対だった。

「父さんがこんなにもこの車に乗りたがらないなんてね」アバが言った。

「ちょっと無理やり入れないと、だめかもしれないな」リチャードが言った。

兄妹は、ちょっと無理やり行くことにした。助手席の窓から父親をつっ込み、運転席へと押し込む。ケントがシートベルトを締めた。そしてギアをニュートラルに入れてから車を降り、全員で後ろから押しはじめたのだった。

動きだしてしまえば、あとは楽になった。ホテル裏の壁を離れると、リチャードが運転席のドアを開けた。彼がハンドルを握り、みんなで角を曲がっていく。さらに勢いをつけて駐車場を通り抜ける。押したまま道路を渡る。だが渡りきったところがやや上り勾配になっており、急に車体が重くなった。

「もっと押して！」

兄妹は、さらに力を込めて押した。リチャードとケントが後ろ向きになり、腰でトランク部分を押す。雪に取られてブーツが滑る。だが必死に押し続けていると、車はやがて勾配を登りきった。そこからは、車が勝手に進んでいった。ウィアード兄妹はそれと並んで歩いた。車に手を置きながら。崖っぷちに差しかかり、彼らは立ち止まった。マセラティはなおも進んでいった。

落ちてゆくマセラティを、ウィアード兄妹は眺めていた。信じがたいほどゆっくりと、車は落下していった。そして、凍りついた水面にぶつかった。潰れたフロントが氷を突き破る。車体は海面に刺さるように三度ぷかぷかと揺れてから屋根を上にして倒れると、水の上に浮かんだ。

「嘘でしょ」ルーシーが言った。

「ふざけてやがる」ケントが言った。

「最後の最後まで」アバが言った。

「こんなことになるとは」リチャードが言った。

「黙って見守りましょう」アンジーが言った。

兄妹は、息を殺した。車が徐々に沈みはじめた。やがてすっかり車体が水没すると、彼らは息を吐き出したのだった。

シェル・コーヴの断崖からマセラティを落とした十六時間後、シャークの死から二年九ヶ月と三日後、そしてケントが初めてかつ唯一のタッチダウンを決めてから十二年後、彼らはハリファックス・ロバート・L・スタンフィールド国際空港の出発ロビーに立っていた。レンタカーは返却済みだ。表示板の情報はかれこれ数分間まったく変わらなかった。しかし、彼らはひたすらそれを見つめ続けていた。

搭乗アナウンスがいくつも響き渡った。バンクーバー行きは九十分後に離陸する。モントリオール行きは二時間後だ。トロントへの直行便も表示されていた。そこから、アップリフタへの直行便が出ている。だが、彼らはどのチケットも買っていなかった。じっと表示板を眺めていた。やがて、表示板がくるくると回転した。そして、てっぺんに新しいフライトが表示された。三時間後に、マニトバ州ウィニペグ行きのAC四六八便が出る。

全員がそれを目で確かめた。そして全員がため息をついた。身を寄せ合う。互いの手を取り合う。表示板を見上げていた視線を下ろすと、彼らは互いの顔を見つめた。

「ウィニペグの冬も、人が言うほど悪くはないわよ」ルーシーが言った。

「モントリオールに戻っても、誰も僕のことなど待っていないしな」リチャードが言った。

「アップリフタには女王なんていない」アバが言った。

「私は、ポールとポーレットにウィニペグで落ち合うように伝えるつもりよ」アンジーが言った。

「俺はもうパーマストン・ブールヴァードには戻れない」ケントが言った。

それ以上、誰も、なにも、言わなかった。一列になってチケット・カウンターに向かう。カウンターに並びながらアンジーは、住宅街に大きな家を買ったらどうだろうと想像してみた。表通りには街路樹が立ち並ぶ。古い家だ。角地に建っている。母親も一緒に引っ越すのだ。そして、みんなそろって面倒を見るのだ。髪を切ってもらうのはよそう。ポールとの間にふたり目が生まれたら、隣に別の家を買って一家で移ろう。やがて兄姉たちも父親や母親になり、甥や姪を持ち、同じ通り沿いに家を買う。同じブロックの端に建つ家々を、両側ともみんなで買い占めよう。子供たちはわいわいと歩道に出て、自転車に乗り、ときには窓を割ったりもすることもあるだろう。ウィアード家の新たな世代は互いに愛し、愛される。奇《ウィ》しく《アード》もウィアード家に生まれ、奇しくも健やかに生きていくのである。

そして、紛れもなくそのとおりになったのだった。

謝　辞

以下の人びとをなくしては、この『奇妙という名の五人兄妹』は書けなかったとして、感謝を伝えたい。

ウィアード一家とはまったく似ても似つかない、ローリー・カウフマン、シャーリー・カウフマン、そしてリズ・カウフマン。

バリー・ミアズガとカレン・ミアズガ。このふたりも、ウィアード家の人びととはまったく違う。

フェニックスとフリダ。

編集者として素晴らしい知恵で助けてくれた、パメラ・マリー。そして、ヴェロニカに哀悼の意を捧げたい。

疑うことなく信じ続けてくれた、サム・ハイエイト。

深い熱意を傾けてくれた、スコット・パック。

ザック・ピカード、イアン・コーサリー、ステファニー・ドメ、アンジェリカ・グローバー、そしてステーシー・キャメロン。想像を超えるほどの貢献をしてくれた。

資金援助をしてくれた、カナダ・カウンシル・フォー・ジ・アーツ、ランポート＝シェパード・プロダクション、そしてニューロード・メディア。

無限とも思える忍耐と、確固たる誠実さの持ち主、マーロ・ミアズガ。

僕の知る最高の物語とは、今僕たちが生きているこの物語である。

訳者あとがき

本書は『銀行強盗にあって妻が縮んでしまった事件』の著者、アンドリュー・カウフマンが書いた *Born Weired* の邦訳である。四作目となる本作品の刊行は二〇一三年一月、つまり今から三年半前の話になるが、今のところこれが最新刊になっている。デビュー作の *All My Friends Are Superheroes* が二〇〇三年で、この *Born Weired* まではコンスタントに刊行していたが、近年刊行ペースが落ちているのは、ファンにとって寂しい限りである。

ともあれ、本書も『銀行強盗にあって妻が縮んでしまった事件』と同様、何回読んでも面白い小説になっていると思う。新作が発表されるまでは、過去作を繰り返し読んでいるだけでも十分楽しめるのではないだろうか。まずは先入観を持たずに物語そのものをお楽しみいただきたいので、本編未読の方はここで一度本を閉じ、ぜひともそちらからどうぞ。

さて、「売り家《いえ》と唐様《からよう》で書く三代目」という川柳がある。これは、初代が苦心して財産を残し、二代目がそれを手堅く維持しても、三代目では没落して屋敷も手放さなくてはいけなくなる、という風刺がきいた川柳である。三代目ともなると家も裕福になり子供たちはあくせく働かずに風雅に生きることを好むようになってしまい、その結果、洒落《しゃれ》た唐流の書体で書かれた「売り家」の札が戸口にかけられる、というわけだ。

本書を読んでいちばん最初に浮かんだのは、この川柳だった。主人公となる五人兄妹はまさに三代目にあたる。彼らの祖父、サミュエル・D・ウィアードがグレイス・タクシーサービスを設立したのは、一九六三年のこと。それを彼が発展させて、やがて息子のベナールに受け継がせるわけだが、ベナールが経営に失敗したことにより、主人公たちの世代で一族の伝統に大きな区切りがつくことになる。三代目となる彼らは二代目のベナールとは違い、家を捨てて自分の道を歩むことを願い、祖母から受けた「呪福」と格闘し、抗《あらが》い続けることになる。

もっとも、ベナールは冒険的な経営をすることで破滅の糸口を作った張本人なのだから、この川柳の「手堅く家を維持した二代目」には当てはまらない。むしろ堅実な経営など放棄して金儲けに走り、祖母が毛嫌いする赤いマセラティを乗り回し、先代の労苦を足蹴にするようにした挙げ句、怪しげな借金を作ってしまう。その結果、一家の誰ひとりとして同じ場所に留まらないという、まさに一家離散状態を招いてしまうことになるわけだ。

このようにざっくりと顚末《てんまつ》をまとめてみると、月並みな「あるあるネタ」みたいにも見えるが、この「あるある」こそが、アンドリュー・カウフマンの真骨頂であり、また、多くの読者の共感を得る理由でもあるのではないかと僕は踏んでいる。

本書の翻訳作業中、アンドリューと何度かメールでやり取りをした。彼がその中で、「僕は文学をむしろ毛嫌いしがちで、なにか風変わりなところを持つ物語が好きだ。寓話には、まっすぐに現実を書いたのでは絶対に表すことができない人の在りようを捉える力があると思っている」と書いてきた。この言葉からも、彼が単なる奇譚を書いているだけでないのは明らかなわけで、やはり彼の小説の面白みは寓話性にあると言い切っていいように思う。

ただ、単なる奇譚として読んでも十分に楽しめるあたりが彼の作品の優れたところである。以前翻訳した『銀行強盗にあって妻が縮んでしまった事件』のレビューを見ても、「深く考えずに奇妙な世界観を楽しむだけで楽しい」という意見が数多く見られたが、それだけ、普遍的な——悪くいえば月並みな——テーマを独創的な寓話に仕立て上げるのがうまい作家なのだ。そうして仕立て上げられた彼の寓話は、もはや「あるある」ではなく、非常に完成度の高い、唯一無二のオリジナリティを持つ。

さて、「あるある」といえば、本書で最大の面白みになっている「呪福」だろう。一見突飛で非現実的なこの呪福だが、実は僕たち全員が多かれ少なかれ、これを持って暮らしていると言ってもいい。恐らくこれは「親の期待」をデフォルメしたものではないかと思えるからだ（もっともこの本では祖母から授かるわけだが）。

精神科医の岡田尊司氏は『パーソナリティ障害——いかに接し、どう克服するか』（二〇〇四年　ＰＨＰ研究所）において、親の期待は子供の自己肯定感を育む支えともなるが、その期待と子供自身の願望に不一致が生じたり、子供が「自分にはとても無理だ」と感じたりしてしまうと負担となるため、期待の強要は一種の虐待であるということを書いている。

ウィアード家の五人兄妹が授かった祝福はまさにこの虐待となり、「呪福」として子供たちの人生を蝕《むしば》んでいるように思える。流行りの言葉でいえば「毒親」に苦しむ子供たちの精神的解放までを描いた小説として捉えることもできるわけだ。たとえば「決して道に迷わない力」を授かったルーシーは、道に迷わないことを苦しみにして生きている。本来は誰も道になど迷いたくないはずが、道に迷うことのできる自由が人生から取り上げられたことに、彼女は苦悩しているのだ。だから彼女は、様々な男と遊び回っていい加減に過ごし道に迷うことでその自由を手に入れようとする。だが、実際に道に迷うこととそれとが完全に一致しないため、いつまで経ってもやめることができず、彼女の人生は苦難のどん底のまま停滞しているのだ。

そうした彼らの個人的な闘いや葛藤を物語の中から拾い上げていくのは、本書の持つ大きな楽しみだと思う。ここは「ただの奇譚」として読んではもったいないところではないだろうか。おそらく、読者の方々にもひとつふたつ、自らが授かった呪福にお心当たりがあるのではないかと思う。奇妙《ウィアード》なという苗字を持つ兄妹ではあるが、主人公たちはある意味、ごくごく当たり前の人びとなのである。

ちなみに僕にとっての呪福は、文章と翻訳だろう。もともと僕も、アンドリューと同じく文学や小説などほとんど好きではない。それは未だに変わらないが、なぜこんな仕事を生業《なりわい》としているかというと、それは元作家であり翻訳家の父親に、子供のころから頭を押さえつけられるようにして文章を書かされ、本の書き写しをさせられ、翻訳をさせられていたからに違いない。だいたい名前からして「志す文」なのだから笑えない。気付けば、他に能のない男になっていた。そんな呪福の話をアンドリューに伝えたところ、彼は次のように書いてきた。

「僕の場合はまったく正反対だった。父はなんとかして僕を物書きの世界から遠ざけようと必死だった。この正反対の育児方針がまったく同じ結果に結びつくのは、とても面白い」

いずれにせよ、物を書くということに対して極端なアプローチを取られた結果、両者ともにどっぷりとそれに関わる人生になってしまったのだから、呪福の効果は確かなものなのだろう。そうしたものから物語を書く人が現れ、またそれを訳す人が現れるというのであれば、呪福にもまた報いがあるのかもしれない。ぜひそんなことを考えながら読んでいただきたい小説である。

さて、本書に登場する非常に魅力的な小道具が、レイニータウンという段ボールの街である。だがこの街にある建物名が非常に翻訳家泣かせで、このあとがきを書いている今もなお頭を悩ませ続けているのだが、本文では原文どおりのカタカナ記載とし、その名称に関する解説をここで少々させていただきたい。

まず、〈エンドー・ワールド・コインランドリー〉は「Endoh World Landry-Matt」で、「世界の終わり（End of World）」を意味している。次に〈ターミナル・バスターミナル〉は「絶望、末期」を意味するターミナルであると同時に、そのまま「バスターミナル」のターミナルでもある。〈エンドー・ワールド・コインランドリー〉と相まって、絶望的かつ陰《いん》鬱《うつ》とした、それでおちゃらけた雰囲気にニヤリとさせられる。

次に、吸血鬼向けのレストラン〈ザ・ステーキ・ハウス〉だが、これは肉を焼いた「Steak（ステーキ）」と、吸血鬼の心臓に打ち込み息の根を止める「Stake（杭《くい》）」をかけ合わせた駄洒落である。吸血鬼にとっては、死んでも行きたくないような店名だといえるだろう。

続いて〈ハンギング・ガーデン〉は「hunging（ぶらぶら歩く）」庭園であると同時に、そのままバビロンの空中庭園の呼称でもある。この辺は毒もないし、センスのいい語呂合わせになっている。

〈ユー・ヴァーント・グッディナフ整形外科医院〉は「You aren't good enough（腕が悪い、つまりヤブ医者）」を人名風にアレンジした病院名。怪我をしても、断じてこの病院にはかかりたくない。

〈カット・ブレーキ中古車店〉は、ブレーキホースも切れたまま（もしくは切って）販売している悪徳中古車店だろう。〈スティックス＆ストーンズ中古楽器店〉は「棒や石で打たれれば骨も折れるが、言葉では私は傷つかない（Sticks and stones may break my bones, but words never hurt me.)」から来ている。つまり、批判されても動じない中古楽器店なのではないだろうか。

〈重傷通り（マイム・ストリート）〉は「main（主要な）」と「maim（重傷を負わせる）」の駄洒落で、渡るだけで車に轢《ひ》かれそうな、いかにも危ない名前だ。それに合わせてか〈流血ブールヴァード（Blood & Guts Boulevard）〉という、ひと騒動起こりそうな物騒な通りも作られている。

そして〈トラジディ・ストライク・ボウリング場〉は、ボウリングのストライクと「悲劇に襲われる（Tragedy strike）」をかけた駄洒落だし、〈カーテンズ・フォー・ユー・インテリアデザイン〉は「あなたのためのカーテン」であると同時に、そのままで「あなたの一巻の終わり」の意味にもなるという、実にうまい駄洒落になっている。

中でも僕がとりわけ好きなのが〈C・U・スーン葬儀場〉である。これは、ご覧のとおり一見して人名のようだが、言うまでもなく「see you soon」をかけた言葉遊びだ。葬儀屋が「また近いうちに」と言うのなら、それは「次はお前の番だよ、早くしてくれよ」というブラック・ユーモアになり、思わずにやりとさせられる。

中には〈キャット・ギャラクシー〉や〈パープルマジック・ローラーディスコ〉といった、取り立てて駄洒落というわけでもない名前も入り交じっているが、これは、兄妹の違うメンバーが作ったものだからだろう。そういう目で見ると、それぞれの名前の付けかたに微妙な傾向の違いがあるように思えてくるが、この辺、著者の中では「この建物はこのキャラクターの立案」という設定が存在すると見て間違いないだろう。

本当ならばこうした駄洒落をなんとか日本語に置き換えたかったのだが、数ヶ月悩んでもどうしても思い付かず、結果的に白旗を揚げてしまった。ただ、アンドリューの卓越した言葉遊びのセンスを残すため、あえてカタカナでいいのではないかという気持ちも一応あることは、ここに記しておきたい。日本語の駄洒落にしてしまうと、どうしても原形が失われてしまうことになるわけだが、それはそれでとても忍びないのだ。

もう一点、本書にはアップリフタという架空の国が登場するが、この国で使われているアップリフタ語にも非常に困らされた。主にアップリフタに到着した兄妹が乗ったタクシーの運転手が使っている言葉である。例えば運転手は兄妹に「Ehrtr id iy yhsy you'f likr yo hoz?」と声をかける。当初、英語の口語表現とも取れるような表記も見受けられたため、僕は「ひどい訛《なま》りで読めないな。なんだか大変なことになっちゃったぞ……」と思ったわけだが、著者に質問してみたところ、適当なところでキーボードの隣のキーを叩いて外国語っぽくしたのがアップリフタ語であるという回答が返ってきた。先ほどのアップリフタ語は、「Where is it that you'd like to go?」だったのである。

ただし、「どこで隣のキーを叩くか」という規則性がないため、アップリフタ語の解読は困難を極めた。しかも、話の筋を追ううえでは大して重要ではない箇所であるため「こんなところでこんなに引っかかるとは……」とやるせないことこのうえなかったのだが、なんとか解読した結果、「もきくてち　は　どだこい?」のように「読めるけど字がズレてる」という形に翻訳させてもらった。この方法については我ながらうまいことをやったと満足している。質問に対してアップリフタ語で書かれた答えをよこした著者には、心から感謝したい。

さて、このように優れた作家性とユーモアを持つアンドリュー・カウフマンだが、二〇一五年、『銀行強盗にあって妻が縮んでしまった事件』の原書である *The Tiny Wife* が、独立系出版社からの刊行作品を対象とする The ReLit Awards というカナダの文学賞において、小説部門の受賞作品となった。この文学賞のモットーは「Ideas, Not Money（お金ではなく、アイデアを）」になっており、アンドリュー・カウフマンの才能に対する国内での評価の高さをうかがわせる、非常に嬉しい受賞である。本書を読んで面白いと感じて下さった方は、ぜひ『銀行強盗にあって妻が縮んでしまった事件』のほうも手に取って頂きたい。

彼の作品では、まだデビュー作の *All My Friends Are Superheroes* と、二作目の *The Waterproof Bible* が未邦訳のまま残っている。両者とも日本での刊行が実現するよう、がんばってみようと思っている。

最後になったが、本書の翻訳出版実現と編集作業に尽力してくださった東京創元社の佐々木日向子さんに、格段の感謝を贈りたい。ありがとうございました。

二〇一六年九月

田内志文

寓話的奇想と切実な日常とのマジックリアリズム

牧　眞司（文藝評論家）

本書『銀行強盗にあって妻が縮んでしまった事件／奇妙という名の五人兄妹』は、アンドリュー・カウフマンの第三長編 *The Tiny Wife*（2010）と第四長編 *Born Weird*（2012）の翻訳を、一冊にまとめて文庫化したものだ。もとの邦訳はそれぞれ独立した単行本として、東京創元社より二〇一三年と一六年に刊行された。いま便宜的に第三長編、第四長編と記したが、『銀行強盗にあって妻が縮んでしまった事件』はこの文庫版で百ページほど（しかもトム・パーシバルによる挿絵《さしえ》が何枚も含まれている）。中編と言うべき分量である。『奇妙という名の五人兄妹』のほうも三百ページ弱。近ごろの五百ページ、六百ページは当たり前、千ページを超えて上下巻の分冊になることも珍しくない翻訳小説（エンターテインメントでも文学書でも）の世界では、だいぶコンパクトな作品と言えよう。

そもそもカウフマンは、二〇〇三年のデビュー作 *All My Friends Are Superheroes* が百二十ページほどのペイパーバックで、以降こんにちまで上梓《じょうし》した六冊は、長くてもせいぜい原書で三百ページ足らずという小説家だ。長い道をえんえんと走るマラソンのような小説には息切れしてしまう、私のような読者にはたいへん嬉しい。もちろん、たんにボリュームだけのことではない。小粒ななかにピリッとしたスパイス、不思議に立ちのぼるフレーバーがあって、名状しがたい舌ざわりが残る、独特の作風なのだ。

『銀行強盗にあって妻が縮んでしまった事件』は、カナダの文学賞 The ReLit Awards を受賞した作品だ（この賞については田内志文さんの『奇妙という名の五人兄妹』訳者あとがきを参照されたい）。

銀行にあらわれた強盗犯に要求され、そこに居合わせた十三人はそれぞれ「もっとも思い入れのあるもの」を差しだしてしまう。それを契機として（どういう因果があるかは判然としないが）、十三人は数日のうちに不可思議な出来事に見舞われ、人生が思わぬ方向へと曲がってしまう。建てつけはまるっきりの寓話だが、この作品は古典的な寓話のように教訓・箴警《しんけい》・象徴に帰着せず、解釈をやすやすとすり抜けていく。十三人のなかには苦く悲惨な末路をたどった者もいれば、破滅や絶望に陥《おちい》らずにすんだ者もいるが、どのような運命になるかは本人の心がけや行動とは関係なく、ただの偶然としか言いようがない。物語の展開も寓話のフォーマットに背いており、十三人の登場や再登場の順序がシャッフルされている。また、語り手である「僕」が物語のなかで姿をあらわすタイミングも微妙にずれていて、ちょっと唐突に思える。「僕」は十三人のひとり、強盗に大切な電卓を奪われたステイシーの夫だ。

そんな具合で読んでいるといろいろなランダム要素を感じるのだが、それは前衛的な小説技巧というよりも、もっと身近なもの、つまり先行きが不透明な現実と同質だ。事件の舞台が実在の都市トロントで、ステイシーと「僕」との夫婦のつながり（愛情と危うさが背中合わせになっている）が物語を貫く重要な糸になっていることも、この作品が無時間的な寓話と一線を画すところだ。

いっぽうで寓話的な奇想があり、もういっぽうに日常の切実でままならない実感があり、両者が境目なしに融合している。その点では『奇妙という名の五人兄妹』も同様だ。この作品は、ユーモア作品を対象としたカナダの文学賞 Leacock Medal の最終候補になった。

ウィアード家の五人の兄妹は、産まれたときに祖母から特別な力を与えられた。リチャードは自分を守る力、ルーシーは迷わない力、アバは希望を失わない力、アンジーは許す力、ケントは戦う力である。祖母は祝福のつもりだったが、本人たちにとっては迷惑な呪いでしかない。もっとも兄妹は、呪いのことを知る前から祖母に「シャーク」という穏やかでない綽名《あだな》をつけていた。一家は父ベナールの事故死（ただし死体は見つかっていない）を引き金として崩壊し、兄妹は離散する。

それから年月がすぎ、いまバンクーバーにいる祖母が「今日から十三日後に自分は死ぬ。その瞬間に五人が揃って面会にくれば、全員の呪いを解いてやれる」と言いだす。かくして、疎遠《そえん》になりバラバラに離れて暮らしている兄妹たちが、お互いの齟齬《そご》を誤魔化しながら（結局は乗り越えられないのだが)、子ども時代のように顔を合わせて旅をするはめになる。

現在進行形の再会ドラマに、過去の経緯が挿入されるかたちで物語が構成される。それはさまざまな色合いの奇妙なエピソードの連続だ。子どものころに五人兄妹が共同でつくりあげた模型の町レイニータウンの建設とその破滅、子どものことをすっかり忘れて入居した養護院で奇怪なヘアサロンを営んでいる母ニコラの消息、アバが女王におさまった王国アップリフタの奇妙な文化(とくに主要産物である怪魚スロングスキンが凄まじい)、祖母の元へとひた走る兄妹たちのバンを父親の愛車が追い越していく怪談、などなど。

そして、この作品は感情が複雑に絡まった家族の肖像である。どうしようもない葛藤が、カウフマン一流のドライなユーモア(ちょっとカート・ヴォネガットを思わせる)によってあぶりだされる。

アンドリュー・カウフマンは、一九六八年生まれのカナダ人作家。彼が生まれ育ったオンタリオ州ウィンガムは人口三千人足らず、マイナーなホッケーチームと平凡な博物館がある小さな町だが、文芸の領域ではもっぱら二〇一三年にノーベル文学賞を受賞したアリス・マンローの出身地として知られる。カウフマンは司書と会計士の家系だという。

オンタリオ州の文学シーンを紹介するウェブサイト「オープン・ブック」で、カウフマンは「愛する本」について以下のように語っている(二〇一七年九月の記事)。

自分で読んだ記憶がある最初の本は〈X-メン〉第一巻百二十号(〝X-メンのチームが

カナダに来て、当時の首相ピエール・エリオット・トルドーがカメオ出演したエピソードだ〟)。最初に読んだ大人向けの本はダグラス・アダムス『銀河ヒッチハイク・ガイド』(〝本当に大人向けの本かどうかは議論の余地があるにせよ、私はこの本が大好きだ！　42！〟)。読んで泣いた本はS・E・ヒントン『アウトサイダーズ』。大笑いした本はダニー・ラフェリエール『ニグロと疲れないでセックスする方法』(〝もっと敬意を払われるべきカナダ文学の古典〟)。何度も読んでいる本はトマス・ピンチョン『重力の虹』(〝毎年冬になると読むようにしているが、まだ最後まで読めていない〟)。読んだつもりになっているが読んでいない本はフョードル・ドストエフスキー『罪と罰』(〝その主な理由はつい繰り返して観てしまうTVドラマ「ロー&オーダー」〟)。十七歳の自分に贈りたい本はJ・D・サリンジャー『ライ麦畑でつかまえて』(〝サリンジャーは大好きだけど、正直言って『ライ麦畑～』は彼の最悪の本だと思う。二十代後半になってから読んだので、遅かったのかもしれない。だから、十七歳の自分に『ライ麦畑～』のボロボロの中古本を贈ってやりたい〟)。作家として強く影響を受けたと思う本はリチャード・ブローティガン『西瓜《すいか》糖《とう》の日々』(〝現実的な構造にとらわれない物語の可能性を教えてくれた一冊〟)。ここ半年間に読んだなかでもっとも良かった本はジョージ・ソーンダーズ『リンカーンとさまよえる霊魂たち』(〝私はもうソーンダーズに嫉妬するのを止めた。彼は百ランクも上なのだから〟)。次に読む予定の本はロベルト・ボラーニョ『2666』(〝もうすぐ来る長い冬のために〟)。

　さて、作家としてのカウフマンは、第一作 *All My Friends Are Superheroes* で、いきなり成功を収める。「過去十年間にカナダ文学が生みだした作品のなかで、もっとも思いがけないヒット作」と言われる作品であり、トロントの小出版社コーチ・ハウス・ブックスから二〇〇三年に刊行。その後、イタリア語、フランス語、ノルウェー語、ドイツ語、韓国語、スペイン語、オランダ語、ポルトガル語、カタルーニャ語、スウェーデン語、トルコ語に翻訳された。この作品では、トロントに暮らすスーパーヒーローたちの姿が奇妙なエピソードを積み重ねて描かれる。

第二作 *The Waterproof Bible* は二〇一〇年の刊行。宗教や信仰を題材にした作品だが、ウィットに富んだ語り口で奇妙な日常を描くところはデビュー作と同様だ。それにしても、この作品の執筆には七年もの時間がかかったことになる。書きはじめたときのカウフマンは独身でアパート住まいだったが、書きあげたときには結婚してふたりの子どもと住宅ローンを抱えていた。妻は映画プロデューサーのマーロ・ミアズガ（『銀行強盗にあって妻が縮んでしまった事件』と『奇妙という名の五人兄妹』のいずれの献辞にも名前が見られるマーロである。『奇妙〜』の献辞のあとのふたり、フェニックスとフリダはこの夫婦の子どもたち）。ちなみにカウフマン自身も映像やラジオの仕事をしているそうだ。

以来、ひじょうに寡作ながら、着実なペースで作品を世に送りだしている。ここで著作一覧を掲げておこう。

All My Friends Are Superheroes（2003）

The Waterproof Bible（2010）
The Tiny Wife（2010）『銀行強盗にあって妻が縮んでしまった事件』
Born Weird（2012）『奇妙という名の五人兄妹』
Small Claims（2017）
The Ticking Heart（2019）

第五作 *Small Claims* と第六作 *The Ticking Heart* は、ともに The ReLit Awards の候補にあがった。*Small Claims* では売れない小説家が、中年の危機に直面して足掻《あが》きつづける。いっぽう、ほかのカウフマン作品とは異なり、ファンタスティックな要素を排した物語だ。*The Ticking Heart* ではまたマジックリアリズムへ戻り、現実世界とメタフォリアという別世界を往還しながら主人公（中年の離婚経験者）の魂の遍歴を描く。

ちなみに、カウフマン本人による好きな自作の順は、*The Waterproof Bible*、*The Ticking Heart*、『銀行強盗にあって妻が縮んでしまった事件』、*All My Friends Are Superheroes*、『奇妙という名の五人兄妹』、*Small Claims* だという。SNSのアカウントで、〝*Small Claims* は素晴らしい本だが、なんだかアンドリュー・カウフマンの本と思えないんだ。*The Waterproof Bible* はマイ・フェイヴァリットなんだけど、他の誰もがそう思ってくれないのが問題だね。*The Ticking Heart* は、私がやろうとしていたことがすべて実現できた作品。*All My Friends Are Superheroes* と『奇妙という名の五人兄妹』は、ほぼ同着だな〟とコメントしている。
本書の刊行が呼び水となって、未訳のカウフマン作品の紹介が進むことを願ってやまない。

二〇二三年四月

本書は二〇一三年小社刊『銀行強盗にあって妻が縮んでしまった事件』、二〇一六年小社刊『奇妙という名の五人兄妹』を合本、文庫化したものです。

検 印
廃 止

訳者紹介 翻訳家、物書き。コナリー「失われたものたちの本」、ジャクソン「10の奇妙な話」、エイヴヤード〈レッド・クイーン〉シリーズ、コルファー〈ザ・ランド・オブ・ストーリーズ〉シリーズなど訳書多数。

銀行強盗にあって妻が
縮んでしまった事件／
奇妙という名の五人兄妹

2023年6月9日 初版

著 者 アンドリュー・カウフマン

訳 者 田《た》 内《うち》 志《し》 文《もん》

発行所 (株) 東京創元社
代表者 渋谷健太郎

162-0814/東京都新宿区新小川町1-5
電 話 03・3268・8231-営業部
03・3268・8204-編集部
URL http://www.tsogen.co.jp
DTP キャップス
暁印刷・本間製本

ISBN978-4-488-57907-4 C0197

創元推理文庫

全米図書館協会アレックス賞受賞作

THE BOOK OF LOST THINGS◆John Connolly

失われたものたちの本

ジョン・コナリー　田内志文 訳

◆

母親を亡くして孤独に苛《さいな》まれ、本の囁《ささや》きが聞こえるようになった12歳のデイヴィッドは、死んだはずの母の声に導かれて幻の王国に迷い込む。赤ずきんが産んだ人狼、醜い白雪姫、子どもをさらうねじくれ男……。そこはおとぎ話の登場人物たちが蠢《うごめ》く、美しくも残酷な物語の世界だった。元の世界に戻るため、少年は『失われたものたちの本』を探す旅に出る。本にまつわる異世界冒険譚。

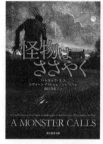